孔门

孔子教你做个杰出的人

晨间 著

SPM 南方传媒 | 花城出版社
中国·广州

图书在版编目（CIP）数据

孔门 : 孔子教你做个杰出的人 / 晨间著. -- 广州 : 花城出版社, 2022.4
ISBN 978-7-5360-9630-1

Ⅰ. ①孔… Ⅱ. ①晨… Ⅲ. ①长篇小说一中国一当代 Ⅳ. ①I247.5

中国版本图书馆CIP数据核字(2022)第033152号

出 版 人：张　懿
责任编辑：李　谓　曹玛丽
技术编辑：薛伟民　林佳莹
封面设计：集力書裝　彭　力

书　　名　孔门：孔子教你做个杰出的人
KONGMEN : KONGZI JIAONI ZUOGE JIECHU DE REN
出版发行　花城出版社
（广州市环市东路水荫路 11 号）
经　　销　全国新华书店
印　　刷　佛山市迎高彩印有限公司
（佛山市顺德区陈村镇广隆工业区兴业七路 9 号）
开　　本　880 毫米 ×1230 毫米　32 开
印　　张　11.625　1 插页
字　　数　320,000 字
版　　次　2022 年 4 月第 1 版　2022 年 4 月第 1 次印刷
定　　价　49.80 元

购书热线：020-37604658　37602954
花城出版社网站：http：//www.fcph.com.cn

目录

contents

引子

太阳从远处的山坡上升起，阳光透过路边杨树的缝隙投射到黄土大道上，远处村庄的茅屋上轻轻飘着炊烟，像雾一般，一层层一片片的，树林中的鸟鸣清脆婉转，一声接一声。杨树的叶子开始飘落，夏天的酷热散去，大地清凉下来。

子贡顺着大路往前走，走了几里，见鲁城（今山东省曲阜市）出现在大路的尽头，能看到那厚实的城墙和高高的城楼。

这是公元前502年，即鲁定公八年，十月的一个早晨。

子贡是从卫国浚邑（今河南省鹤壁市浚县）到鲁城，找孔丘先生拜师。

子贡长得白白净净，眉清目秀，身上的衣服华丽滑顺，剪裁合体，让人一眼能看出是富家子弟。

后来子贡才知道，进入鲁城的这天是他一生中最重要的一天，就是从这一天开始，他有了一个终生敬仰的引导者，让他一生跟随，他的人生被彻底改变，从此他的人生变得真正有意义。

三十年后，他清晰地回忆起这天自己的脚踩到黄土大路的感觉，还能听到自己急切行走的呼吸声……

第1章　沂水边的傍晚

一、多嘴的子贡、好学者颜回

很快，子贡走进鲁城的城门。

鲁城是鲁国的都城，位于沂河南岸，由四方形的城墙围绕，城墙下是护城河。城里有房屋和街道，有国君的公宫，有大夫的府院，有庶民的茅草屋，有马牛羊集市。

子贡有点迷茫，不知该往哪条街走。

子贡，复姓端木，名赐，字子贡，卫国浚邑人。这年十九岁，小孔子三十一岁。他生于富商之家，性情活跃，善于言辞，办事通达，因后来被孔子说“这让子贡说中了，这也让子贡成为多嘴之人”，被人称“多嘴的子贡”，后被孔子排为孔门十哲第六名。

子贡拦住一个农人，问道：“大哥，请问孔丘先生家怎么走？”

农人说：“往城里走，到前面你再找人问问。”

子贡走了一条街，问一个商人：“大哥，请问孔丘先生家怎么走？”

商人说：“再往前走，到阙里，他家在阙里。”

子贡继续往前走，走到一个巷口，见一个后生从旁边走过来，年龄跟他差不多，瘦瘦的，一双大眼睛，显得聪明机灵。子贡上去打听：“你好，请问阙里在哪儿？请问孔丘先生家怎么走？”

这个后生说：“你是谁？找我先生有什么事？”

子贡高兴地说：“这么说，您是孔丘先生的弟子，是吗？”

“是的，我叫颜回。你是？”

“你就是颜回？你就是颜回？我听说过你，这真是让人不敢相信。”

“你听说过我？”

“是的，是的，你和你父亲都是孔丘先生的弟子。”

孔子是在二十年前开坛讲学，那是公元前522年，即鲁昭公二十年，这时在鲁国内外已经有一定的名声，他的几个著名的弟子也有一定名声。

“你是？”

“我叫子贡。我是从卫国来找先生学做人之道的。”

这样，子贡认识了孔子的第一个弟子。

颜回，姓颜，名回，字子渊，鲁城人，这年二十岁，比子贡大一岁，小孔子三十岁。好学上进，安守清贫，仁德高尚，性格淡定，后被孔子排为孔门十哲第一名。颜回在九年前拜师，当时他只有十一岁。本来先生不肯收这么小的弟子，在他父亲颜路一再央求下，先生收了。他父亲颜路是孔子的首批弟子。

颜回说：“你跟我走吧，我刚好要去先生家。”

颜回把子贡带进一个破院子，让子贡先等等，自己进屋子跟先生说一声。这就是孔子家。

孔子家这个小院的院门十分破旧，木板开裂，门柱歪斜，两侧的夯土围墙也露出残相，几处已倒塌。院子正中是一个低矮的茅草屋，屋顶长满杂草。屋子是夯土墙，能看出有几个地方做了修补。院子的角落里有几棵树，这时已是晚秋，树上的树叶全部变黄，一旦有风吹过，就飘落几片黄叶。子贡看着眼前的树，心想孔丘先生就住在这样的院子里？子贡是慕名而来，他还以为孔子这里很气派，很高贵呢。

子贡听到身后的颜回说：“子贡，这就是先生。”

子贡转身，眼前是个高大的男人，肩膀宽阔，脑袋很大，头发有些凌乱，在那张大脸上有一双大大眼睛，眼睛下面是厚厚的眼袋。他的粗麻衣服也是十分破旧，明显是穿了很多年。他面色凝重，好像心里有什么沉重的东西，死死地压着他。

这就是孔丘，姓孔，名丘，字仲尼，被世人尊称“孔子”，这年五十岁。

子贡后来知道，孔子有妻子和一儿一女。妻子亓官氏，是宋国人。儿子孔鲤，这年三十岁，小孔子二十岁，已经结婚，跟孔子住一起。孔子女儿，这年二十七岁，小孔子二十三岁，已经嫁给孔子的弟子公冶长，跟丈夫住在外面。

子贡行礼，说：“拜见先生，在下是卫国来的端木赐。”

孔子向子贡还礼，没有说话。

子贡说：“先生，在下是来向先生拜师的，恳请先生收下。”

孔子还是没说话，看看颜回。

颜回说：“是这样，子贡，看你的样子，你是有钱人家子弟吧？”

子贡说：“是，家父是商人。”子贡明白颜回的意思，接着说，“我听说先生收弟子是有教无类……”子贡心想，之前鲁国司空孟懿子大人都曾做过先生弟子，孟大人那样有身份的人都可以，自己怎么不可以？

颜回打断道：“你别多心，我就是问一句，没有其他意思。”

孔子转身进屋了。

子贡不知道这是什么意思。

颜回说：“子贡，先生这就是同意收你了。等今天傍晚上课的时候，会搞一个简单的拜师仪式。”

子贡高兴地说：“今天傍晚上课？在哪里上课？”

“下午你到我家来吧，我带你过去。我家就住在东门那边，跟先生这里隔了两条街，不远。到那边你向邻居打听颜回家，人家都知道。”

这样，子贡告别颜回，离开孔子家。

二、猛汉子路

子贡在客栈住下，下午去找颜回。

子贡走到颜回说的地方，想找人问一下，迎面走来一个粗壮凶悍的男子，子贡小心翼翼地问道："大哥，请问颜回家在哪里？"

这个男子凶巴巴地问道："你找颜回作甚？"

子贡紧张地说："我找颜回，我是他的朋友……"

"颜回的朋友？我怎么不认识你？"这个男子上下打量一番子贡说，"你是何人？"

"我叫子贡，是来找孔丘先生拜师的……"

"拜师的？"

"是的，我是今天刚到的。"

"原来是这样。"这个人神态和缓下来，说，"我叫子路，跟颜回一样，也是孔丘先生的弟子。"

"原来是子路兄，我听到过你的名字，没想到会在这里碰到你。"

这样，子贡认识了子路。

子路，姓仲，名由，字子路，鲁国卞地（位于今山东省济宁市泗水县）人，这年四十一岁，小于孔子九岁，正直爽快，逞勇好斗，行为鲁莽，属于任侠派，人称"猛汉子路"，不过，子路人很好，对人很热情，后来他做鲁国正卿家的家臣宰、卫国蒲邑宰、卫国正卿家的家臣宰，这里说的"正卿"，是个官职，相当于后来的国相；这里说的"宰"也是个官职，是主官的意思，而家臣宰就是家臣里的主官，后被孔子排为孔门十哲第七名。

子路给子贡指了去颜回家的路，告别子贡走了。

子贡走到颜回家大门口。

看上去这个院子还不错。后来子贡知道颜回家有几亩土地，经济情况尚好，因此，颜回不用去干活儿，有更多的时间跟先生学习。

子贡进到院子里，家里只有颜回一人，子贡说刚才遇见子路的情况。

颜回说："子路兄是个热情豪爽之人，很好相处。"接着，颜回说了子路拜师的情景。

那是二十年前，先生刚刚在沂水边设坛开讲，经常有个头戴雄鸡式的帽子，腰挂猪皮鞘短剑的男子过来挑衅。

先生本来对他的印象很不好，后来听说他是个孝子，改变了对他的看法。接着，颜回说了子路"为亲负米"的事，说子路小的时候家里很穷，长年靠吃粗粮野菜度日。有一次，年老的父母想吃粟米饭，可是家里早已无米，子路就翻山越岭走了十几里路，从亲戚家背回了一小袋米，让父母吃上一顿粟米饭。

颜回又说，子路通过几次接触，感觉先生说的那套做人之道非常好，让他明白很多道理，提出来向先生拜师，先生收了他。他跟曾点、颜路、漆雕开等均是先生最早一批弟子。

子贡听了，对子路多了一分敬佩。

三、如果一个人说了大话不惭愧，那么兑现这话就困难了

傍晚，颜回带子贡走出北门，去沂水边。

沂水边这里有一片杏树林，这会儿杏树叶子全都变黄，远远看去是黄黄的一片，一阵微风吹过，伴着黄叶翻动的响声，有树叶飘落，落到地上那些枯叶上面。

杏树林里有一群来听讲学的孔门弟子，他们是曾点、颜路、漆雕开、子路、闵子骞、冉耕、冉求、冉雍、宓（音扶）子贱、高柴、公冶长、南宫括。其中曾点、颜路、漆雕开三人被称"老三杰"，是孔子最早的弟子。

颜回给他们和子贡做介绍，子贡向他们逐个施礼。大家欢迎子贡的到来。

子贡给子路施礼时，子路对他笑笑。

孔子来了，弟子们在颜回的带领下，向先生行礼，齐声说："先生好！"

孔子向弟子们回礼，走到颜回给他铺好的草席边坐下。

弟子们面向先生坐下。

颜回让子贡在一边站好，对大家说："现在将举行一项拜师礼，卫国来的端木赐向先生拜师。"

弟子们都伸长脖子。

颜回高声喊："现在，端木赐的拜师礼开始！请端木赐上前。"

子贡走到孔子面前。

颜回喊："奉上拜师礼物。"

子贡双手捧着十条腊肉送给孔子。这是子贡提前准备的，颜回告诉子贡先生收徒弟要收十条腊肉。

颜回代表孔子收下腊肉。子贡退后。

颜回喊："弟子行叩头礼。"

子贡跪下，向先生叩头三次。

当子贡站起来，颜回喊："请先生回礼。"

孔子起身，对子贡行拱手礼。

颜回喊："我宣布，端木赐的拜师礼，礼成。"示意子贡到人群后找个位置坐下。

弟子们也纷纷坐好。

颜回见大家都进入上课状态，说："现在请向先生提问！"

曾点率先举手，说："先生，我提个问题，可以吗？"见颜回示意他说，就往下说，"是这样，我可能不是一个好弟子。有时我会想要学的做人的道理这么多，我可能学不完，如果我学不完，我怎么办呢？"

漆雕开说：“是的，有时我也会有这种想法。”

孔子看看曾点，那眼神并没有责备。

曾点说：“我觉得这首诗说出我这种感觉。”接着背《诗经》中一首诗：“唐棣花，翩翩摇摆如此美丽。我岂能不想念你，只是因我家距离你太遥远，无法来你到面前。”

漆雕开说：“是的，它确实很美丽，可是太遥远。”

孔子听了，看看他俩，说：“你们还是没真的想念这朵花，如果真的想念，怎么会在乎遥远呢？”

曾点和漆雕开不说话了。

【原文】“唐棣之华，偏其反而。岂不尔思？室是远而。”子曰：“未之思也，夫何远之有。”（《论语·子罕篇第九》）

闵子骞说：“先生，对于学习，请您再指点一下。好吗？”

孔子说：“一个人如果在温习学过的道理时，能明白新道理，就可以当先生了。”

弟子们都觉得很受启发。

【原文】子曰：“温故而知新，可以为师矣。”（《论语·为政篇第二》）

公冶长又问道：“先生，我听到这样一种说法，就是说真正聪明之人不用学太多东西，就可写出很多道理。”

孔子说：“大概有一种自己不懂却去写的人，而我不是这样的人。”

弟子们听着。

孔子又说：“我总是多听各种事情，去接受好的，多看各种事情，去认识它。我觉得这样学习很重要，这也就是仅次于生下来就知道了。”

曾点、漆雕开都看看公冶长，公冶长低下头。

【原文】子曰：“盖有不知而作之者，我无是也。多闻，

择其善者而从之，多见而识之，知之次也。”（《论语·述而篇第七》）

冉耕发问：“先生，我想请问您，君子应该怎么做？可以吗？”

颜回觉得他的问题提得好。

孔子缓慢地说：“不懂得天命，就不能做君子；不知道礼仪，就不能立身处世；不善于分辨别人的话语，就不能真正了解他。”

冉耕并没完全明白。

【原文】子曰：“不知命，无以为君子；不知礼，无以立也；不知言，无以知人也。”（《论语·尧曰篇第二十》）

孔子又说：“君子成全别人的好事，不促成别人的坏事。小人则与此相反。”

这话冉耕听明白了。

【原文】子曰：“君子成人之美，不成人之恶；小人反是。”（《论语·颜渊篇第十二》）

孔子接着说：“君子以说得多做得少为耻。”

几个弟子都觉得说得好。

【原文】子曰：“君子耻其言而过其行。”（《论语·宪问篇第十四》）

孔子说：“古人不说大话，是因他们以说了做不到为耻。”

子贡在心里默念这句话。

【原文】子曰：“古者言之不出，耻躬之不逮也。”（《论语·里仁篇第四》）

孔子说："如果一个人说了大话不惭愧，那么兑现这话就困难了。"

弟子们连连点头。

【原文】子曰："其言之不怍，则为之也难。"（《论语·宪问篇第十四》）

孔子又说："没有却装作有，空虚却装作充实，穷困却装作富足，这样的人是难以长久保持好的品德的。"

弟子们安静地听着。

【原文】"亡而为有，虚而为盈，约而为泰，难乎有恒矣。"（《论语·述而篇第七》）

孔子说："总是自吹忠诚实在的人，是真君子？还是像真君子的伪君子呢？"

子贡觉得很受启发。

【原文】子曰："论笃是与，君子者乎，色庄者乎？"（《论语·先进篇第十一》）

宓子贱问："先生，我想问一个问题，人的本性是一样的吗？"

孔子说："人的本性是相近的，只是成长环境不同使人有了差别。"

弟子赶忙记下。

【原文】子曰："性相近也，习相远也。"（《论语·阳货篇第十七》）

孔子的讲学，在这种提问与解答中进行，弟子们很专注，先生很耐心，这一来一往，解开弟子心中的一个个疑惑，让弟子茅塞顿开，痴迷不舍。

子贡觉得特别受启发，自己心中的一些问题找到了答案，好像心中点亮一盏灯，把心里照得亮堂堂的。他觉得自己来拜师太对了。

旁边的沂水舒缓地流淌着，河水清澈见底，水草在水下摆动着，水面不时出现一些浪花，出现一些儿波纹，浪花与波纹互相追逐着向前流去，静悄悄的，没有一点声响。河水的气味，夹杂着野草和树木的气味飘散开来，让岸边的空气有点儿潮湿，有点儿苦涩，有点寒凉。

四、狂人曾点、沉默的颜路

几天后的一天，子贡在街上碰到曾点，就跟他站在路边聊起来。子贡发现曾点是个特别热情的人，很容易相处。

曾点，姓曾，名点，字皙，鲁国南武城（今山东省济宁市嘉祥县）人，因他说话做事都很狂，人们称呼他“狂人曾点”，这年他四十四岁，小于孔子六岁。他早年到鲁城谋生，一直住鲁城，是孔子最早的弟子，长得高高瘦瘦的，动作敏捷，说话的语速很快，可以看出是个急脾气。他有个儿子后来很出名，那就是曾参。

子贡对鲁国的很多事很好奇，问这问那的。

曾点给他介绍了鲁国的历史，说鲁国的首位国君是周公。这周公，姓姬，名旦，是建立周朝的周武王的弟弟。当年，武王卒，武王之子成王继位，因成王年幼，由周公摄政。这时周公的兄弟管叔、蔡叔、霍叔等不服成王，联合殷纣王的儿子武庚反叛，由于他们三个人是监视武庚的三监，史称“三监之乱”。周公率师迎敌，东征讨伐，最终平定叛乱。周成王为了表彰周公的功劳，将鲁地封给周公，建鲁国，周公为国君。由于周公要留在镐京辅佐周成王，由其长子伯禽代为赴任。后来，周公还编写了本朝礼制典籍《周礼》。

这时，颜路走过来。

颜路，姓颜，名无繇，字路，鲁城人，跟曾点同龄。颜路是个性格内向，不好言语之人，人称“沉默的颜路”。他也是孔子最早的弟子，是颜回的父亲。

曾点、子贡跟颜路打招呼，颜路客气地对他们挥挥手，算是打招呼了。

子贡想跟颜路说几句话，曾点拉住子贡，小声说：“他这个人不喜欢跟人太亲近。”

子贡只好忍住，说：“颜回对人挺热情的，他怎么会这样？”

“是，他就是这么个脾气，没办法。”

颜路过去后，子贡又问曾点：“这么说，后来这些鲁国国君都是周公的后代？”

“是的，是的。”曾点拍拍子贡的肩膀，“子贡，这些历史先生最了解，你跟先生好好学吧，将来你会知道更多东西。”

子贡连连点头。

“行，我要出城外干活儿了，下次再聊。”曾点说完，起身去城外了。

五、只喜欢卖弄小聪明，这种人真是难相处

半个月后的一天，子贡心中有几个疑问，就去孔子家。这时，子贡已经知道先生讲学主要是两种方式：一个是给众弟子讲授，一般一个月内有几次；另一个是随时回应请教，弟子想到什么就请教什么，他一一答复。

到孔子家，孔子坐在草席上读竹简，颜回在一边陪伴，子贡小心翼翼地说：“先生，是这样，我有几个问题，现在可以向您请教吗？”

孔子看看子贡，没有反对。

颜回示意子贡坐下。

子贡坐下说："我听您曾提到过小人，我想问小人有哪些可鄙之处呢？"

孔子沉吟片刻，说："若有人具有像周公那样美好的才能，只要骄傲而吝啬，别的方面也就不值得一看了。"

子贡问道："您的意思是那种骄傲而吝啬的人，就是小人了，是吗？"

孔子看看他，没说话。

颜回向子贡点头，意思先生这是默认了。

【原文】子曰："如有周公之才之美，使骄且吝，其余不足观也已。"（《论语·泰伯篇第八》）

子贡又问道："先生，其他的呢？"

孔子说："狂妄而不正直，幼稚而不老实，无能而不讲信用，我不知道该如何评价这种人。"

子贡说："先生，您的意思是，这样的人，也算是小人。是吗？"

孔子还是没有表态。

子贡见颜回又点头。

【原文】子曰："狂而不直，侗而不愿，悾悾而不信，吾不知之矣。"（《论语·泰伯篇第八》）

子贡又问道："先生，还有吗？"

孔子说："同大家整天在一块儿，不说一句正派的话，只喜欢卖弄小聪明，这种人真是难办！"

子贡连忙记下，颜回也连忙记下。

孔子见子贡没再提问，又去看竹简。

子贡轻声跟颜回告辞，离开先生家。

【原文】子曰："群居终日，言不及义，好行小慧，难矣哉！"（《论语·卫灵公篇第十五》）

六、孝顺的闵子骞

几天后的一个傍晚，子贡跟颜回去城外练习射箭，见闵子骞一个人在护城河边背诗。

闵子骞，姓闵，名损，字子骞，鲁国萧邑（今安徽省宿州市萧县）人。这年三十五岁，小于孔子十五岁，从老家到鲁城向孔子拜师，是一个性情温和，举止谨慎之人。由于为人节俭，人称"孝顺的闵子骞"，后来他做鲁国正卿家的费邑宰，就是费邑的县长，后被孔子排为孔门十哲第二名。

两个人没打扰闵子骞，继续往前走去，子贡说："我觉得子骞兄学得挺好，学到了很多东西。"

颜回说："是的，他一直学习很认真，是个很不错的人。"接着，给子贡讲了闵子骞的两件事。

说闵子骞从萧邑走了几百里路来找先生学做人之道，但是，家里太穷，他拿不出腊肉，他对先生说："先生，对不起，我只带来一坛家里做的水酒。"当时，在一旁的子路听了，嘲笑说："这曹溪之水，怎能抵得上十条腊肉？"

先生对子路的话很不满意，说："在我这里，曹溪一滴，远胜腊肉百条。"

把子路搞得极为尴尬。

还有，闵子骞生母早死，父亲娶了后妻，又生了两个弟弟。继母经常虐待他，大冬天给两个弟弟穿厚厚的冬衣，却给他穿用芦花填充的单薄衣服。一天，闵子骞跟父亲出门，牵马时因寒冷将缰绳掉在地上，父亲生气地用鞭子抽他，芦花从打破的衣缝飞了出来，父亲见此，才知闵子骞受到虐待。父亲返回家，要休掉后妻。

闵子骞跪求父亲饶恕继母，说：“留下母亲只是我一个人受冷，休了母亲三个孩子都要挨冻。”父亲十分感动，就依了他。继母听说，悔恨不已，从此对他如亲生儿子一样。

子贡觉得闵子骞真是不错。

【原文】周闵损，字子骞，早丧母。父娶后母，生二子，衣以棉絮；妒损，衣以芦花。父令损御车，体寒，失纼（zhèn）。父查知故，欲出后母。损曰：“母在一子寒，母去三子单。”母闻，悔改。（《二十四孝》）

颜回又说，先生曾说：“闵子骞真是孝顺呀！对于他父母兄弟称赞他的话，天下人没有反对的。”

子贡听了，心里对闵子骞多了一分敬佩。

【原文】子曰：“孝哉闵子骞！人不间于其父母昆弟之言。”（《论语·先进篇第十一》）

两个人到树林，开始练习射箭。

颜回说：“子路兄的射箭射得最好，比我们都厉害。”

“你是说他射得准，还是力气大？”

“首先是相当准，每一箭都射中靶心；其次是力气巨大，能射穿三张牛皮。”

子贡很是敬佩。

颜回说：“厉害吧？鲁国找不出几个这样的甲士。”

子贡觉得自己跟子路简直无法比了。

七、子路弹瑟，为什么要到我家门口呢？这不是要我表扬他吗？

多嘴的子贡在鲁城跟先生学习，用家里带去的钱，不用出去干活儿，平时他就到先生家陪先生读书。颜回也不用出去干活儿，经常陪先生读书。其他经济情况不好的弟子白天都是在外面找活儿干。

这天上午，孔子在屋里读书，子贡和颜回在一侧陪伴。孔子听到院子外有人弹瑟，让子贡出去看看。子贡出去，见是“猛汉子路”在院门口弹瑟。

子贡回屋告诉先生那是子路，先生什么也没说。

子路弹了两个曲子，见孔子一直没出来称赞自己，很扫兴，夹着瑟悻悻然地走了。

孔子听外面的子路走了，对子贡和颜回说：“子路弹瑟，为什么要到我家门口呢？这不是要我表扬他吗？”

颜回问孔子：“先生，您觉得子路弹瑟的水平如何？”

孔子答道：“子路弹瑟的水平嘛，如同一个人回家进了厅堂，还没到内室。就是说有很大进步了，还不够精深。”

【原文】子曰：“由之瑟奚为于丘之门？”门人不敬子路，子曰：“由也升堂矣，未入于室也。”（《论语·先进篇第十一》）

过了几天，“猛汉子路”到孔子家，问道：“如果要去侍奉鬼神，应当如何做？”

孔子说：“没能侍奉好人，怎么能侍奉鬼呢？”

子路又问：“请问人死后会怎么样？”

孔子回答说：“不知道活着会怎么样，怎么知道死了会怎么样呢？”

【原文】季路问事鬼神，子曰：“未能事人，焉能事鬼？”曰：“敢问死。”曰：“未知生，焉知死？”（《论语·先进篇第十一》）

子路出去了，过了一会儿又进来，没头没脑地说：“先生，有个问题我想不通，可以请您指点一下吗？”

孔子没有拒绝。

子路问道：“这里有一个人，早起晚睡，耕种庄稼，手掌和脚底都磨出了茧子，以此来养活父母。然而却没有得到孝子的名声，这是为什么呢？”

孔子说：“他是自身有不敬的行为吧？或者是说话的言辞不够恭顺吧？再或者是脸色不温和吧？古人有句话说：‘别人的心与你自己的心是一样的，是不会欺骗你的。’现在这个人尽力赡养父母，如果没有上面讲的三种过错，怎么能没有孝子的名声呢？”

子路不知道该再说什么。

孔子又说：“子路啊，你记住，我告诉你，一个人即使有鲁国大力士的力气，也不能把自己举起来，这不是力量不够，而是方法不对。一个人道德修养不好，这是他的错误；自身道德修养好了而没有彰显的名声，这是他朋友的过错。天下事就是这样，道德修养好自然会有名声。所以人们说，君子都是在家行为敦厚朴实，出外结交贤能的人。这个人如果这样做了，怎么会没有孝子的名声呢？”

子路似乎有点明白。

【原文】子路问于孔子曰：“有人于此，夙兴夜寐，耕芸树艺；手足胼胝，以养其亲。然而名不称孝，何也？”

孔子曰：“意者身不敬与？辞不顺与？色不悦与？古之人有言曰：‘人与己与不汝欺。’今尽力养亲，而无三者之阙，何谓无孝之名乎？”

孔子曰：“由！汝志之，吾语汝。虽有国士之力，而不能自举其身，非力之少，势不可矣。夫内行不修，身之罪也；行修而名不彰，友之罪也；行修而名自立。故君子入则笃行，出则交贤，何为无孝名乎？”（《孔子家语·困誓第二十二》）

第2章　在鲁城忙碌的几个后生

一、忠厚的冉耕、砍柴人冉求、贱民冉雍

一阵秋风吹过，茅草屋顶的枯叶被吹落到地上，顺着街道飞走，屋顶的那些小草也枯黄了，跟屋顶的茅草颜色一样了。能听到微风吹过树梢、吹过屋顶的声音，气温又降低了些。又到了傍晚，鲁城的炊烟也被吹走，那种树枝燃烧的气味消散了。

子贡去找子路，想跟他学射箭。子贡走到子路住处的门外，见子路在和冉耕拉拉扯扯。

冉耕，姓冉，名耕，字伯牛，鲁国郓城（今山东省菏泽市定陶区）人，这年四十三岁，小于孔子七岁，是个学习努力、品性厚道之人，人称“忠厚的冉耕”。冉耕后来接替孔子做鲁国中都的宰，是孔门弟子中第一个出来做官的，后被孔子排为孔门十哲第三名。

子贡走过去，见忠厚的冉耕满脸胀得通红，固执地让子路收下什么东西。子路真心不愿意收，把冉耕的手推回去。

忠厚的冉耕生气地说：“子路，有人来了，你再这样我真的生气了！”

子路不再坚持，把东西放进自己的口袋。

冉耕说：“就是嘛，这就对了。”说完，走开了。

等冉耕走远后，子贡小心翼翼地问道：“子路兄，你们这是？”

子路回头看看冉耕的背影，说：“这个冉耕，非要还这个钱，咱们是同门弟子，互相帮助一下不是很正常吗？”

子贡觉得忠厚的冉耕在这方面是很认真的，说：“我看依照

冉耕兄的脾气，你不收这钱恐怕还真不行。”

子路点点头。

这时孔门弟子中有三个姓冉的，子贡时常把他们的名字弄混，他问子路：“子路兄，冉耕、冉求和冉雍他们三个是一个村的人吗？”

子路说：“好像是的，他们三家相距不远。”

说着，冉求走过来。

冉求，姓冉，名求，字子有，鲁国郓城（今山东省菏泽市定陶区）人，这年二十一岁，小于孔子二十九岁，跟冉雍同年，为人诚信、善良，富有仁德之心，人称“砍柴人冉求”，后来担任鲁国正卿家的家臣宰，率兵大败齐国，将四处漂泊的暮年孔子迎回鲁国，后被孔子排为孔门十哲第五名。

子路跟冉求打招呼：“冉求，你这是去干什么？”

冉求说：“子路兄，子贡兄，我还能干什么？去磨刀，这砍刀钝了，耽误干活儿。”他每天都是去上山砍柴，把这些柴背回来卖给鲁城的人家。

冉求跟子路聊了几句闲话，告辞走了。

子贡看着冉求的背影，对子路说：“我觉得冉求这个人心地特别好。”

子路赞成子贡的说法，接着说了冉求拜师的经过。

四年前的一天，子路去城外干活儿，走到城南边的泡桐林，见前面两三个人围着一个后生大声嚷嚷，被围在人群中的后生低头不语。

子路加快脚步赶过去，问道：“这是作甚？作甚呢？”子路问那个后生说：“咋啦？他们欺负你？”

后生不说话。

子路不耐烦了：“你哑巴了？问你话呢，到底啥事？”

一个皮肤黑黑的男人替他说话：“他给人骗了，给这边人家砍了三天的柴，没得到酬劳……”

子路问道：“酬劳呢？去他家要呀！”

这个男人说：“和他一同砍柴的那个凶汉把他的酬劳悄悄领了，我们让他去找那凶汉，他不肯去。”

子路问低头后生：“是这么回事？那你为啥不去找那恶人？”

后生还是低头不语。

子路生气了，说：“你个熊包！你怕那凶汉？我不怕，走，我帮你去找那人。”

后生终于说话了：“我不去！”

子路说：“为啥？有我在，你不用怕那人。”

后生说：“好汉，是他也不容易，他父亲死了，老母眼瞎了，下边还有四个娃，他是没办法。我想如果他有办法，不至于这么干。”

子路愣住了，人群也安静下来。

子路对后生说：“兄弟，好人，好人呀！”转身向人群外走，人群给他闪开一条道，子路走出人群。

几天后，弟子们在沂水边跟孔子上课。

一个后生找到河边，他向坐在后排的颜路打听哪位是孔子。

子路听到声音，转头一看，愣住了，这不是那天在泡桐林见的那个被骗的后生吗？这个后生也认出子路，跟子路打招呼。

这会儿，孔子也看到这个后生，用眼光问子路来人是谁。

子路答道：“是我刚认识的一个朋友。”然后对这个后生说：“过来吧！这是你要找的先生。”

这个人赶忙向孔子行礼，然后自我介绍道：“先生，我叫冉求，是郓城人，想向您拜师。”那年，冉求十七岁。

孔子见这后生长着一张方方正正的脸，大眼睛，大耳朵，忠厚老实的模样，对他有几分好感，问他家里情况。

冉求说："我家是靠砍柴过活，家里情况还好，不遇天灾，能过日子。"

旁边一个弟子说："你怎么想找先生拜师？"

冉求说："我听说先生讲做人的道理，特别想跟先生学习。"

子路给孔子讲了那天见冉求的情况，然后问冉求："你还是没去找那恶人要你的酬劳？"

冉求摇摇头。

子路说："兄弟，你真是好人，心眼儿好……"

这样，冉求成了先生的弟子。

子路讲完冉求的故事，要带子贡去城外练习射箭。

这时，冉雍走来。

冉雍跟他俩打招呼："两位，这是要出城呀？"

子路说："是，去城外练射箭，你去吗？一起去吧！"

冉雍说："不去了，你俩去吧。我回家收拾收拾，天天出去干活儿，家里都没收拾。"

子贡知道冉雍家里特别穷，每个月他要给家里捎带钱粮，他在鲁城的日子过得紧巴巴。

冉雍，姓冉，名雍，字仲弓，这年二十一岁，小于孔子二十九岁，因他出身卑微，人称"贱民冉雍"，鲁国郓城人，孔子觉得他很有才干，曾说："拿这么漂亮的耕牛做祭品，山川之神会拒绝吗？"他后来在正卿家做家臣宰，曾被孔子排为孔门十哲第四名。

冉雍匆匆走过，他怕天黑了不好收拾住处。

子路见冉雍的身影在街角消失后，说："冉雍这样情况，能来这里跟先生学道真是不容易。"接着讲了冉雍拜师经过。

那是三年前的一天，子路从城外回来，路过鲁城东门。见一个破衣烂衫的后生走到门口，看着高高门楼，说："我终于到了。”

这个人问子路：“大哥，您是鲁城人吗？知道鲁城的孔丘先生吗？”

子路看他又脏又破的衣服，说：“知道。你找他作甚？”

“我叫冉雍，是找他拜师的，专门到鲁城找他拜师。”

子路不敢相信这是真的，说：“可是，你这个样子……”意思是这么穷不像个来学习的人。

“我家境很不好，这一路我是一边找活儿干一边赶路，路上饿了找点儿东西吃，困了找个屋檐睡……”

“是吗，干吗要找孔子拜师呀？”

“我想学做人的道理，不想活得太糊涂。我可以一边在鲁城找活儿干，一边学习。”

子路不再问了，就带他去见孔子。这样，冉雍就成了孔子的弟子。

二、颜回问：先生，为人处世依照什么原则好呢？

几天后，子贡和颜回一起去先生家。

在路上，子贡问颜回：“颜回兄，你能说说你跟先生都学到哪些道理吗？”子贡听弟子们说颜回跟先生学了很多做人的东西，子贡很想听颜回说说。

颜回没有推脱，想了想，说了一件事。

两年前，颜回将西游去宋国娶妻。临行前，颜回问先生道：“我用什么办法为人处世呢？”

先生说：“恭顺、端肃、忠心、诚信就可以了。”

颜回不明白。

先生接着说：“恭顺就能远离祸患，端肃人们就会爱你，忠心就能使大家和睦相处，诚信别人就会任用你。做到这四点的人，都可以处理国家大事，哪只是为人处世呢？”

子贡觉得先生说得很好。

颜回说，先生接着说：“所以，一个人不做好小事而想大事，不是舍近求远吗？一个人不提高内心素养而去修饰外表，不是做反了吗？一个人不事先做好准备，事到临头才去考虑，不是太晚了吗？”

子贡觉得先生说得太好了。

【原文】颜渊将西游于宋，问于孔子曰：“何以为身？”子曰：“恭、敬、忠、信而已矣。恭则远于患，敬则人爱之，忠则和于众，信则人任之，勤斯四者，可以政国，岂特一身者哉！故夫不比于数而比于疎，不亦远乎？不修其中而修外者，不亦反乎？虑不先定，临事而谋，不亦晚乎？”（《孔子家语·贤君第十三》）

接着，子贡问道：“颜回兄，好像现在很多人不理解先生，有这样的事吗？”

颜回说：“是的。”然后讲了一个子路经历的事。几年前，子路回老家，路过一个城邑，因时间晚城门已经关了，他只好在门洞里睡了一夜。第二天清早守门人开门见他，问道：“你从哪里来？”

子路回答道：“从鲁城的孔子那来。”

守门人问道：“是孔丘吗？就是那个明明知道做不到却要去做的人吗？”

颜回说：“你看看，在这个人的眼里，先生就是这个样子。”

子贡听了很气愤。

到了孔子家门口，两个人不再说话，进先生家院子。

【原文】子路宿于石门，晨门曰：“奚自？”子路曰：“自孔氏。”曰：“是知其不可而为之者与？”（《论语·宪问篇第十四》）

三、琴瑟宓子贱

这天傍晚，子贡估计猛汉子路在南门外树林里练弹瑟，就去找他，走进那片树林，果然见子路在这里。子贡说："子路兄，我来跟你学弹瑟，可以吗？"

猛汉子路见是子贡，咧开大嘴笑笑，说："小兄弟，跟我学？你找错人了，我这两下子哪里能教你！"

子贡喜欢子路这个样子，尽管是个粗人，但是待人很热情，很真诚，说："你弹瑟比我强。"

"算了吧！你去找宓子贱，他弹得好，你去向他学！"

"我刚学，水平距离宓子贱差太远，还是先跟你学吧。"

"行，你愿意跟我学就学吧。"子路不再赶子贡，继续弹瑟。

这时，从树林外走过来一个人，子贡见是宓子贱。

宓子贱，姓宓，名不齐，字子贱，因很喜欢弹琴，人称"琴瑟宓子贱"，鲁国龟阴（今山东省泰安市新泰市）人，这年二十岁，小孔子三十岁。他注意修养，有君子之德，后任鲁国单父宰。

子贡说："子贱兄，你来练瑟？"

宓子贱说："子贡、子路兄，你们二位在这儿？巧了，我说找个地方练练，没想到碰到你们了。"

子路说："确实巧了，我刚才还说让子贡去跟你学弹瑟呢。这下好了，不用跑了，子贡，你就跟宓子贱学弹瑟吧。"

宓子贱谦虚地说："别，子路兄，我不行，还是跟你学吧。"

子贡说："子贱兄，我这没入门的，还是跟子路兄学为好。"

宓子贱说："子贡兄弟，你说得对，就该跟子路兄学。你们在这练吧，我去旁边林子找个地方练。"说完，转身就走。

子路接着练瑟。一边弹，一边讲了他带宓子贱拜师的故事。

两年前的黄昏，在东门外的一个土坡下面，子路练习弹瑟。

路上走来一个后生，他听到琴瑟的声音，走到这边，说：“这位大哥，别着急，弹瑟心要静下来！”说话的语气很斯文。

子路这会儿练得不顺手，心里正窝火，没搭理他。

后生又说一遍。

子路说：“走开，别妨碍我！”

后生说：“我是想帮你，怎么是妨碍你？”

子路不高兴了，停下来，抬头看着这个后生说：“你帮我？就你这样还能帮我？有本事你来试试。”见对方不敢上前，子路轻蔑地说，“你还不如我，说这么多废话。走开，走开！”

后生犹豫一下，上前取过瑟，在身前摆好，弹起来。

很快，子路听出来此人弹得不错，说：“好了，别弹了。对不起，对不起！刚才冒犯老弟了。”向后生行礼。

后生向子路还礼。

子路问道：“请问老弟的大名。”

后生回答道：“我叫宓子贱，是鲁国龟阴人。”

“你来鲁城是？”

“是来找孔子拜师的。”

子路一听，笑起来，说：“原来也是来拜师的。好呀，既然是这样，咱们就是一家了。我叫子路，是孔子的弟子，幸会呀！”

“您就是子路？我听过您的大名，失礼失礼！”

“是我失礼在前，是我的错。”

相互道歉后，子路带宓子贱去找孔子，于是宓子贱成了孔门弟子。

子贡还没听过宓子贱弹瑟，心想，看来这宓子贱弹瑟的水平确实不一般呀。

四、孔鲤说：我私下听过父亲两个教诲

第二天上午，子贡去先生家，在路上碰到漆雕开。

漆雕开，复姓漆雕，名开，字子开，蔡国上蔡（今河南省驻马店市上蔡县）人，早年到鲁国生活，这年三十九岁，小孔子十一岁，是个大大咧咧的人，说话粗声大气，性情急躁，人称“开朗的漆雕开”，也属于任侠派。

漆雕开说：“子贡兄弟，你这是去哪儿？”

“子开兄，我去先生家。你呢？”

“我也是去先生家看看，好几天没去了。咱们一起去吧。”

这样，两人一起前行。

到孔子家巷口，碰到孔鲤。

孔鲤，姓孔，名鲤，字伯鱼，孔子唯一的儿子。这年三十岁，小于孔子二十岁。

子贡说：“伯鱼兄好。”

漆雕开也向孔鲤问好。

孔鲤向他俩问好。

子贡问道：“我们是去见先生，先生在家吗？”

“不在，一大早他就带颜回出去了，说是今天天气好，他们到城外走走。”

这样，子贡和漆雕开就不用去了。

子贡问道：“你是要出去？”

孔鲤说：“我去砍柴，家里柴火不够了。”

子贡知道孔鲤和妻子是跟先生和师母住一起，结婚多年了，一直没有孩子。先生家里的粗活儿重活儿，都是孔鲤干。

子贡和漆雕开告别孔鲤返回。

走出小巷后，子贡小声问道：“漆雕兄，孔鲤是先生的独子，你说他受到先生的指点是不是比我们要多？先生对儿子是不是有点儿私心？”

漆雕开笑笑，那意思说不是的。

子贡不相信。

漆雕开说了“孔鲤过庭”的故事。

那是在孔鲤十一二岁的时候，那时漆雕开和曾点、颜路他们刚刚跟先生学习。弟子中有一个人叫陈亢的。一天，陈亢问孔鲤：“你在先生那里得到过什么特别的教诲吗？”

孔鲤说没有，之后孔鲤说他想起来这么个事，一天，他见父亲站在庭院里，他快步从庭院走过，父亲突然说：“今天你学《诗经》了吗？”他回答说“没有”。父亲说：“不学《诗经》，就不能文雅地说出自己的想法。”于是，他回去学《诗经》。又有一天，父亲又站在庭院里，他快步走过，父亲说：“你学《周礼》了吗？”他回答说：“没有。”父亲说：“不学《周礼》，就不能成为一个有作为的人。”他回去就学《周礼》。孔鲤说：“我就听过这两个教诲。”

陈亢听了后非常兴奋，跑来告诉我们，说：“我今天提一个问题，却得到三个收获，明白为何要学《诗经》、明白为何要学《周礼》，还知道君子不会偏爱自己的儿子。”

原来是这样，子贡明白了。

【原文】陈亢问于伯鱼曰：“子亦有异闻乎？”对曰：“未也。尝独立，鲤趋而过庭，曰：‘学《诗》乎？’对曰：‘未也。’‘不学《诗》，无以言。’鲤退而学《诗》。他日，又独立，鲤趋而过庭，曰：‘学《礼》乎？’对曰：‘未也。’‘不学《礼》，无以立。’鲤退而学《礼》。闻斯二者。”陈亢退而喜曰：“问一得三，闻《诗》，闻《礼》，又闻君子之远其子也。”（《论语·季氏篇第十六》）

五、子贡问：给老百姓很多好处的人，是仁者吗？

这天，多嘴的子贡和颜回在陪先生读书，子贡说："先生，我刚刚想到一句话，可以向您请教吗？"

孔子看看他，没有拒绝的意思。

子贡说："我不愿别人强迫我做事，我也不会强迫别人做。"

孔子说："子贡呀，恐怕你现在还做不到呀。"

子贡问道："先生，您为什么这么说？您是认为我现在还没这么仁德吗？"

孔子不回答。

颜回示意子贡不要再问。

【原文】子贡曰："我不欲人之加诸我也，吾亦欲无加诸人。"子曰："赐也，非尔所及也。"（《论语·公冶长篇第五》）

子贡又问："如果有一个人，他能给老百姓很多好处从而救济民众，怎么样？可以算是仁者了吗？"

孔子想了想，说："岂止是仁者，简直是圣人了！就连尧帝、舜帝都难以做到呢。"

子贡在琢磨先生的话。

孔子接着说："仁者，就是要让自己站得住，也要让人家站得住；要让自己行得通，也要让人家行得通。能在做的时候总是想到别人，可以说是一种仁德的方法。"

子贡连连点头。

【原文】子贡曰："如有博施于民而能济众，何如？可谓仁乎？"子曰："何事于仁？必也圣乎！尧、舜其犹病诸！夫仁者，己欲立而立人，己欲达而达人。能近取譬（音毕），可谓仁之方也已。"《论语·雍也篇第六》

子贡又问："您的意思是百姓也很需要仁德？"

孔子接着说："百姓需要仁德，超过需要水火。为政者应该给百姓更多仁德，我只见过走进水火而死的，未见走进仁德而死的。"

子贡觉得先生说得太好了。

【原文】子曰："民之于仁也，甚于水火。水火，吾见蹈而死者矣，未见蹈仁而死者也。"（《论语·卫灵公篇第十五》）

六、小个子高柴

第二天下雨了，天色暗淡，屋檐的滴水一直不停，路上翻起泥浆，低洼处也开始积水。一场秋雨一场寒，天气也冷了很多。

子贡跟颜回在颜回家，两人一边看着门外的雨一边聊天。

有人敲颜回家大门。颜回过去开门，见是高柴。高柴头顶一块木板。

高柴，姓高，名柴，字子羔，这年二十岁，小孔子三十岁。齐国人，极重孝道，擅长事务管理。人称"小个子高柴"，后来，担任鲁国正卿家的费邑宰、卫国的士师。士师，是司寇下一级的官，负责执行刑罚。最后，担任鲁国司马家的成邑宰。

高柴说："颜回，你家有蓑衣吗？借我用用，我想去河边捞鱼。"

颜回说："这下雨天，就别去了吧。"

子贡也说："就是，高柴兄，别去了，过来坐坐吧。"

"你们坐，我就不坐了，下雨天好捞鱼，我去看看。有蓑衣吗？"

颜回到一旁去取了件蓑衣递给高柴。

高柴说："两件，公冶长跟我一起去。"

颜回又取了件蓑衣递给高柴。

高柴接过蓑衣，走了。

颜回过来坐下，两人继续聊天。

颜回说：“你知道吗？高柴是个很能干的人，很会处理人与人的纠纷。”

“是吗？”

颜回讲了自己第一次见高柴的情景。

一年前的一天，颜回回城，走过一片坡地，见一棵枣树下有两个男孩在吵闹，一个大一点儿，八九岁的模样，另外那个小一点儿，只有五六岁，两个人声音很大，似乎都很气愤。听他们的话，好像是小的捡了地上的青枣，大孩子不让捡，两个人互不相让争吵起来。

这时，一个路过的后生走过来，出言相劝。

颜回看看这后生，相貌丑陋，个子很矮，估计就是一米六上下，年龄和自己差不多大。后生把两个吵架的孩子拉开，让他们听自己评理。

大孩子不服气地质问他：“你是谁？凭什么要我听你的？”他已经抢走小孩子的青枣。

小的孩子也觉得这个人多余。

颜回觉得这挺有意思。

后生说：“你们别管我是谁，你们听我说说，如果我说的有理，你们就听我的，行吗？”

大孩子说：“我怎么知道你说的有理没理？”

后生说：“公平就是有理，如果你觉得我说的公平，那就是有理，对不对？”

大孩子说：“好吧，你说吧！”

后生说：“我觉得这个事应该是大的让小的……”

大孩子不服气地嚷嚷说：“凭什么？！凭什么？！”

后生说：“这很简单，你看，他这么小，除了捡掉到地上的枣，还有什么办法得到枣呢？而你不同，你可以用棍子打枣，或者上树去把枣摇下来，是不是？”

大孩子嘴里嘟囔着，还是不服气。

后生说：“是这样，如果现在年纪小的是你，我也是这么说，那你是不是就不觉得吃亏呢？我刚说这些话不是为了斒袒他，而是斒袒年纪小的一方，如果你年纪小，斒袒的就是你，对不对？”

大孩子说不出反驳的话。

小孩子挺高兴。

后生耐心地说：“我知道向别人低头认错是很难做到的事，自己很没面子，但是，向别人低头认错的人最容易受到别人的尊敬，你知道吗？”

大孩子看看后生，把手里的青枣还给小孩子，说：“对不起！”

小孩子看看后生，后生向他示意感谢一下，小孩子接过青枣，对大孩子说：“我做得也不好，对不起！”

后生说：“好了，你们玩吧，我走了。”

颜回说：“这个后生就是高柴。”

下午，雨停了。

子贡起身回家。颜回留子贡吃饭，子贡已经在颜回那里吃了一顿饭，不想再打扰颜回，谢绝了。

这时，有人敲院门。

颜回去开门，是高柴来还蓑衣，高柴身后是公冶长。

公冶长，这年三十岁，小孔子二十岁，与孔鲤同年，齐国人，他来拜师学习，之前曾遭受牢狱之灾，孔子认为那不是他的罪过，几年前把女儿嫁给他。

公冶长说：“颜回，谢谢你的蓑衣。”

子贡问道：“你们捞到鱼了吗？”

公冶长把竹篓递给子贡面前，子贡一看，有好几条鱼呢。

高柴要送给颜回两条鱼，颜回知道他们捞到鱼很不容易，让他和公冶长留给自己吃。高柴和公冶长坚决要给，最后颜回只有收下。

高柴和公冶长走了。颜回让子贡别走了，一起吃鱼。

子贡再次谢绝颜回的好意，出门走了。

七、那种说得好听，一脸讨好之色的人，很少是仁德的

三天后的一个傍晚，在孔子的院子里，孔子给弟子们上课。由于天气越来越冷，他们不再去河边，上课的地点改在孔子家的院子里。这时，弟子们踊跃提问，孔子一一解答。

子贡等到发言的机会，问道："先生，您教导我们不能做一个不仁德之人，为什么？"

孔子说："不仁德之人，尽管不会长久地生活于穷困中，但也不会长久地生活于安乐中。"

子贡在琢磨这句话。

孔子又说："仁德之人因仁德而心安，聪明人因仁德而更聪明。"

子贡觉得后面这句话好理解，连连点头。

【原文】子曰："不仁者不可以久处约，不可以长处乐。仁者安仁，知者利仁。"（《论语·里仁篇第四》）

孔子接着说："只有那些仁德之人，才能辨别好人和坏人。"

子贡点头。

【原文】子曰："唯仁者能好人，能恶人。"（《论语·里仁篇第四》）

孔子说："如果立志于做仁德之人，就不会做坏事了。"

子贡觉得这句话对自己意义很大。

【原文】子曰："苟志于仁矣，无恶也。"（《论语·里仁篇第四》）

孔子说："住的地方，有仁德的邻居才好。选择的住处没有仁德邻居，怎么能说是聪明呢？"

子贡还是点头。

【原文】子曰："里仁为美。择不处仁，焉得知？"（《论语·里仁篇第四》）

孔子又说："那种说得好听，一脸讨好的人，很少是仁德的。"

子贡觉得这句太精彩，禁不住发出一声赞叹："说得太好了！"子贡觉得这场谈话把自己心中最近思考的一些东西说透了。

弟子们也觉得先生这话说得太好了。

【原文】子曰："巧言令色，鲜矣仁！"（《论语·学而篇第一》）

八、南宫括说：读诗才能文雅地表达自己的想法

第二天傍晚，子贡去弟子喜欢去的西门内那个街角。那是弟子们聚集聊天的地方，弟子们没事时会从各处过来在这里见见面，说说话。

子贡到这见子路和一个人在争执，子路说："我就认为射箭有用，读诗没用。"

这个人说："子路兄，你太极端了。"

子贡见这个人是南宫括。

南宫括，这年三十三岁，小孔子十七岁，鲁国人。他曾把《诗经》中的“白圭之玷，尚可磨也；斯言之玷，不可为也”读了又读，曾被孔子称为“真是个君子！”十多年前孔子把哥哥孟皮的女儿嫁给他。

子路很不服气地说：“你说，有什么用？”

南宫括说：“怎么没用？先生说，读诗才能文雅地表达自己的想法，怎么没用？”

子路说：“文雅地表达？我这么个粗汉子，要什么文雅表达？我觉得这要分人，像你们这些人可能有用，对我这样的，没用。”

南宫括说：“我不这么看，我觉得我原来也是粗汉子，是读诗改变了我。”

子路说：“南宫兄弟，你喜欢读诗，你就多读点，我不喜欢就少读点，你别劝我，好吗？我觉得射箭和驾车更适合我，我多练练射箭和驾车，咱们各自做适合自己的事，好吗？”

南宫括说：“子路兄，你太固执……”

子路见子贡，说：“子贡老弟，你来了？南宫老弟在劝我读诗呢，我觉得你挺适合读诗，要不然你去跟他读诗，好吗？”

子贡说：“子路兄，我现在缺的不是读诗，是弹瑟、射箭。”

子路说：“那太好了，咱俩去练射箭，走！”

南宫括见这个样子，说：“我也跟你们一起练射箭！”

子路逗南宫括道：“真的跟我们一起练射箭了？不读诗了？”

南宫括说：“谁说练射箭就不读诗了？练一会儿再去读诗也不晚。”

猛汉子路哈哈大笑。

第3章　那淡黄色的亮光洒在残破的墙壁上

一、把漂亮的妻子让给哥哥，这不符合礼法

上午，阳光升上树梢，驱散了一些夜晚的寒意，给天地带来一些温暖，那淡黄色的亮光洒在孔子家残破的墙壁上，洒在屋檐下的柴火上，洒在墙角的农具上。这几天都是晴天，浸入墙角的雨水退下去了，院子的地面也干了，不再让人难以行走。这阳光也通过窗户投射进孔子家，把屋子照亮。

屋子里，孔子在读竹简，颜回、子贡在一旁陪伴。

这时，子路风风火火地进来。

孔子皱着眉头看看子路。

子路兴冲冲地说："先生，我刚才干了件大事！"见孔子在听，继续说，"是这样，我刚才上碰到一个人，他早上脱掉给父亲居丧的丧服，晚上就唱起歌来，我讥笑他一通，说他高兴得太快了！"

孔子听了，说："子路！你责备别人就没个头了吗！三年之丧，时间相当长了，他能做到这样已经很不错了，很多人还做不到呢。"

子路没有想到会被先生训斥，脸上的得意之色顿时一扫而光。

孔子不再说话。

子路讨了个没趣，转身出去了。

子路出去以后，孔子对子贡和颜回说："按说嘛，离可以唱歌的日子也没有多久了，如果那个人过一个月再唱歌，那就无可挑

剔了。”

【原文】鲁人有朝祥而莫歌者，子路笑之。夫子曰：“由，尔责于人，终无已夫？三年之丧，亦已久矣夫。”子路出，夫子曰：“又多乎哉！逾月则其善也。”（《礼记·檀弓上第三》）

过一会儿，子路又回来了，他问道：“先生，我又有一个问题，可以请教一下吗？”

孔子没反对。

子路说：“我请求抛弃掉古代的为人之道，而按我的想法办，可以吗？”

孔子说：“不可，从前东夷有女子，带女儿寡居，羡慕咱们华夏的礼制，为不影响女儿将来找女婿，终生不嫁。可是，她本是可以改嫁而为了女儿不改嫁，这并不符合贞节的要求。”

子路不明白，问道：“先生，您的意思是？”

孔子没有答复，继续说：“苍梧有一个人叫娆的人，发现娶来的妻子很美，他想好的东西应当让给哥哥，便把妻子给他哥哥。让是让了，但这是不符合礼法啊！”

子路似乎有点明白。

孔子继续说：“最初不谨慎，事后又后悔，哀叹也没用了。现在你要抛弃古代的为人之道，按照你的想法办，怎么知道你的想法不是以错为对，以对为错呢？如果这么做，将来后悔，想改过来也难啊！”

子路明白了，点点头走开。

【原文】子路问于孔子曰：“请释古之道而行由之意，可乎？”子曰：“不可。昔东夷之子，慕诸夏之礼，有女而寡，为内私婿，终身不嫁。嫁则不嫁矣，亦非贞节之义也。苍梧娆娶妻而美，让与其兄。让则让矣，然非礼之让也。不慎其初，而悔其后，何嗟及矣。今汝欲舍古之道，行子之意，庸知子意不以是为非，以非为是乎？后虽欲悔，难哉！”（《孔子家语·六本第十五》）

下午，在孔子家院子的一角，子贡和颜回帮先生家收拾柴火。孔子在屋里读书。

子贡说："颜回兄，人们都说先生是当今最懂礼法之人，是这样吗？"见颜回点头，问道，"为什么这么说呢？是先生学了很多礼法的东西吗？"

颜回告诉子贡，先生觉得周公制定的礼法现在被人们遗忘了，很多地方上到国君大夫，下到庶民百姓施行的礼法都变味了，所以他一直在认真学习周公的礼法。他十九岁去宋国学习宋国的礼法，三十四岁去洛邑学习周公的礼法。

接着，颜回讲了一个故事。五年前，就是鲁定公三年，邾庄公卒，邾隐公即位后，将要举行冠礼，派一个邾国大夫来鲁国，通过鲁国司空孟懿子向先生询问举行冠礼的有关礼仪。

先生说："这个礼仪应该和他做国君继承人的冠礼相同。国君继承人加冠时要站在大堂前东面的台阶上，以表示他要代父成为家长。然后站在客位向位卑者敬酒。每戴一次冠敬一次酒，表示他成年了。三次加冠，是最尊贵的加冠，这样的加冠要求他要有志向。加冠以后，人们用字来称呼他，这是尊重他的名。"

子贡听了，对先生多了一分敬佩。

【原文】邾隐公既即位，将冠，使大夫因孟懿子问礼于孔子。

子曰："其礼如世子之冠，冠于阼者，以著代也。醮于客位，加其有成。三加弥尊，导喻其志。冠而字之，敬其名也。"（《孔子家语·冠颂第三十三》）

二、轻蔑者原宪

多嘴的子贡和颜回一起把先生家的柴火收拾好，宓子贱带来一个后生进来。

子贡见这个后生二十来岁，身材消瘦，一身破旧的衣衫，神情严肃，给人很冷漠的感觉。

子贡问宓子贱："你是如何认识他的？"

宓子贱便说了刚才发生的事。当时，他走在鲁城西门外的大路上，只见一队马车飞奔过来，扬起尘土，他避让到路边。

路边的人说："真神气，有钱有势就是神气！"

一个后生问说话的人："这是谁呀？"

路人说："还能有谁？鲁国正卿家的人嘛。"

这个后生脸上露出鄙视的神情。

这个路人问道："你是谁呀？还看不起人家富贵之人，富贵有什么不好吗？人生就是几十年，享受人生不是一桩美事吗？"

后生不屑地说："我看不一定。"

路人说："什么不一定？你是没有富贵的命！"

后生硬邦邦地说："哼，并不是人人都羡慕富贵。"

路人不想理睬这个怪人，走开了。

宓子贱过去跟这个后生打招呼，才知道他叫原宪，是来找先生学做人之道的，就把他带来了。

原宪，姓原，名宪，字子思，这年二十岁，小孔子三十岁。宋国人，出身贫寒，个性狷介，一生安贫乐道，不肯与世俗合流，人称"轻蔑者原宪"，后来在孔子做鲁国司寇时，曾担任孔子家臣宰。孔子去世后，他才到野草丛生的地方隐居。

这样，原宪成了孔子的弟子。

三、把诋毁别人的优点当作能言善辩，把阴险地揭发别人当作智慧，这样的人就是小人

第二天，颜回和子贡陪伴孔子读书。颜回突然想起什么事，

问孔子："先生，什么样的人算得上是真正的君子？"

孔子思考少许，说："能爱人就接近于仁了，能正确判断就接近智了，对自己不要太看重，对别人不能轻视，这样的人就可以说是真正的君子了。"

颜回说："请问差一等的呢？"

孔子说："没有次一等的君子。一个人不学习就想去做，不思考就想去收获，是什么事也不会成的，你小子要努力啊！"

【原文】颜回问君子。孔子曰："爱近仁，度近智，为己不重，为人不轻，君子也夫！"回曰："敢问其次。"子曰："弗学而行，弗思而得。小子勉之！"（《孔子家语·颜回第十八》）

颜回又问："什么样的人是小人？"

孔子说："把诋毁别人的优点当作能言善辩，把阴险地揭发别人当作智慧，别人有过错就幸灾乐祸，耻于向别人学习，又隐藏自己的无能，这样的人就是小人。"

颜回感觉很受启发。

子贡连连点头。

【原文】颜回问小人。孔子曰："毁人之善以为辩，狡讦怀诈以为智，幸人之有过，耻学而羞不能，小人也。"（《孔子家语·颜回第十八》）

颜回又问孔子说："好像小人的话和君子的有相同的，君子对此不可不仔细分辨。"

孔子说："君子以自己的行动说话，小人以自己的舌头说话。所以君子在仁义的事上相互争夺，而私下是相互支持的；小人在制造乱局上相互支持，私下却是相互诋毁。"

【原文】颜回问于孔子曰："小人之言，有同乎君子者，不可不察也。"孔子曰："君子以行言，小人以舌言。故君子于为义之上，相疾也，退而相爱；小人于为乱之上，相爱也，退而相

恶。”（《孔子家语·颜回第十八》）

颜回又问：“君子是如何处理朋友关系的？”

孔子说：“君子对待朋友是真诚坦率的。那种人，发现朋友不对却不告诉对方，我不认为他是仁德的人。”

颜回觉得先生说得好。

孔子继续说：“不忘记朋友从前对自己的恩德，不记着以前对朋友的怨恨，这才是仁德的人啊。”

颜回觉得先生说到最关键那一点上了。

子贡努力记住。

【原文】孔子曰：“君子之于朋友也，心必有非焉而弗能谓吾不知其仁人也。不忘久德，不思久怨，仁矣夫。”（《孔子家语·颜回第十八》）

四、南方人言偃

这天，子贡去集市，在街角见一个后生在给一个生气的人讲道理，说：“算了，吃亏很正常，天下哪有不吃亏的？”

子贡停下来听他们这到底是怎么回事。

原来是那个生气的人被他的好朋友伤害了，他激动地说：“这么多年，我一直拿他当自己的亲兄弟一样对待，有好事我都想着他，没想到他为了他的苎麻卖个好价钱，说我的苎麻不好。”

这个白白净净的后生说：“也许他是无意的，就是顺嘴一说。”

生气的人气愤地说：“这种事能顺嘴说吗？那能是无意的吗？”

“会不会有人挑拨你们的关系？”

“这些话，是挑拨的人想得出来的吗？如果他没说，人家能编出来说？”

“我觉得，这个事，咱们不能太计较，否则你就失去这个朋友了，如果你不计较，也许对你更好。”接着，这个后生说了个故事。

说在一百年前，秦国的国君秦穆公发现自己的马丢了，他非常喜欢这匹马，急忙带人去找。在城外的营帐外，他见一群甲士正围在一起吃马肉，秦穆公见那正是自己的马，说：“这是我的马呀！”这些甲士知道自己在吃了国君的马，都吓坏了，四散跑开。秦穆公的卫士上来把他们围住。可是，秦穆公没有发火，反而说：“我听说，吃好马的肉不喝酒会很伤身体，我这是好马，一定要喝酒。”带人回宫，让手下人给他们送来好酒。

过了三年，晋国攻打秦国，秦穆公被晋军围住。之前吃秦穆公马肉的这些甲士听说了，互相说：“现在机会到了，咱们要全力以赴，拼死作战，来报答君上不杀我们，还给我们好酒的恩德。”于是他们冲散晋军，救出秦穆公，并最终打败晋国。

生气的人听了这个故事，半天没说话。

后生让生气的人再想想，跟他告别。

子贡上去拦住这个后生，说：“朋友，对不起，可以认识你一下吗？”见对方有些犹豫，说，“我是端木赐，我觉得你刚才说的话特别有道理，想跟你认识一下。”

后生说：“我是言偃。”

言偃，姓言，名偃，字子游，吴国常熟人，这年二十岁，小孔子三十岁，是七十二贤中唯一的南方人。他喜欢音乐，擅长弹奏琴瑟，弟子称他为“南方人言偃”。后来他任鲁国武城宰，曾被孔子排为孔门十哲第九名。孔子去世后，他带了众多弟子，讲授孔子的做人之道。

子贡说：“听你的口音，你是南方人吧？到鲁城来做什么？”

“我是常熟人，是来找孔丘先生拜师的。”

这样，子贡带言偃去见孔子，言偃成了孔门弟子。

五、无论对方做得怎样，亲人间的亲情和旧友间的友谊，都不可以失掉

第二天，发生了一桩事情，让子贡对先生又多了一层了解。

事情是这样的，孔子有一个老朋友叫原壤，原壤的母亲死了，孔子见原壤一直不去准备棺木，就去帮他张罗。

子路听说这事，对先生这么做很不满意，子路认为原壤是死者的儿子，这一切都是原壤的事，先生替他去做，这太没道理。于是，子路就带子贡去找孔子，对孔子说："我子路，从前听先生说过'不要与道德低下的人做朋友，自己有了过错则不要怕改正'。您现在与原壤这个道德低下的人做朋友，就是您的过错，您能做到有过错不怕改正吗？"

孔子说："凡百姓有丧事，要尽力去救助，何况是个旧友，我觉得我应该帮他。"意思是，我不是要跟道德低下的人交朋友，只是去帮助一下旧友。

等办理好棺木，原壤来了，敲着棺木说："我很久没有用歌声来表达对母亲的感情了。"于是就唱道："摸着这狐狸头花纹一样的木纹，母亲，我多想再握住你柔软的手。"

孔子退到一边，假装什么都没听到一样悄悄走开。

子路跟在后面，说："先生，您委屈自己竟然到这种地步，我觉得您根本不必与他再交往，难道您还不想和他断绝来往吗？"

孔子说："我听说过这么一句话'对亲人，不可以失掉亲人的亲情；对旧友，不可以失掉旧友的友谊'。"

孔子最后这句话的意思是：旧友变得道德低下，是不应该再交往，但是，还是应该去帮助他。

但是，子路很不理解。

【原文】孔子之旧曰原壤，其母死，夫子将助之以沐椁。

子路曰："由也，昔者闻诸夫子曰：'无友不如己者，过则勿惮改。'夫子惮矣，姑已若何？"

孔子曰："凡民有丧，匍匐救之，况故旧乎，非友也，吾其友乎？"

及为椁，原壤登木曰："久矣予之不托于音也。"遂歌曰："狸首之班然，执女手之卷然。"

子路曰："夫子屈节而极于此，失其与矣，岂未可以已乎？"

孔子曰："吾闻之亲者不失其为亲也，故者不失其为故也。"（《孔子家语·屈节解第三十七》）

六、诗文子夏

几天后的一个傍晚，子贡在街上遇见南宫括，子贡说："南宫兄，收工回来了？"

南宫括说："是的，子贡，我给你介绍一个人。"他指着身边的后生说，"这是子夏，是来找先生拜师的。"

子夏恭敬地说："子贡兄好！"

子夏，姓卜，名商，字子夏，卫国人。这年十八岁，小孔子三十二岁，喜欢诗歌，人称"诗文子夏"，后来担任鲁国莒父宰。孔子去世后，他辞职去魏国传授先生的做人之道，收李悝（音亏）、吴起为弟子，还被魏国国君尊为先生，后被孔子排为孔门十哲第十名。

子贡见这个后生长得精干利落，一双眼睛明亮有神，衣服也很干净得体，说："子夏兄好！"扭头问南宫括，"你是在哪儿碰到他的？"

南宫括说了碰到子夏的经过。

刚才，南宫括从外面回城，在路上碰到后生一边走路一边嘴里嘀嘀咕咕的。他快走几步，走到那人身后。南宫括说："朋友，我见你嘴里一直在嘀嘀咕咕的，你是在背诗吗？"

这个后生扭头看看南宫括，说："你问这个干吗？你是谁呀？"

南宫括说："是这样，我是南宫括，我感觉很好奇，可以认识一下吗？"

这个后生连忙行礼，说："我叫卜商，你叫我子夏吧，卫国人。"

南宫括说："子夏，你刚才念叨的是什么？"

子夏说："是这样，我昨天在路上听到一首鲁国诗歌，感觉特别好听，我怕忘记，今天就背诵一下。"接着他背诵道："快乐地到泮水岸边，采撷迎接鲁国国君回来的水芹菜，国君很快到达，远远看到那些旌旗迎风飘荡。旌旗在空中飞舞，车驾铃声悦耳动听。鲁国的大小官员，跟着鲁君一同走来。"

南宫括接着背诵道："快乐地到泮水岸边，采撷迎接鲁国国君回来的水藻，国君很快到达，国君的坐骑是那样强壮。国君的坐骑是那样强壮，车驾铃声叮当作响。国君一脸喜色一阵笑声，不用发怒也把百姓教化。"

子夏高兴地说："你也会背这首诗？太好了。"

南宫括得意地说："这是我们鲁国战胜淮夷后，在泮水岸边设宴祝捷时，人们给国君写的一首诗。"

子夏说："你们鲁国的诗歌很优美，很好听。"

【原文】思乐泮水，薄采其芹。鲁侯戾止，言观其旂。其旂茷茷，鸾声哕哕。无小无大，从公于迈。

思乐泮水，薄采其藻。鲁侯戾止，其马蹻蹻。其马蹻蹻，其音昭昭。载色载笑，匪怒伊教。（《诗经·鲁颂·泮水》）

南宫括说："你们卫国的诗歌也很优美，不是吗？"接着背诵道："芄兰枝上结尖夹，小小童子佩角锥。虽然你已佩角锥，但不解我情旖旎。走起路来慢悠悠，摇摇摆摆大带垂。"

【原文】芄兰之支，童子佩觿。虽则佩觿，能不我知。容兮遂兮，垂带悸兮。（《诗经·国风·卫风·芄兰》）

子夏说："南宫兄，没有想到你居然会背我们卫国的诗歌，你太厉害了。

南宫括说："没有，没有，是我们先生教我们的……"

"你们先生？"

"是这样的，我是孔子的弟子，跟先生学了很多诗歌……"

子夏说："你是孔子的弟子？这太巧了，我刚才忘了说，我到鲁国来是来找孔子拜师的。这个，你们可以带我去见孔子吗？"

南宫括说："当然可以。"

子贡听了，非常高兴地说："咱们是一国的，我也是卫国人，欢迎你，欢迎你成为孔门弟子。"

七、如果不喜欢学习，爱琢磨问题的容易肤浅，爱直率的容易说话尖刻

这天晚上，子贡听颜回说白天发生的事。

颜回说，今天孔子在家里兴致很高，让一旁做事的子路、颜回坐下，说道："何不各人说说自己的志向？"

猛汉子路听了，连忙站起来说："我的志向，是把自己的车马和衣服与朋友共同使用，就是用坏了也不会不高兴。"

孔子听了没表态，转眼看着颜回。

颜回也站起来，说："我的志向，是不夸耀自己的好处，不表白自己的功劳。"

孔子还是没说话。

猛汉子路对孔子说："先生，我们也希望听听您的志向。"

孔子思考片刻，说："我的志向，是让老人觉得我可靠，让朋友们觉得我诚信，让年轻人觉得我可以推心置腹地交谈。"

子路和颜回连连点头。

【原文】颜渊、季路侍，子曰："盍各言尔志？"子路曰："愿车马，衣轻裘与朋友共敝之而无憾。"

颜渊曰："愿无伐善，无施劳。"

子路曰："愿闻子之志。"

子曰："老者安之，朋友信之，少者怀之。"（《论语·公冶长篇第五》）

孔子又问："子路啊，你听说过六种行为导致的六种弊病吗？"

子路站起来，回答："没有。"

孔子说："坐下！我告诉你。爱仁德却不喜欢学习，容易被人愚弄；爱琢磨问题却不喜欢学习，容易肤浅；爱诚实却不喜欢学习，容易被人坑害。"

子路安静地听着。

孔子又说："爱直率却不爱学习，容易说话尖刻；爱勇敢却不爱学习，容易闯祸；爱刚强却不爱学习，容易胆大妄为。"

【原文】子曰："由也，女闻六言六蔽矣乎？"对曰："未也。""居！吾语女。好仁不好学，其蔽也愚；好知不好学，其蔽也荡；好信不好学，其蔽也贼；好直不好学，共蔽也绞；好勇不好学，其蔽也乱；好刚不好学，其蔽也狂。"（《论语·阳货篇第十七》）

子路对此并不完全理解，他感兴趣的是其他的，他接着问道："怎么样才可以叫作'士子'呢？"

孔子道："互相批评，和睦共处，可以叫作'士子'了。朋友之间，互相批评；兄弟之间，和睦共处。”

【原文】子路问曰：“何如斯可谓之士矣？”子曰：“切切偲偲，怡怡如也，可谓士矣。朋友切切偲偲，兄弟怡怡。”（《论语·子路篇第十三》）

子路又问道：“君子崇尚勇敢吗？”

孔子说：“君子以道义为上，君子如果勇敢而不讲道义就会捣乱造反，小人如果勇敢而不讲道义就会成为强盗。”

子路有点儿意外。

【原文】子路曰：“君子尚勇乎？”子曰：“君子义以为上。君子有勇而无义为乱，小人有勇而无义为盗。”（《论语·阳货篇第十七》）

子路着急地说：“还有，我还有一个问题……”

孔子说：“子路总是那么着急，听到一个道理，还没有能够去做，又去学，生怕错过另一个道理。”

子路听出来先生是笑话自己，也笑起来。

颜回跟着笑起来。

【原文】子路有闻，未之能行，唯恐有闻。（《论语·公冶长篇第五》）

子路又说：“我知道，我是先生最差的弟子。”

孔子说：“如果我的做人之道行不通，我就乘木筏子到海外去。能跟从我的大概只有你子路吧！”

子路听到这话，高兴地对孔子点头。

孔子又说：“子路啊，你在喜好勇敢方面超过我，可是，这并不是可取之处。”

子路又低下头。

颜回在一旁，把这一切都记下，后来告诉了子贡。

【原文】子曰："道不行，乘桴浮于海，从我者其由与？"子路闻之喜，子曰："由也好勇过我，无所取材。"（《论语·公冶长篇第五》）

八、机灵鬼宰予

这天傍晚，子贡在城外练弹瑟回来，刚进城，碰到公冶长。

公冶长兴奋地说："子贡，今天又来了一个要向先生拜师的后生，是个很不错的人。"

"是吗？"

"是的，他叫宰予，我给他安排住下了，我带你去看看。"

子贡欣然同意。

公冶长带子贡去看，一边走一边讲遇到宰予的经过。

今天下午，公冶长到鲁城城西的集市，见集市一角围着一群人，不时发出哄笑。公冶长很好奇，挤进去看，见是一个后生坐在石头上在给大家讲故事。

这个后生瘦瘦的，长得精干利索，小眼睛转得溜溜的，一刻不停，他嘴唇很薄，说话很快。

人群起哄，让这个后生再讲一个，这个后生端着架子不肯讲。人群里有一个人出来央求他，接着又有一个人央求他，央求他的人越来越多，这样，后生又开始讲。

他说，有一年，洧河发大水，郑国一个富人被大水淹死了，尸体被人打捞起来，富人的家人得知这个消息后，就去赎买尸体，但是，捞尸人开了高价。富人的家人跟捞尸体者谈了很久，谈不成。

于是，富人的家人就来找一个叫邓析的人，请他出个主意。

这个邓析是郑国专门给人打官司的，他对富人家人说："你放心吧，那个人只能将尸体卖你的，别人是不会买的。"意思你拖一下，对方必然降低要价，听这么说，富人家人就不再去找捞尸体者。

这样，捞尸人也着急了，也来请邓析出主意。

邓析又对他们说："你放心吧，富人的家人除了找你买，找谁都不行。"意思你拖一下，对方必然答应你的要价。

讲到这里，后生停住，不往下说了。

人群问："那么后来呢？后来是降价了还是没降价？"

后生站起来，拍拍屁股上的土，说："你们自己想吧，我不告诉你们答案。"

有人拉着这个后生的胳膊，说："你就说一下结果嘛，求你了，你不说我要天天想是什么结果。"

后生得意地推开他的手，说："我还要去办正事呢。"

有人说："你再待一会儿嘛，什么正事这么重要？"

后生说："当然重要，我要去找我的先生。要想知道结果，明天到这来吧，还是今天这个时辰，我告诉大家结果。"

人群问："明天你真的来？不骗人？"

后生大大咧咧地说："不骗人，保证来。"

这个后生走了，人群也散了。

公冶长追上去，问那个后生："喂，你是要去找哪个先生？"

这个后生道："当然是孔丘先生，我是来向他拜师的。"

公冶长热情地说："是吗？太好了，那我带你去吧。我是先生的弟子，我叫公冶长。"

后生很高兴，说："公冶长？我听说过你，我叫宰予。"

公冶长说："欢迎。宰予，你刚才讲的故事太有意思了。"

宰予谦虚地说："我也是听别人讲的，学的。"

公冶长问道："刚才那个故事最后的结果是什么呢？是降价，还是？"

宰予狡猾地一笑，说："其实，我也不知道。我听的就讲到这里，我也不知最后是否降价。"

公冶长笑起来。就这样，公冶长带宰予来见孔子。

宰予，姓宰，名予，字子我，又称宰我，鲁国人，这年二十一岁，小孔子二十九岁，能说会道，脑瓜灵活，好耍小聪明，人称“机灵鬼宰予”，曾被孔子排为孔门十哲第七名，后来出任齐国右相，死于齐国内乱，让先生失望。

到弟子们的一个住处，公冶长进屋里，很快带宰予出来。公冶长说：“子贡，这就是宰予。”又对宰予说，“这是子贡。”

宰予礼貌地说：“子贡兄，幸会幸会。”

子贡也回礼，说：“宰予兄，幸会幸会。”子贡觉得这个人是个看上去就很聪明的人，不过，子贡从也他眼睛里看出一丝不安分。

九、学道理就要像追赶一个东西，总是怕赶不上

冬天外出干活儿的少，天也黑得早，这天下午在孔子家的院子里，孔子给弟子们上课。

颜回说：“各位，今天先生想和咱们说说学习。大家有这方面的问题吗？”

弟子没人发问。

颜回又说：“那就请先生先说说吧。”说完看看孔子。

孔子缓慢地说：“懂道理之人，不如好学道理之人；好学道理之人，又不如学了道理很快乐之人。”

冉求问道：“先生，您这句话的意思是说，学道理会使人快乐，是吗？”

高柴说：“不是，先生，我理解您这句话的意思是：学到道理而快乐的人，比懂点儿道理的和好学的人更强，是吗？”

宓子贱、宰予支持高柴的说法。

孔子让弟子们争论，当他们平静下来，孔子看看高柴，神情

肃穆，但是那眼光中有一种肯定。

颜回也悄悄向高柴伸出大拇指。

【原文】子曰："知之者不如好之者，好之者不如乐之者。"（《论语·雍也篇第六》）

孔子接着说："生来就懂得道理的是最好的，通过学习才懂得道理的是次一等的。"

弟子们不完全明白先生的意思，都没说话。

孔子继续说："遇到困难才学习的又是次一等的，遇到困难仍然不学习的人是最差的。"

弟子们听明白了，纷纷议论。

【原文】孔子曰："生而知之者上也，学而知之者次也；困而学之又其次也。困而不学，民斯为下矣。"（《论语·季氏篇第十六》）

孔子说："我曾经整天不吃饭，整夜不睡觉，去想，没有收获，不如去学习。"

宰予说："先生，我理解您的意思是，自己瞎琢磨没用，不如去学习。是吗？"

宓子贱说："不是，先生，我理解您的意思是，学习才能帮助思考，才能让思考有收获，是吗？"

冉求、闵子骞等赞成宓子贱的说法。

孔子没表态，这就等于赞成。

【原文】子曰："吾尝终日不食，终夜不寝，以思，无益，不如学也。"（《论语·卫灵公篇第十五》）

孔子又说："君子，吃食不要求饱足，居住不要求舒适，对工作勤劳敏捷，却说话谨慎，到有道的人那里去匡正自己，这样，可以说是好学了。"

弟子们安静地听着。

【原文】子曰："君子食无求饱，居无求安，敏于事而慎于言，就有道而正焉，可谓好学也已。"（《论语·学而篇第一》）

孔子接着说："学习道理就要像追赶一个东西，总是怕赶不上而错过很多道理。"

漆雕开说："先生，您说得太好了，我觉得我和子路就是这样的人，我……"

曾点说："漆雕开，不要这样嘛，大家都是了解你的。"

漆雕开争辩道："我们……我们真的就是这样，真的……"

弟子们哄笑起来。漆雕开意识到不妥，不好意思地低下头。

【原文】子曰："学如不及，犹恐失之。"（《论语·泰伯篇第八》）

孔子说："三人同行，其中必有可作为我榜样的人。"

弟子们安静地听先生说。

孔子说："我选择他好的学习，选择他不好的来改掉我不好的。"

冉雍问道："先生，您的意思是，其中这个榜样能让我学习他好的，改掉不好的吗？"

漆雕开、曾点、宰予都赞成冉雍的说法。

子贡觉得不是这个意思。

宓子贱抢先问高柴说："高柴兄，我觉得冉雍兄说得不对，先生的意思是我们要对照这个榜样，学习他好的，改掉自己不好的。"

高柴赞成宓子贱的说法，子贡、颜路、闵子骞等人也赞成宓子贱的说法。

双方争论了一番，然后安静下来，请先生定夺。

孔子朝宓子贱看看，这等于肯定宓子贱的说法。

【原文】子曰："三人行，必有我师焉。择其善者而从之，其不善者而改之。"（《论语·述而篇第七》）

孔子继续说："这好比用土堆山，在山头上只差一筐土时停下来，没堆成山，是自己造成的。"

弟子们安静地听着。

孔子又说："这好比在平地上，虽然只倒下一筐土，但是继续堆土，最后堆成山，也是自己造成的。"

弟子们听明白这个意思，纷纷点头。

【原文】子曰："譬如为山，未成一篑（音愧），止，吾止也；譬如平地，虽覆一篑，进，吾往也。"（《论语·子罕篇第九》）

孔子继续说："教导人们，不到他想弄明白而不得的时候，不去开导他；不到他想出来却说不出来的时候，不去启发他。给他举一个例子，他却不能由此明白三个道理，那就不用此方法，要去换一种教法了。"

弟子们小声议论起来。

【原文】子曰："不愤不启，不悱不发。举一隅不以三隅反，则不复也。"（《论语·述而篇第七》）

孔子对弟子们伸出三个手指头，弟子们不知道这是什么意思。

孔子看看颜回。颜回明白了，说："各位，请安静，先生有三句话说给大家。"

大家安静下来。

孔子说第一句话："学了又时常温习和实习，不是很高兴吗？"

弟子们安静听着。

孔子说第二句话："有朋友从远方来，不是很快乐吗？"

弟子们听着。

孔子说第三句话："人家不了解我，我却不怨恨，这不就是君子吗？"

弟子们非常高兴，连声称赞。

【原文】子曰："学而时习之，不亦说乎？有朋自远方来，不亦乐乎？人不知而不愠，不亦君子乎？"（《论语·学而篇第一》）

十、爱提问的子张、车夫樊迟

几天后的一个上午，子贡走到孔子家门口，见两个后生走过来，一个胖一个瘦。

胖的问子贡："朋友，这是阙里吧？请问孔子是住这儿吗？"

子贡上下打量他们，问道："你们找我先生干吗？"

胖的说："我俩是来学做人之道的，我叫子张，他是樊迟。请问您……您是颜回？"

"不是，我是子贡。"

子张热情地说："对不起，我还以为你是颜回呢，原来是子贡兄，对不起。"

"没关系。"

子张说："子贡兄，我俩到鲁城是为了向孔子拜师的，你能带我俩去见孔先生吗？"

子贡高兴地说："当然，当然可以。你们跟我走吧！"

这样，子张、樊迟成了孔子的弟子。

子张，复姓颛孙，名师，字子张，陈国人，二十三岁，小于孔子三十五岁。子张为人勇武，清流不媚俗而被孔子评为"性情偏激"。因他话多，喜欢提问，人称"爱提问的子张"，孔子去世后，他带弟子传授孔子的做人之道。

樊迟，姓樊，名须，字子迟，齐国人，二十二岁，小于孔子三十六岁。他求知好学，有谋略，具有勇武精神，因他曾做过马车夫，人称“车夫樊迟”，后来做了鲁国正卿家臣，为冉求手下的卫队长。

第4章　吹过中都的清风

一、孔子任中都宰，不能让孩子把老人扔到树林里喂狼

很快，子贡在鲁城待了半年，到了公元前501年，即鲁定公九年六月。

当时鲁国与诸侯国一样，行政官位为六卿，即冢宰、司徒、宗伯、司马、司寇、司空，相当后世的六部，即吏部、户部、礼部、兵部、刑部、工部，分别主管官吏、财政、外交教育、军队、法院公安、农业水利。六卿之上为正卿，相当于后世的宰相。

这些年，鲁国正卿的官位长期被季孙家把持，司马和司空两个官位，分别由叔孙家、孟孙家把持。这三家极为霸道，将鲁国的军队分成三份，三家各占一份，并控制鲁国朝政大权，架空了国君。由于他们都是一百多年前鲁国国君鲁桓公的后人，被称为“三桓”。

然而，四年前，即鲁定公五年，老正卿季平子卒，终年五十六岁，他的儿子，时年三十六岁的季桓子继位，成为季孙氏第十代家主和鲁国新正卿。一个月后，老司马叔孙成子卒，终年五十二岁，他的儿子，时年二十七岁的叔孙武叔继位，成为叔孙氏第八代家主和鲁国新司马。

正卿家的家臣宰阳虎是个心狠手辣，野心极大的人，他见季桓子性格阴柔，软弱好欺，遂决意作乱，囚季桓子，逼其与自己签订终生为友的盟约，控制了正卿家。接着，煽动孟孙家和叔孙家的家臣谋反，谋取家主地位，到此还不满足，又把手伸向鲁国朝政，要攫取鲁国大权。同年，“三桓”在精心准备下，联手攻打阳虎，阳虎逃走，终于平定猖獗四年的“阳虎之乱”。

家臣犯上作乱，让“三桓”很头痛。他们想到用孔子的那套礼法，恪守君臣关系的做人之道来稳定人心。

国君鲁定公也有这个想法。

三年前的冬季，就是鲁定公六年冬季，“齐鲁之战”爆发，鲁国与齐国争夺土地，到去年，即鲁定公八年夏季，因晋国出兵相助鲁国，“齐鲁之战”结束，这时，鲁国面临齐国再次入侵的巨大压力，鲁定公急切盼望鲁国兴旺，便用孔子那套礼法试试，是个办法。

于是，鲁定公下诏书，孔子出任中都宰，相当于中都的县长，赐武士身份。

这年孔子五十一岁。

中都是鲁国西边的一个邑，靠近卫国。

鲁定公九年六月，孔子去上任，将妻子亓官氏、儿子孔鲤与女儿留在鲁城。带弟子前往，除了曾点、颜路要照顾家人没去，其他弟子都去了。

子贡想，孔子在中都上任后，面临很大压力，鲁国朝廷在等着看他如何使中都兴旺。如果先生搞不成，他不仅很快被免职，恐怕还会将其名声尽毁。尽管看见先生很淡定，一副胸有成竹的样子，但子贡还是很担心。子贡和弟子们私下议论先生的治理步骤，大家都不知道先生将从哪方面下手。不过，他们很快就看到，先生是从整治人心开始。如何整治人心呢？先生大力提倡孝道。先生表彰了几个孝顺的子女，让中都人以孝顺为荣，同时，严惩不孝子女。

这时，发生了一件事。

这天，诗文子夏走在路上，一个妇人过来对他说：“后生，你是孔大人的弟子吧？我见你经常跟在孔大人后面。”

诗文子夏答道：“是的，我是子夏，是孔子的弟子。您有事吗？”

这个妇人把子夏拉到路边，小声说："我跟你说一件事，你要让孔大人派人来处理。是这样，你不知道，我们那个小巷里的老许家怕是要出事了。老许头儿今年六十多岁，躺床上几年了，他老婆死了几年，他有三个儿子，都成家了。现在这三个儿子觉得他拖累家人，是个负担……"

子夏说："这三个儿子不给老人饭吃吗？"

妇人说："如果只是不给饭吃那就好了。不是这样，今天我听说，他们三个商量，要把老头子扔到树林里去喂狼。"

子夏很吃惊，问道："竟然有这样的事？不会吧？"

妇人说："什么不会？我们这里把老人扔到树林里喂狼的事多了，你们才来不知道。你赶快去告诉孔大人，让他派人来处理一下，要不就晚了。"

子夏不敢怠慢，让妇人带他到老许家门口，认了家门后，告别妇人后便连忙回府衙，向先生报告了此事。子夏以为先生也就是派他和一两个弟子去了解一下情况，没想到先生听后脸色大变，派府衙的一个百人长和几个甲士去查证，让子夏带路，如果罪行属实，即刻押到府衙。

子夏和百人长到老许家查看了老许头儿的情况，确实病卧在床多年，又把三个儿子叫到外面问话。没有想到，三个儿子说根本没有这回事，他们怎么可能做那种事，是有人诬陷他们。

子夏有点蒙，难道是自己搞错了？还是被那妇人骗了？又或者是那妇人与这三个儿子有过节，用此报复？

百人长问子夏："这是怎么回事？是你听错了？"

子夏说："不可能，是他们撒谎，他们没这事人家肯定不会说。"

三个儿子一口咬定："绝对没有！"

子夏跟他们吵起来。

百人长对三个儿子说："你们住口。这事没那么复杂，肯定能查清楚。"转身对子夏说，"咱们去问一下老人，是不是可以搞清眉目？”

子夏这会儿反应过来，去找老人一问，不就真相大白了吗？甲士在外面看住三个儿子，两个人进屋去问老人。

没有想到，无论他俩怎么问，老人就是一言不发，最后见子夏和子路不肯离开，竟然呜呜地哭起来。诗文子夏明白，老人这是怕说了被儿子怨恨，遭遇更惨。没办法，子夏他们一行只有回府衙。诗文子夏很是自责，觉得自己办事欠考虑。

但是，孔子并不认为子夏做错，没有一点儿责备，后来子夏理解先生不责备自己的原因，这事就是要严管，找到罪证就抓回来，没找到罪证，就算是去震慑了，带甲士走一趟，那一片的人再不敢这样对待老人。

二、治理一国，用道德比用法律约束人更重要

这天晚上，子贡回到弟子住的地方，见南方人言偃正在和漆雕开聊天。

南方人言偃问漆雕开：“子开兄，先生的这些弟子，都是什么性格？”

漆雕开说：“先生说，陪侍自己的时候，闵子骞不多说话；子路雄赳赳的；冉求、子贡则侃侃而谈。先生对他们都非常欣赏。”

言偃问：“先生最喜欢哪个呢？”

漆雕开说：“不知道，先生没说过。”想了想，漆雕开又说，“先生说过，像子路这样过于勇猛之人，怕是不能寿终正寝的。”

【原文】闵子侍侧，訚訚如也；子路，行行如也；冉有、子贡，侃侃如也。子乐。“若由也，不得其死然。”（《论语·先进篇第十一》）

南方人言偃问："这就是说，先生不喜欢子路兄这样的勇猛之人吗？难道先生没说过子路兄的优点吗？"

漆雕开说："说过。"接着，说了下面这么个故事。

一天，先生对别人说："穿着破旧的粗布袍子，与穿着狐皮袍子的人站在一起而不羞愧的，大概只有子路吧。《诗经》上说：'不嫉妒不贪求，这样的人有什么不好呢？'"

言偃听了，感叹说："是呀，子路兄挺不错的。"

漆雕开说："不过，子路听到先生的这个称赞后，从早到晚念着'不嫉妒不贪求，这样的人有什么不好呢'？"

南方人言偃问道："是吗？"

漆雕开说："先生听说了，又说：'一个人整天把表扬自己的话挂在嘴边，又让人说他什么好呢？'"

言偃觉得子路兄太有意思了，哈哈大笑。

【原文】子曰："衣敝缊袍，与衣狐貉者立而不耻者，其由也与！'不忮不求，何用不臧？'"子路终身诵之，子曰："是道也，何足以臧？"（《论语·子罕篇第九》）

在中都，弟子们白天都在外面干活儿，挣钱养活自己，收工后到城外小树林听先生讲学。有时候，弟子们会到先生的邑宰府衙去请教。

这天下午，子贡和颜回在孔子屋子里陪孔子读书。

机灵鬼宰予和猛汉子路争执着走进来。机灵鬼宰予很擅长辩论，尽管跟随先生时间不长，却以辩论高手自居，很多弟子都辩不过他。不过，子路不买他的账，时常和他对着干，这会儿两人谁也说服不了谁，一起来找先生做裁决。

机灵鬼宰予说："先生，我和子路兄讨论一个问题，互相不能说服，想请先生裁决一下。"

孔子从书案上抬头，看看他俩，没反对。

机灵鬼宰予说："子路兄说治理国政，道德比刑律更重要。

我不这么看，我认为刑律更重要。”

猛汉子路说：“先生，是这样的，我觉得治理国政只有在道德上做好，才能在刑律上做好……”

宰予争辩道：“不对，只有在刑律上做好，道德上才能做好……”

子路气呼呼地说：“根本不是这样，你完全错了……”

孔子示意子路不要说了，看看颜回，那意思是：还有哪些人在这里？你把他们都叫过来吧。

颜回起身出去，很快出去，把在院子里学习的冉求、闵子骞、宓子贱、言偃、子夏叫进来了。

孔子看看进来的弟子们，颜回明白先生要讲话了，示意大家安静。

孔子让宰予把刚才的问题说一下。

弟子们都觉得这确实是个很复杂的问题，马上议论起来，孔子没有说话，让他们议论。很快他们分成两派，互不相让。争论了一会儿，颜回让大家安静，听先生的裁决。大家安静下来，把目光集中到孔子脸上。

孔子看了看眼前的弟子们，用低沉的声音地说：“用政令去约束他们，用刑罚来限制他们，百姓只会为避免受罚而不违反政令刑罚，却不会出于羞耻去遵守。”

机灵鬼宰予要说话，子贡等人用目光制止他。

孔子看看宰予，目光中有一丝不满，接着说：“用道德引导他们，用礼法来规范他们，百姓就会有出于羞耻地去遵守政令刑罚，并心甘情愿。”

弟子们马上又议论起来，这显然是赞成猛汉子路的说法，机灵鬼宰予没想到是这样，垂下头。

【原文】子曰：“道之以政，齐之以刑，民免而无耻。道之以德，齐之以礼，有耻且格。”（《论语·为政篇第二》）

等大家议论了一会儿，孔子看看颜回，颜回连忙对大家说："各位，安静，安静，先生还有话说。"

弟子们安静下来，望着孔子。

孔子说："用道德来治理国政，道德便会像北极星一般，在那个位置上，别的星辰都围绕着它。"

弟子们都不说话，屋里安静极了。

【原文】子曰："为政以德，譬如北辰，居其所而众星共之。"（《论语·为政篇第二》）

孔子低头看书简，颜回知道这是结束谈话了，示意大家出去，弟子们走出屋子。

过了一会儿，砍柴人又回来了。看着颜回，那意思是可以找先生提问吗？

颜回告诉孔子来人了。

孔子抬头看看，示意他坐下，没说话。

砍柴人冉求知道这是可以提问的意思，坐下后说："先生，刚才说到刑罚，我想到几个问题，可以请教吗？"

孔子没反对。

冉求说："先王制定法律制度，规定刑罚不加到大夫身上，礼不用到平民身上。那么，大夫犯了罪就可以不加刑吗？平民行事就不可以用礼来约束了吗？"

孔子想了想，说："不是这样的。治理大夫，更多的是用礼来约束他的心，这是因为他们属于懂礼有廉耻之人。所以古代的大夫，有犯了贪污罪而被放逐的，是为了不让他们感到羞耻，不叫作贪污罪而放逐，而叫作'簠簋不饬'"。

冉求听先生说着。

孔子说："把有犯淫乱或男女无别罪的，叫作'帷幕不修'。有犯对上欺骗不忠罪的，叫作'臣节未著'；对有犯不胜任其职之罪的，叫作‘下官不职’；对有损害本国权益之罪的，叫作‘行事不请’。”

冉求记下这些话。

孔子说：“这五种情况，大夫虽然定了罪名，人们仍不忍直呼他罪名，还为他隐讳，是为了不让他们过于羞愧。”

冉求听着。

颜回也是第一次听先生说这个话题，听得十分仔细。

孔子说：“因此大夫犯了罪，他的罪行在这五种之内的，知道自己要被处罚，就会戴上白冠帽子，穿上白色丧服，端着盛水的盘子，上面放一把剑，走到国君那里，表示自刎谢罪。如果是小罪，只是施以刑罚，国君不派人捆绑他；如果是大罪的，必须跪下自杀的，国君也不派人按着他身体，只是说：‘这位大夫，这是你咎由自取，我对你已经有礼了。’”

冉求没有打断先生的话。

孔子说：“所谓刑不上大夫，并非大夫犯罪而不处罚，只是罪名上为其隐讳，这是为了照顾他们受教化有廉耻之心。”

冉求点头称是。

孔子说：“所谓礼不下庶人，是因为庶人忙于生计不能很好地学习礼，所以不能要求他们有完备的礼仪。”

砍柴人冉求听完孔子的话，跪行离开了席位，说：“您说得太好了，我还从未听说过，回去后我一定要记下来。”

【原文】冉有问于孔子曰：“先王制法，使刑不上于大夫，礼不下于庶人，然则大夫犯罪，不可以加刑，庶人之行事，不可以治于礼乎？”

孔子曰：“不然，凡治君子以礼御其心，所以属之以廉耻之节也，故古之大夫，其有坐不廉污秽而退放之者，不谓之不廉污秽而退放，则曰‘簠簋不饬’；有坐淫乱男女无别者，不谓之淫乱男女无别，则曰‘帷幕不修’也；有坐罔上不忠者，不谓之罔上不忠，则曰‘臣节未著’；有坐罢软不胜任者，不谓之罢软不胜任，则曰‘下官不职’；有坐干国之纪者，不谓之干国之纪，则曰‘行事不请’。此五者，大夫既自定有罪名矣，而犹不忍斥，然正以呼之也，既而为之讳，所以愧耻之。是故大夫之罪，其在五刑之域者，闻而谴发，则白冠厘缨，盘水加剑，造乎阙而自请罪。君不使有司执缚牵掣而加之也。其有大罪者，闻命则北面再拜，跪而自裁，君不使人捽引而刑杀。曰：‘子大夫自取之耳，吾遇子有礼矣。’以刑不上大夫而大夫亦不失其罪者，教使然也。所谓礼不下庶人者，以庶人遽其事而不能充礼，故不责之以备礼也。”

冉有跪然免席曰：“言则美矣，求未之闻，退而记之。”（《孔子家语·五刑解第三十》）

三、宰予难道就没有被父母抱过三年吗？

子贡发现，先生原来比较喜欢机灵鬼宰予，喜欢他聪明活跃、脑筋灵活、能言善辩。不过，最近好像不是那么喜欢他了。

这天，子贡和颜回在先生屋子的外面，见机灵鬼宰予进来，相互打招呼后，机灵鬼宰予说要找先生请教，进先生的屋子。子贡和颜回在外面听着。

宰予问道：“先生，我刚想到一个问题，可以向您请教吗？”

孔子没有反对。

宰予问：“有仁德的人，就是告诉他井里有仁德这么傻的话，他也会相信，往下跳吗？”

孔子道：“为什么你要这样做呢？君子可以死，却不可以陷他于不仁不义；可以被欺负，却不可以改变他的信念让他迷惘。”

宰予觉得没有难倒孔子，心里不甘。

【原文】宰我问曰：“仁者，虽告之曰：‘井有仁焉。’其从之也？”子曰：“何为其然也？君子可逝也，不可陷也；可欺

也，不可罔也。”（《论语·雍也篇第六》）

宰予又说：“父母死了，守孝三年，为期也太久了。君子三年不习礼仪，礼仪一定会废弃掉；三年不奏音乐，音乐一定会失传。陈谷既已吃完了，新谷又已登场；打火用的燧木又经过了一个轮回，一年也就可以了。”

孔子说：“父母死了，不到三年，你便吃粟米饭，穿花缎衣，你心里安不安呢？”

宰予说：“安。”

孔子说：“你安，你就去干吧，君子守孝时，吃饭食不香，听音乐不快乐，住舒适家里不自在，因此，才不吃粟米饭，穿花缎衣。如今你既然觉得心安，便去干好了。”

机灵鬼宰予有几分羞愧，离开。

机灵鬼宰予走后，孔子对颜回说：“宰予真不仁呀，儿女生下来，三年以后才能完全脱离父母的怀抱。替父母守孝三年，天下都是如此的。宰予难道就没有被父母怀抱三年吗？”

【原文】宰我问：“三年之丧，期已久矣！君子三年不为礼，礼必坏；三年不为乐，乐必崩。旧谷既没，新谷既升，钻燧改火，期可已矣。”子曰：“食夫稻，衣夫锦，于女安乎？”曰：“安！”“女安则为之。夫君子之居丧，食旨不甘，闻乐不乐，居处不安，故不为也。今女安，则为之！”宰我出，子曰：“予之不仁也！子生三年，然后免于父母之怀。夫三年之丧，天下之通丧也，予也有三年之爱于其父母乎！”（《论语·阳货篇第十七》）

第二天，先生见宰予整天逛来逛去，游手好闲的，有几分不高兴，对他说：“整天吃饱了饭，什么事也不做，不行呀！不是可以下棋吗？下下棋，也比什么都不做要好。”

宰予低头走开。

【原文】子曰：“饱食终日，无所用心，难矣哉！不有博弈

者乎？为之犹贤乎已。”（《论语·阳货篇第十七》）

没过几天，原宪气喘吁吁地跑进孔子家，告诉孔子：“宰予大白天睡觉，不好好学习。”

孔子听了，想了一会儿说：“朽木没法雕刻，粪土似的墙壁无法粉刷。我都说了这个人这么多次了，还能说什么呢？”

原宪觉得这宰予确实可气。

孔子又说：“最初，我对人家，是听到他的话便相信他的行为；今天，我对人家，是听到他的话却要观察他的行为。是宰予这个人改变了我的想法。”

【原文】宰予昼寝，子曰：“朽木不可雕也，粪土之墙不可圬也，于予与何诛？”子曰：“始吾于人也，听其言而信其行；今吾于人也，听其言而观其行。于予与改是。”（《论语·公冶长篇第五》）

四、中都发生很大变化，贩牛马的商人不敢漫天要价，女人不敢淫乱

孔子在中都干了三个月，中都情况发生很大变化。孔子上任前，市场风气很不好，中都贩羊的总是在早上用水把羊灌饱增加重量欺诈买羊的人，贩卖牲口的商人漫天要价。还有，家庭风气也不好，一个叫公慎氏的男人，过于宠爱妻子，也是怕妻子舍弃自己，他妻子与别人淫乱他都不敢管。

过了三个月，贩羊的不敢给羊灌水，贩牛马的商人不敢漫天要价，公慎氏休了他淫乱的老婆，男女走在路上，根据礼法各走路的一边，路上遗失的东西没有人私自占为己有。男子崇尚忠诚信义，女子崇尚贞洁顺从。

中都集市繁荣，四处的人都愿意到中都做生意，中都的税赋

大幅增长。中都的庄稼因农人勤劳而长势喜人，农家的牲畜也兴旺，生崽多生病少。

【原文】初，鲁之贩羊有沈犹氏者，常朝饮其羊以诈。市人有公慎氏者，妻淫不制。有慎溃氏，奢侈逾法。鲁之鬻六畜者，饰之以储价。及孔子之为政也，则沈犹氏不敢朝饮其羊。公慎氏出其妻。慎溃氏越境而徙。

三月，则鬻牛马者不储价，卖羊豚者不加饰。男女行者，别其涂，道不拾遗。男尚忠信，女尚贞顺。四方客至于邑，不求有司，皆如归焉。（《孔子家语·相鲁第一》）

到了这年的腊月，中都举行的腊祭，孔子带子贡观看了整个过程，结束后，孔子与子贡回住处。

孔子心情很好，问他："子贡啊，大家这么快乐，你也快乐吗？"

子贡答道："举国上下都像在发狂，弟子不知有何事值得如此快乐。"

孔子说："人们辛勤劳作一年，好不容易才有这么一天享受，这是你体会不到的。让民众总是紧张而没有一天轻松，即使文王、武王也不能把天下治理得好；让民众总是轻松而没有一天紧张，文王、武王也不会这么办。该紧张时紧张，该轻松时轻松，这才是文王、武王治理天下的办法。"

【原文】子贡观于蜡。孔子曰："赐也乐乎？"对曰："一国之人皆若狂，赐未知其乐也！"子曰："百日之蜡，一日之泽，非尔所知也。张而不弛，文武弗能也；弛而不张，文武弗为也。一张一弛，文武之道也。"（《礼记·杂记下第二十一》）

子贡觉得先生说的有道理，又问："先生，您这么关注祭祀，您能说出周朝所有祭祀的规定吗？"

孔子没有答复。子贡又问一遍。

孔子和缓地说："我不知道。知道的人，对治理天下，恐怕就会像把东西摆在这里一样容易吧！"一面说一面指着他的手掌。

子贡觉得先生把祭祀看得太重了。

【原文】或问禘之说。子曰："不知也。知其说者之于天下也，其如示诸斯乎！"指其掌。（《论语·八佾篇第三》）

五、子路收了牛，今后鲁国人肯定都会搭救落水的人了

腊祭过后没几天，子贡刚刚走出先生屋子，见琴瑟宓子贱气呼呼地走过来。

子贡问道："子贱兄，你怎么了？"子贡还没有见过宓子贱如此生气。

琴瑟宓子贱说："先生呢？我找先生。"

子贡说："先生在里面，你这是怎么了？出什么事了？"

琴瑟宓子贱说："是子路出事了，他太不像话了。算了，我不跟你说，我去找先生。"

宓子贱进屋，子贡跟进去。

孔子在桌案前写字，颜回在一旁陪伴。

宓子贱说："先生，如果我们弟子中有人做了错事，该怎么办？"

孔子抬头看着宓子贱，神情疑惑，不知宓子贱要说什么。

颜回说："宓子贱，别着急，你慢慢说！"

然后，宓子贱说："今天子路救起一个落水的人，那人为了感谢他，送他一头牛，子路收下了。"又说，"在我心里，子路兄一直是特别令我尊敬的，是自己的榜样，没有想到，现在竟然做出这样的事情。"

颜回很意外，说："收了一头牛？有这样的事情？这怎么可以呢？你没有去阻止他吗？"

宓子贱说：“我阻止了，有什么用？子路兄怎么可能听我的话！”然后对孔子说，“先生，请您管管子路兄，这简直是丢人现眼，把您的脸丢尽了！”

颜回看着孔子说：“是呀，先生。”

可是，他俩都没想到，先生竟然用缓慢的口气说了一句：“今后鲁国人肯定都会搭救落水的人了。”

琴瑟宓子贱大为不解，说：“先生，你为何如此说呢？这是什么道理？”

颜回也很困惑。

孔子没解释，低头继续写字。

琴瑟宓子贱想搞清楚先生为何这么说，颜回制止他，他气呼呼地转身离开。

子贡又看着孔子。

孔子平静地写字，没有做任何解释。

【原文】子路拯溺者，其人拜之以牛，子路受之。孔子曰：“鲁人必拯溺者矣。”（《吕氏春秋·先识览·察微》《孔子集语》）

第5章　鲁国的希望

一、孔子出任司寇。冉耕接任中都宰，是第一个做官的孔门弟子

一晃一年过去了，到了公元前500年，即鲁定公十年六月，这天早上，东方微微亮，太阳还没升起，护城河边上的树叶一动不动，田野上没有一丝风，中都的东门外站着一行人，这是孔子和他的弟子。

孔子因治理中都很成功，被调回鲁城任鲁国司寇，被赐大夫身份。司寇是六卿之一，主管鲁国逮捕、审判、关押、行刑之事。

这样，中都宰位子空出来，由何人担任呢？孔子推荐冉耕，很快，获得准许，任中都宰。

冉耕与孔子不同，孔子祖上是宋国大夫，父亲是武士，而冉耕的父亲是平头庶民，是耕种农户。庶民得赐武士身份，做地方宰，当时是十分罕见的。

冉耕这年四十五岁。他非常激动，二十二年前，他向先生拜师，学习做人道理，没想到会有今天这样了不起的成就。

子贡和其他弟子也很激动，冉耕是第一个出门做官的孔门弟子，他们都为冉耕高兴。

孔子一行要离开了，冉耕向先生行礼，向同门弟子行礼。

孔子一行消失在大路尽头。

二、鲁定公问：一句话能让一国灭亡，有这样的话吗？

子贡跟随先生回到鲁城，他们才进孔子家的院子，鲁君宫里

人就到了，告知孔子，鲁君召见。孔子带颜回去了。

晚上，在子贡一再要求下，颜回对子贡说了鲁君今天召见的情况。

白天颜回跟孔子到朝堂上，鲁定公客气几句后，说："孔丘，寡人听说过你的做人之道，寡人有几个问题想问问你，如何？"

孔子点头。

鲁定公问道："君主使用臣子，臣子服侍君主，怎么做算做好？"

孔子沉吟片刻，答道："君主使用臣子有礼，臣子服侍君主有忠心。"

鲁定公觉得有道理。

【原文】定公问："君使臣，臣事君，如之何？"孔子对曰："君使臣以礼，臣事君以忠。"（《论语·八佾篇第三》）

鲁定公又问："一句话能兴旺一国的，有这话吗？"

孔子答道："没有，但有近乎于这样的话。有人说：'做君难，做臣不易。'如果臣子知道做君上的艰难，会认真努力。这句话是不是近乎于可以使一国兴旺呢？"

鲁定公很满意，又问："一句话能灭亡一国，有这话吗？"

孔子答道："没有，但有近乎于这样的话。有人说：'寡人做君主几乎没有可高兴的，唯一可高兴的是寡人的话没有人敢违抗。'如果说得对没人违抗，怎么能说不好呢？如果说得不对而没人违抗，那不就近乎于一句话可以亡国吗？"

鲁定公觉得这话很有意思。

【原文】定公问："一言而可以兴邦，有诸？"孔子对曰："言不可以若是其，几也。人之言曰：'为君难，为臣不易。'如知为君之难也，不几乎一言而兴邦乎？"曰："一言而丧邦，有诸？"孔子对曰："言不可以若是其几也。人之言曰：'予无乐乎为君，唯其言而莫予违也。’如其善而莫之违也，不亦善乎？如不善而莫之违也，不几乎一言而丧邦乎？”（《论语·子路篇第十三》）

鲁定公问：“还有呢？”

孔子又说：“为政者本身行为正当，不发命令，百姓也会做事规矩。他本身行为不正当，就是有令百姓也不会服从。”

鲁定公不认为这话很重要。

【原文】子曰：“其身正，不令而行；其身不正，虽令不从。”（《论语·子路篇第十三》）

孔子接着说：“如果端正了自己，治国理政有什么困难呢？可是，本身不能端正，连端正别人都不可能，又如何治国理政呢？”

鲁定公不想谈这个话题了。

【原文】子曰：“苟正其身矣，于从政乎何有？不能正其身，如正人何？”（《论语·子路篇第十三》）

鲁定公想了想，问道：“孔丘，听说你治理中都特别强调尊礼，寡人问你，这是不是有点儿偏了？这礼能治国吗？”

孔子想了想，缓慢地说：“用礼来治国，就好比用秤来称轻重、用绳墨来画曲线直线、用规矩来画方形圆形。所以，如果把秤认真地悬挂起来，是轻是重就骗不了人了；把绳墨认真地陈设在那里，是曲线是直线就骗不了人了；把规矩认真地陈设在那里，是方形是圆形就骗不了人了；如果君子深明于礼，那么任何奸诈伎俩也就骗不了人了。”

鲁定公一边听一边琢磨这个道理。

孔子又说：“所以，重视礼法和遵循礼法的人，叫作有道之士；不重视礼法和不遵循礼法的人，叫作无道之民。礼的核心是尊敬与谦让，宗庙之内尊礼，就会人人恭敬；朝廷之上尊礼，就会贵贱有别；家庭之内尊礼，就会父子相亲、兄弟和睦；乡里之中尊礼，就会形成尊老爱幼的风气。”

鲁定公觉得这话还有点儿意思。

又谈了一会儿，鲁定公结束了召见。

【原文】礼之于正国也：犹衡之于轻重也，绳墨之于曲直也，规矩之于方圆也。故衡诚县，不可欺以轻重；绳墨诚陈，不可欺以曲直；规矩诚设，不可欺以方圆；君子审礼，不可诬以奸诈。是故，隆礼由礼，谓之有方之士；不隆礼、不由礼，谓之无方之民。敬让之道也。故以奉宗庙则敬，以入朝廷则贵贱有位，以处室家则父子亲、兄弟和，以处乡里则长幼有序。（《礼记·经解第二十六》）

三、季桓子问：杀掉这个不孝之人，可以用来教导百姓遵守孝道，为何不杀？

一个月后，齐国与鲁国夹谷会盟。之前，两国为土地打了几年，这时化干戈为玉帛。孔子陪鲁君参加，化解了齐君侮辱鲁君的矛盾，最终，不仅保全了鲁君的面子，还让齐国退还了几个齐国占据的城邑。

一年后，鲁定公十一年十月，又发生了一件事。

这天，子贡和砍柴人冉求在司寇府衙院子里扫地上的落叶，院子里这几棵杨树上的叶子掉得越来越多，昨天才扫干净，今天又掉了一地。

正卿季桓子火气十足地走进来，大声问：“冉求，司寇大人呢？”他身后跟着几个家臣。

砍柴人冉求说：“大人出去办事了。正卿大人，您找他有事吗？”

子贡是第一次见正卿发这么大火气。

季桓子说：“冉求，司寇大人是掌管鲁国刑狱吗？”

冉求不明白正卿大人今天是怎么了，这不是明知故问吗？回答称是。

季桓子接着问：“你是在司寇大人身边协助做事的，是吗？”

冉求说：“是的，在下和一两个弟子在此给先生打下手。”

“那好，我问你。我听说这里有个父子相讼的案子，父亲告儿子不孝，可是司寇大人把他们羁押在同一间牢房里，过了三个月也不判决。父亲请求撤回诉讼，孔子就把父子二人都放了。冉求，我问你，可有此事？”

冉求不知正卿为何如此盛怒，哆哆嗦嗦地说：“有此事。”

子贡也一头雾水。

季桓子说：“司寇大人欺骗我，从前他曾对我说过：‘治理一国一定要把孝道摆在第一位。’现在照我看，杀掉这个不孝之人，刚好可以用来教导百姓遵守孝道，不是个好事吗？司寇大人却赦免了他们，这是什么意思？”

冉求结结巴巴地说：“这个……在下也不好说，在下也听到这样的议论，不过，确实不知道先生是如何考虑的。”

子贡想解释几句，可是不知怎么能说明白。

“好，他回来后，你让他来找我，我看他如何解释！”说完，季桓子带家臣气呼呼地走了。

过了一会儿，孔子回来了。

冉求把正卿来的事告诉了孔子。

孔子听罢，叹息道：“唉！掌权者不按道行事而滥杀百姓，这违背常理。不用孝道来教化民众而随意判决官司，这是滥杀无辜。军队打了败仗，是不能用杀士卒来解决问题的；刑事案件不断发生，是不能用严酷的刑罚来制止的。为什么呢？掌权者的教化之事没做好，罪责不在百姓一方。”

冉求和子贡听着。

孔子又说："三尺高的门槛，即使空车也不能越过，为什么呢？是门槛高的缘故。一座百仞高的山，负载极重的车子也能登上去，为什么呢？因为山是由低到高缓缓升上去的，车就会慢慢登上去。当前的社会风气已经败坏很久了，即使有严刑苛法，百姓能不违反吗？"

砍柴人冉求和子贡都觉得先生说的有道理。

【原文】孔子为鲁大司寇，有父子讼者，夫子同狴执之，三月不别。其父请止，夫子赦之焉。

季孙闻之不悦，曰："司寇欺余，曩告余曰：'国家必先以孝'，余今戮一不孝以教民孝，不亦可乎？而又赦，何哉？"

冉有（冉求）以告孔子，子喟然叹曰："呜呼！上失其道而杀其下，非理也。不教以孝而听其狱，是杀不辜。三军大败，不可斩也。狱犴不治，不可刑也。何者？上教之不行，罪不在民故也……夫三尺之限，空车不能登者，何哉？峻故也。百仞之山，重载陟焉，何哉？陵迟故也。今世俗之陵迟久矣，虽有刑法，民能勿逾乎？"（《孔子家语·始诛第二》）

孔子接着说："审理诉讼案件，我同别人也是一样的。重要的是必须使诉讼的案件根本不发生！"

砍柴人冉求和子贡有点理解先生了。

说罢，孔子转身去正卿府上。

【原文】子曰："听讼，吾犹人也。必也使无讼乎。"（《论语·颜渊篇第十二》）

四、颜回说：舜帝不用尽民力，造父不用尽马力，因此他们那个时代没有流民和逃走的马

第二天，子贡在司寇府衙，曾点带一个小男孩走进来。

狂人曾点问："子贡，先生在吗？"

子贡答道："先生带颜回、原宪出去了，您找先生有事？"

狂人曾点说："没事，我是路过这里，顺便来看看先生。"

子贡看着小男孩，问道："曾点兄，这是您儿子？"

曾点说："是。"又对孩子说，"说叔叔好。"

小男孩跟着说了一遍。

子贡对小男孩问："你叫什么名字？几岁了？"

小男孩怯生生地说："我叫曾参，今年六岁。"

小男孩长得虎头虎脑的，眼睛不乱看，老老实实的。看上去像是那种有点儿愚笨却做事执着的小孩。

子贡对曾点说："曾点兄，他是老几？"听曾点说是老大，子贡又说，"这孩子和你差四十岁吧，没想到你生孩子这么晚。"

曾点说："家里穷，没钱娶媳妇，能这样已经不错了。"

聊了一会儿，曾点说不等先生了，反正没事，只是路过顺便看看，就要走。子贡一再相劝，没劝住，曾点还是带儿子走了。

狂人曾点带孩子走后第二天，发生了一件事：国君召见颜回。

据说，鲁定公之所以要召见颜回，是因为听说孔门弟子中最仁德的是颜回。市面上传过一句话"昔颜子十八，天下归仁"。

鲁定公问颜回："你听说过东野毕善于驾车吗？"这东野毕是鲁国最善于驾车的人，春秋时，驾车是一门极为重要的技艺，所以东野毕的名气很大。

颜回回答说："听说过，但是尽管他善于驾车，他的马也一定会逃走。"

鲁定公听了很不高兴。等颜回出去后，鲁定公对身边的人说："孔丘的弟子中竟然也有会骗人的。"

过了三天，养马的人来说："东野毕的马逃走了，两匹驾辕的马和两匹侧拉车的马不在马棚里了。"鲁定公听了，从席子上站起来，立刻二次召见颜回。

鲁定公见到颜回，说："大前天我问你东野毕驾车的事，你说：'他确实善于驾车，但他的马一定会逃走。'我不明白你是怎样知道的。"

颜回说："我是看他用马的方法知道的。从前舜帝善于役使百姓，造父善于驾御马。舜帝不用尽民力，造父不用尽马力，因此舜帝时代没有流民，造父没有逃走的马。然而，这个东野毕驾车，上车就拉紧缰绳，把马嚼子紧勒，让马快步疾驰，逼马使出全部力气，无论道路险峻还是路途遥远都亦如此，经常使马的力气耗尽，他还觉得马没尽力。因此，我知道他的马会逃走。"

鲁定公说："说得好！的确如你说的那样。你的这些话意义很大啊！你再讲讲。"

颜回说："我听说，鸟急了会啄人，兽急了会抓人，人走投无路则会干坏事，马筋疲力尽则会逃走。从古至今，没有逼急了而不出事的。"

鲁定公听了很高兴，于是把此事告诉了孔子。

孔子对他说："他之所以是颜回，就是因为他常说这样的话，不足为奇。"

【原文】鲁定公问于颜回曰："子亦闻东野毕之善御乎？"对曰："善则善矣。虽然，其马将必佚。"定公色不悦，谓左右曰："君子固有诬人也。"颜回退。后三日，牧来诉之曰："东野毕之马佚，两骖曳两服入于厩。"公闻之，越席而起，促驾召颜回。回至，公曰："前日寡人问吾子以东野毕之御，而子曰'善则善矣，其马将佚。'不识吾子奚以知之？"颜回对曰："以政知之。昔者，帝舜巧于使民，造父巧于使马。舜不穷其民力，造父不穷其马力；是以舜无佚民，造父无佚马。今东野毕之御也，升马执辔，衔体正矣；步骤驰骋，朝礼毕矣；历险致远，马力尽矣，然而犹乃求马不已。臣以此知之。"公曰："善。诚若吾子之言也。吾子之言，其义大矣。愿少进乎。"颜回曰："臣闻之，鸟穷则啄，兽穷则攫，人穷则诈，马穷则佚。自古及今，未有穷其下而能无危

者也。”公悦。遂以告孔子，孔子对曰：“夫其所以为颜回者，此之类也。岂足多哉？”（《孔子家语·颜回第十八》）

五、言偃问：是在君子手下做事难，还是在小人手下做事难？

过了几天，在司寇府衙里，子贡、颜回、原宪、子夏等人在帮先生抄写竹简，一个人蹑手蹑脚地走进来，这是南方人言偃。

颜回看见言偃，用眼光问他有何事？言偃指了指孔子，颜回知道他是想向先生请教，点点头。

言偃对孔子说：“先生，我忽然想到一个问题，想向您请教，可以吗？”话音里带着南方口音。

孔子抬头看看他，又低下头去。这是同意他提问的意思。

言偃说：“是在君子手下做事难？还是在小人手下做事难？”

孔子想了一下，说：“在君子手下做事很容易，讨他的欢喜却难。不用正当的方式去讨他的欢喜，他不会欢喜的。不过，等到他使用人的时候，他总是量才而用的。”

弟子们听着。

子贡觉得先生对子路，好像就是这样。

孔子又说：“在小人手下做事很难，讨他的欢喜却容易。用不正当的方式去讨他的欢喜，他会欢喜的。不过，等到他使用人的时候，便会百般挑剔，求全责备。”

弟子们小声议论。

【原文】子曰：“君子易事而难说也，说之不以其道不说也，及其使人也器之；小人难事而易说也，说之虽不以道说也，及其使人也求备焉。”（《论语·子路篇第十三》）

言偃又用那南方口音问道："敢问君子与小人还有哪些差别？"

孔子说："君子泰然，但不骄横。小人骄横，但不泰然。"

弟子们听着。言偃点头。

【原文】子曰："君子泰而不骄，小人骄而不泰。"（《论语·子路篇第十三》）

诗文子夏也开始请教，问道："先生，我听人说，真正的君子应该隐居，也不对世人说什么，对此，您是怎么看？"

孔子想了想说："见到善良之人，总是感觉赶不上人家，见到邪恶之人，就像将手伸到沸腾的水里，赶快避开。我看见这样的人，也听过这样的话。"

言偃不明白。

孔子继续说："一些人说只有隐居才能保护他的志向，只有走隐居的大义之路才能实现他的主张，而不须要对世人说任何话。我听过这样的话，却没有见过这样的人。"

言偃明白了，说："是的，隐居的人总是劝别人隐居，但是，自己却总是说这说那的，没少对世人说话。"

子贡说："我也认为隐居是逃避。"

孔子没有表示。

轻蔑者原宪说："先生刚才说的，'见到善良之人，总是感觉赶不上人家，见到邪恶之人，好像将手伸到沸腾的水里，赶快避开。'太好了，我就是要成为这样的人。"

子夏说："是的，太好了。"

【原文】孔子曰："见善如不及，见不善如探汤；吾见其人矣。吾闻其语矣。隐居以求其志，行义以达其道；吾闻其语矣，未见其人也。（《论语·季氏篇第十六》）

孔子又说："君子合群而不与人勾结，小人与人勾结而不合群。”

子夏说：“这个说得好。君子不与人暗中联系，拉帮结伙。君子与人交往总是坦坦荡荡，能与大家都搞好关系。”

言偃也说：“先生，您这句话让我很受益，让我彻底搞懂与大家相处之道。”

【原文】子曰：君子周而不比，小人比而不周。（《论语·为政篇第二》）

孔子对子夏道：“你要去做个君子式的儒者，不要去做那小人式的儒者！”

【原文】子谓子夏曰：“女为君子儒，无为小人儒。”（《论语·雍也篇第六》）

孔子接着说：“君子有九种考虑：看的时候，考虑看明白了没有；听的时候，考虑听清楚了没有；脸上的颜色，考虑温和吗；容貌态度，考虑庄重吗；说的言语，考虑忠诚信用吗；对待工作，考虑严肃认真吗；遇到疑问，考虑怎样向人家请教；将要发怒了，考虑有什么后患；看见可得的，考虑我是否应该得。”

弟子们听着。

【原文】孔子曰：“君子有九思：视思明，听思聪，色思温，貌思恭，言思忠，事思敬，疑思问，忿思难，见得思义。”（《论语·季氏篇第十六》）

孔子继续说：“不是自己应该祭祀的神，却去祭祀他，这是献媚。”

弟子们听着。

孔子继续说：“见到应该挺身而出的事情，却袖手旁观，这是怯懦。”

弟子们仔细琢磨着先生的这两句话。

【原文】子曰："非其鬼而祭之，谄也；见义不为，无勇也。"（《论语·为政篇第二》）

六、狐偃氏说：现在孔丘拿司寇的俸禄，也成富人了，我看他怎么仁义

孔子提倡富人生活要节俭。在朝堂上，在府衙里，在市井里经常讲这个观点，说富人不节俭就是不仁不义。这引起鲁国一些富人的强烈不满，富贵不享受？这是凭什么？

这天，子贡和原宪走在鲁城街头，被一个人叫住。

对方大声喝道："小子，你俩是不是孔丘的弟子？"

子贡不知这人要作甚，站住了，看这人五十来岁，衣装华丽，胖乎乎的，是富人的样子，答道："大人，我是子贡，您有事吗？"

对方蛮横地说："有事？你们这些人简直是吃饱了没事干，整天胡闹！"

子贡有点蒙，问道："大人，我跟您认识吗？"

原宪也觉得对方很无礼。

"认识？你们整天跟在孔丘屁股后面到处晃，我能不认识你们？小子，我跟你说，你们就是一帮吃饱了没事干的人，人家有钱怎么了？富人的钱也不是抢来的，都是自己挣来的，怎么就得罪你们了？你们那个孔丘说富人生活要节俭，什么节俭不节俭，你们管得着吗？人家用自己的钱，没用你的一个钱？要你们说长道短的？"

子贡听明白了，解释道："大人，您误会了，我们先生说的富人节俭，是让富人想想天下还有那么多穷人，让他们的花销用度要适当，不可奢靡，不可为富不仁，要想想帮助穷人，这并不是不让富人花钱，富人有钱当然是要花的，大人是误会了。"

“误会？让富人不花钱，不享受，这不是锦衣夜行吗？还有什么意义？有钱就是要花，要享受，否则钱有什么用？”

原宪说：“大人，误会，误会。”

“误会？你们说的那套不就是说富人错了吗？富人就不该富吗？帮帮穷人，天下那么多穷人，帮得过来吗？自古以来，富人应当享受富贵，这天经地义，没有任何可指责的。”

子贡说：“大人，我们先生说的，绝对没有说富人错了的意思，绝对没有。”

这时，很多路人聚集过来看热闹。

富人说：“没有？让你们说的，富人简直没脸见人，富人都是可耻的，你们到底要作甚？”

原宪说：“我们先生的意思就是富贵者要仁义，应该乐善好施，没有其他意思，您别往其他方面想。”

“你说没这个意思，可是，你去四处听听，哪个不是我这么想的？你说别往其他方面想，别人就按你说的去想了？怎么可能？其实，大家都没想错，你们就是要达到这个目的。”

看热闹的人群里有人喊：“富人就是不仁义！”

富人转头找说话的人，对这声音发出的方向说：“小子，想造反呀？我告诉你，造反是死罪，你不想活了？”

人群安静下来。

富人对子贡说：“子贡，你回去告诉孔丘，别看他现在当上司寇，当上六卿，当上大夫了，他搞这套行不通，干不了几天，他就会被搞下来！”

子贡继续解释：“不是，大人，我们先生只是希望富人仁义，就是这么个意思。”

富人说：“我不跟你说了，你回去把我的话带给孔丘。对了，现在他拿司寇的俸禄，以大夫身份，出门坐马车，国君还给他建了府院，也成富人了，我看他怎么个仁义。”说完，拂袖而去。

等富人走远了，子贡问身边看热闹的人：“这人是谁呀？”

一个路人说："这是狐偃氏，住南门那边，是个做粮食买卖的富人。"

原宪到府衙，见到孔子，把刚才狐偃氏说的话告诉孔子。

孔子听完，一语不发，不过，脸上露出一丝愠怒之气。

后来，这个狐偃氏离开鲁国，搬到别国去了。

一年后，鲁国发生的变化如同中都那样，卖猪羊的商贩不敢在猪羊身上做手脚，贩牛马的商人不敢操纵市价，男女分途，根据礼法各走路的一边，路上遗失的东西没有人私自占为已有。男子崇尚忠诚信义，女子崇尚贞洁顺从。

鲁国集市繁荣，他国的人都愿意到鲁国来做生意，鲁国人的收入增加，生活状态改善，很多破败房屋得到修缮，城邑的街道得到修正，城邑变得漂亮，鲁国的税赋大幅增长。农人耕种勤劳，鲁国的庄稼收成越来越好，农家有粮食喂养牲畜，牲畜数量增加几倍。

七、宓子贱问：季芈因那个男子背过自己就嫁给他，这算知礼吗？

这天傍晚，在沂水边，孔子给弟子上课。

颜回见大家坐好，请弟子们发问。

琴瑟宓子贱率先发言，说他听说一个事，想请先生评价一下。

颜回让他说。

宓子贱说，七年前，就是鲁定公四年冬季，吴国和蔡国联合发兵进攻楚国，楚国兵败，楚昭王带他妹妹季芈逃出都城郢都，徒步渡睢水，卫士钟建背着季芈跟随着。

后来，楚昭王打败吴国和蔡国联军，回到郢都。楚昭王准备把妹妹季芈嫁出去，季芈辞谢说："人们说，作为女人就是要远离男人，可是钟建已经背过我了。"意思是我不好再嫁给别人。这样，楚昭王把她嫁给钟建，封钟建为乐尹，负责整理编排朝廷音乐。

宓子贱问道："先生，季芈这算知礼吗？"

孔子点头。

【原文】王奔郧，钟建负季芈（季芈）以从。《左传·定公四年》

【原文】王将嫁季芈，季芈辞曰："所以为女子，远丈夫也。钟建负我矣。"以妻钟建，以为乐尹。《左传·定公五年》

机灵鬼宰予发问："先生，请跟我们说一下礼，好吗？"

孔子说："礼可以用来防止人们的贪淫好色，强调男女之别，使其避免男女混乱之嫌疑，并成为人们遵守的纲纪。"

机灵鬼宰予觉得这话说得太好了。

孔子又说："所以，礼法说男女不经过媒妁不得交往，不下聘礼不得相见，就是担心男女无别才做出这种规定。"

【原文】子云："夫礼，坊民所淫，章民之别，使民无嫌，以为民纪者也。"故男女无媒不交，无币不相见，恐男女之无别也。（《礼记·坊记第三十》）

琴瑟宓子贱又问："先生，我听过一句话，世人均说是您说的……"看着孔子，不知道是否该问。

颜回看看孔子，孔子没有表示。颜回说："宓子贱，是哪句话？"

宓子贱说："夫妇间的男女无别，让两个人有了那分情义。如果与谁都可男女无别，夫妇间的情义就失去了，淫乱就增多了。"

孔子微微点头。

宓子贱说："我不是很理解这句话，请您务必再指点一下。"

狂人曾点插话，说："先生这话的意思不是已经很明白了，有什么不懂呢？”

宓子贱说：“我不理解的是男女无别，怎么就会造成夫妇间失去情义？”

曾点愣了，不知道该如何回答。

公冶长小声说：“先生，这是不是说，本来只有夫妇才可男女亲密，让夫妇有了特殊的情义，如果不是夫妇也可享受男女亲密，夫妇又怎么会去保持那分情义呢？”

孔子看看公冶长，那眼神似乎在说：“年轻人，没想到你能说得这么好。”

宓子贱说：“公冶长，你说得太好了！”

【原文】淫乱者生于男女无别，男女无别则夫妇失义。（《孔子家语·五刑解第三十》）

孝顺的闵子骞说：“先生，这么说婚姻就非常重要了，是特别神圣而庄严的事。是吗？”

孔子答道：“婚姻是结合两个家族的好事，婚姻将延续两个家族的后人。”

弟子们点头。

【原文】合二姓之好，以继万世之后。（《谷梁传·桓公三年》）

孔子又说：“婚礼，这是一种将两个姓氏家族之好结合，对上得祭祀宗庙，对下得延续子嗣的大事，所以君子很重视它。”

闵子骞说：“确实如此呀！”

孔子继续说：“因此办理婚礼有纳采、问名、纳吉、纳征、请期这五项仪式，还有，每逢男方的使者到来时，女方家长都是在家族的宗庙里设置坐席和几案，然后亲自到庙门外迎接，进入庙门，宾主作揖行礼，引导来宾升堂，在庙堂上听使者传达男方家长的意见。之所以这样做，就是为了表示对婚礼的敬慎和郑重其事。”

弟子们听着。

【原文】昏礼者，将合二姓之好，上以事宗庙，而下以继后世也。故君子重之。是以昏礼纳采、问名、纳吉、纳征、请期，皆主人筵几于庙，而拜迎于门外，入，揖让而升，听命于庙，所以敬慎重正昏礼也。（《礼记·昏义第四十四》）

轻蔑者原宪发言，说：“先生，男女有别，应该如何做呢？”

孔子说：“如果不是举行祭祀和办理丧事，男女之间不能用手传递东西。如果必须传递东西，那么女方要用一个竹筐来交接。如果没有竹筐，男女都先坐下，一方把东西放在地上，然后由另一方取走。”

弟子们努力记下这话。

【原文】非祭非丧，不相授器。其相授，则女受以篚，其无篚，则皆坐奠之而后取之。（《礼记·内则第十二》）

孔子接着说：“姑、姊妹、女儿出嫁以后又回到娘家，家里的男子就不再和她们同席而坐。寡妇不应该在夜里哭泣。妇人有病，可以问她病是轻了还是重了，但不要问她害的是什么病。”

小个子高柴说：“先生，您最后一句是：‘妇人有病，可以问她病是轻了还是重了，但不要问她害的是什么病。’这是为什么？”

原宪捅高柴一下，让他别打断先生的思路。

【原文】姑姊妹女子已嫁而反，男子不与同席而坐。寡妇不夜哭。妇人疾，问之不问其疾。（《礼记·坊记第三十》）

孔子继续说：“男女不能共用一根晾衣竿子。做妻子的不敢把自己的衣服挂在挂丈夫衣服的衣钩上，不敢把自己的衣服放到丈夫的衣箱里，不敢和丈夫一同洗澡。”

弟子们记着。

孔子又说：“丈夫若不在家，妻子就要把丈夫的枕头收到箱子里，簟席也收起来，丈夫的其他用器也都收藏妥当。”

听了这些话，弟子们都觉得长知识了。

【原文】男女不同椸枷，不敢悬于夫之楎椸，不敢藏于夫之箧笥，不敢共湢浴。夫不在，敛枕箧簟席、襡器而藏之。（《礼记·内则第十二》）

第6章　那一片拆毁城墙的声音消逝了

一、子路出任季氏家臣宰，是第二个做官的孔门弟子

孔子在司寇位任职一年半时，即鲁定公十一年二月，正卿家里因之前家臣宰阳虎作乱叛逃他国，家臣宰一职始终空着，需要一个家臣宰，季桓子相中了子路，聘猛汉子路担任家臣宰。正卿家家臣宰这个职位在鲁城是很显赫的一个职位，其权力和势力相当大。

子路听说，非常激动，他这年四十五岁，回想自己的经历，二十四年前，当时自己二十一岁，先生三十岁，他被先生做人的道理征服，向先生拜师，然后自己从一个路边巷口争强斗狠的小混混，变成今天掌管正卿家大事的官吏，这简直让人不敢相信。

子贡和其他弟子也很激动，子路是第二个做官的孔门弟子，他们都为子路高兴。

这天，在先生家门口，先生和弟子们送别猛汉子路。

子路向孔子行大礼，礼毕，子路对孔子说："先生，我从没想过自己有做官的这一天，这心里七上八下的很不踏实，我是怕做不好，给您丢脸。"

孔子看看子路，没说话。尽管神情还是那样肃穆，可是颜回还是看出来那脸上有一丝隐隐的喜色。

子路说："先生，马上就要告别了，有一点我想请教，我还不曾侍奉过国君，我将如何侍奉国君呢？"

孔子："不要欺骗他，并敢直谏冒犯他。"

子路觉得说得特别好，再行大礼，转身走去。

【原文】子路问事君，子曰："勿欺也，而犯之。"（《论语·宪问篇第十四》）

这天，南方人言偃来告诉孔子，说子路大哥主持的正卿家春祭办得不错。

言偃说："从前正卿家举行宗庙祭祀，从早一直搞到黄昏，祭了一个白天还不够，晚上还要点上火烛继续进行。这样做，即使有强壮的体力，严肃恭敬的心意，也都疲倦懈怠了。后来主事的人都歪着身子来应付，人们都有点儿大不敬。然而，子路主持的这次祭祀，室中举行正祭，将祭品陈放于祖先牌位前。天亮开始行礼，到傍晚就结束了。"

孔子听说了这事，说："以此看来，谁说子路不懂得礼呢！"

【原文】子路为季氏宰。季氏祭，逮暗而祭，日不足，继之以烛。虽有强力之容、肃敬之心，皆倦怠矣。有司跛倚以临祭，其为不敬也大矣。他日祭，子路与，室事交乎户，堂事当乎阶，质明而始行事，晏朝而退。孔子闻之曰："谁谓由也而不知礼乎？"（《孔子家语·曲礼公西赤问第四十四》）

二、卫国大夫把妹妹嫁给猛汉子路

一个多月后的一天，子贡在司寇府衙帮先生做事，门卫通报卫国大夫颜浊邹到，孔子赶忙起身到门口相迎，子贡跟过去。

颜浊邹是卫国贤良大夫之一，很欣赏孔子的做人之道，三个月前他曾来鲁城和中都考察过一次，这是第二次来了。

孔子对颜浊邹很有好感，恭敬地把他迎进来坐下。

颜浊邹说看到鲁国的巨变，非常高兴，称赞孔子治理有方。

两人聊了一通后，颜浊邹突然提起一件事，说："孔大夫，我听说子路还是单身。"

孔子点头。

颜浊邹说："我觉得子路这人很不错，是仁德之人，做事果敢，为人诚信，能力很强。"

孔子不明白他的意思。

颜浊邹解释道："我听说他年纪不小了，今年有四十四岁了？是这样，我有个妹妹，一直未出阁，今年也有三十多岁了，我想把这个妹妹嫁给他，您看如何？"

孔子不知该说什么。颜浊邹是卫国的大夫身份，是贵族，他妹妹那是金枝玉叶，而子路是什么出身？尽管现在是季氏家臣宰，相当武士身份，而之前是庶民，农户人家的孩子，山里长大的……

颜浊邹看出孔子的心思，说："从子路的出身上说，按照周朝的礼法这不合适，不过，现在他是正卿家臣宰，这身份比一些破败的大夫都强，没有不当。"

孔子觉得有点儿道理。

颜浊邹说："子路的双亲都不在了，他视孔大夫为父为兄，我想听听您的意见。"

孔子有些为难，那意思是子路本人同意吗？

颜浊邹继续说："这事我见子路时试探了一下，他愿意，所以……"颜浊邹笑笑，有些得意。

孔子在想该如何回答。

颜浊邹诚恳地说："您是他的先生，他跟您这么多年，我想请您同意。"

孔子终于点头。

颜浊邹高兴地说："这样，我让子路马上请媒人到我府上来提亲，咱们尽快把婚礼办了。"

又聊了一会儿，颜浊邹离开，回卫国。

很快，办了子路和他妹妹的婚礼。

三、轻蔑者原宪任孔子的家臣宰，不同意收孔子的俸粟

因孔子被赐大夫身份，鲁定公出钱给孔子盖了一个大夫府院，这天府院完工了，尽管这个院子只是个两进院，比三桓家的院子差远了，但是，这可比孔子在阙里那个破败小院大多了，这毕竟是大夫的府院。

孔子一家搬入府院。

住进了大夫的府院，必须有个家臣宰。尽管府院并没有请一个用人，可是按照礼制，大夫家要有个家臣宰。

这天，孔子见旁边没人，悄悄对轻蔑者原宪说了几句话，意思是想让原宪做他的家臣宰，给他俸粟九百钟。

原宪听了，连忙说："先生，您让我做家臣宰，我非常愿意，真不知该如何感谢您的恩情，可是，俸粟我一粒不要，给我解决吃住就行了。"

孔子希望他能同意收俸粟。

原宪无论如何都不同意。

最后，孔子说："不要推辞啦，如果你觉得多了，给你的乡亲吧！"

原宪不再拒绝了。

【原文】原思为之宰，与之粟九百，辞。子曰："毋，以与尔邻里乡党乎！"（《论语·雍也篇第六》）

四、高柴出任费邑宰，是第三个做官的孔门弟子

司马家的家臣侯犯在司马家的封地成邑反叛作乱，搞得司马家家主叔孙武叔很头痛，尽管最终平定，但是仍让叔孙武叔心有余悸。家臣作乱，已经是鲁国的大问题。对于如何解决，孔子建议拆毁三桓各家封邑的城墙，没城墙了，封邑就不再是据点，没据点

了，家臣作乱就没地方待，这样，家臣就难以作乱。司马叔孙武叔同意了，正卿季桓子也同意了。

半个月后，即鲁定公十二年夏，开始动手，此事后被称为“毁三都”，很快拆毁司马家成邑、正卿家费邑的城墙。

这天，子贡和颜回在府衙帮先生做事，子路来见孔子，说：“先生，正卿家费邑宰公山不狃逃走，现在费邑宰职位空出来，正卿让我推荐一个人。”

孔子没说话。

子路继续说：“我推荐了高柴，高柴已经去上任了。”子路以为先生会表扬自己。

高柴这年二十四岁，是第三个出门做官的孔门弟子。

没有想到，孔子说：“这是害了人家的儿子。”孔子觉得高柴还年轻，还需要学习，不到出去做官的时候。

子路则说：“那地方有老百姓，有土地和五谷，为什么一定要读书才叫做学问呢？”

孔子对子路的争辩不满，说：“就是有你这样的，我才讨厌巧言善辩之人。”

子路低头退出。

【原文】子路使子羔为费宰，子曰：“贼夫人之子。”

子路曰：“有民人焉，有社稷焉，何必读书然后为学。”

子曰：“是故恶夫佞者。”（《论语·先进篇第十一》）

接着，漆雕开到府衙来看望孔子。

孔子想了解一下弟子们是不是都很着急出去做官，就对漆雕开说：“你该去做官了。”

漆雕开回答说：“做官这事，我对自己还没信心。”

孔子听了心里很高兴。

【原文】子使漆雕开仕，对曰：“吾斯之未能信。”子说。（《论语·公冶长篇第五》）

五、那一片拆毁城墙的声音消逝了

接着，“毁三都”之事生变。

“三桓”发现孔子拆毁城墙的真实目的根本不是帮三桓防范家臣反叛，而是削弱三桓势力，让三桓失去据点。三桓失去据点，不失去对鲁国国君的压力，从而失去对鲁国朝政的控制。于是，司空孟懿子拒绝拆成邑城墙，正卿季桓子免去子路和高柴的职务，司马叔孙武叔停止拆后邑城墙，鲁国那一片拆毁城墙的声音消逝了。三人对孔子无比仇恨，齐心协力要废掉孔子。

子贡和弟子们都没想到，一时间，形势大变，孔子的处境变得很不好，在朝廷上被冷落，司寇府衙也失去往日的光彩。

不过，子贡发现先生很淡定，并没有一丝慌乱，每日行为泰然，与往日一样上班下班。子贡想，也许先生在提出“毁三都”的建议时，就想到了万一失败的情况吧。

很快，子路和高柴离开季桓子家，回到孔子身边。

六、国君和父亲没有直言敢谏的大臣和儿子，要想不犯错误是不可能的

很快，子路和高柴被季桓子免去职务，两人回到孔子身边。这天傍晚，在沂水边，孔子照常给众弟子上课。

孔子用目光扫了弟子们一遍，这是让弟子们提问。

颜回说：“近期发生一点变故，我觉得大家特别好，没有气馁，反而几次跟我谈君子的问题。那么，咱们今天就请先生再谈谈君子问题，如何？”

沉默者颜路抢先发言：“先生，请问，君子还有哪些

品德？”

孔子略微思考，说：“刚强、果决、朴质，而言语不轻易出口，有这四种品德的人近于仁德。”

弟子们纷纷默念，努力记住这句话。

【原文】子曰：“刚、毅、木、讷近仁。”（《论语·子路篇第十三》）

冉求问道：“先生，请问还有哪些品德？”

孔子说：“有道德的人一定有名言，但有名言的人不一定有道德。仁人一定勇敢，但勇敢的人不一定仁。”

猛汉子路感觉很受启发，小声说：“勇不代表仁，看来只有勇敢是不行的。”

漆雕开和狂人曾点也觉得很受益。

【原文】子曰：“有德者必有言，有言者不必有德。仁者必有勇，勇者不必有仁。”（《论语·宪问篇第十四》）

贱民冉雍问道：“先生，请问还有哪些品德？”

孔子说：“聪明者喜爱水那样流动不停，仁德者喜爱山那样稳重高大；聪明者好动，仁德者好静。聪明者快乐，仁德者长寿。”

弟子们仔细琢磨先生的话。

【原文】子曰：“知者乐水，仁者乐山；知者动，仁者静；知者乐，仁者寿。”（《论语·雍也篇第六》）

孔子继续说：“一个人如果聪明了就不会疑惑，仁德了就不会忧愁，勇敢了就不会害怕。”

【原文】子曰：“知者不惑，仁者不忧，勇者不惧。”（《论语·子罕篇第九》）

孝顺的闵子骞问道："先生，请您继续讲。"

孔子说："出外便服侍公卿，入门便服侍父兄，有丧事不敢不尽礼，不被酒所困扰，这些事我做到了哪些呢？"

弟子们相互看看，以此告诫。

【原文】子曰："出则事公卿，入则事父兄，丧事不敢不勉，不为酒困，何有于我哉？"（《论语·子罕篇第九》）

闵子骞又问："先生，有人说君子要能听得进去难听的话，是这样吗？"

孔子又说："良药苦口利于治病，忠言逆耳利于行。商汤和周武王因为能听取进谏的直言而使他的国昌盛，夏桀和商纣因为只听随声附和的话而国破身亡。"

弟子们静静地听着。

孔子说："国君没有直言敢谏的大臣，父亲没有直言敢谏的儿子，兄长没有直言敢劝的弟弟，士人没有直言敢劝的朋友，要想不犯错误是不可能的。"

弟子中有人想发表议论，被其他人阻止。

孔子继续说："所以说：'国君有失误，臣子来补救；父亲有失误，儿子来补救；哥哥有失误，弟弟来补救；自己有失误，朋友来补救。'这样，一国就没有灭亡的危险，家庭就没有悖逆的坏事，父子兄弟之间不会失和，朋友也不会断绝来往。"

弟子们又学到新的道理。

【原文】孔子曰："药酒苦于口而利于病，忠言逆于耳而利于行。汤、武以谔谔而昌，桀、纣以唯唯而亡。君无争臣，父无争子，兄无争弟，士无争友，无其过者，未之有也。故曰：君失之，臣得之；父失之，子得之；兄失之，弟得之；己失之，友得之。是以国无危亡之兆，家无悖乱之恶，父子兄弟无失，而交友无绝也。"（《孔子家语·六本第十五》）

这天，孔子听说冉耕病得快不行了，被人从中都送回鲁城，孔子带子贡和原宪去冉耕家看望。

冉耕不开门，他说自己得的是恶疾，会传染，不能见任何人。孔子没想到会出这样的事，悲痛异常，一再要求看看冉耕，后来，冉耕从窗户伸出一只手，孔子在窗外握着冉耕的手痛哭。

子路等弟子也跟着痛哭。

离开冉耕家后，孔子又哭起来，伤心地说："活不成了，这是命呀！这样好的人竟然会得这样的恶病啊，这样好的人竟然会得这样的恶病啊！"

子贡和原宪也非常悲痛。

很快，冉耕去世了。这是去世的第一个孔门弟子。

冉耕殁年四十七岁。

【原文】伯牛有疾，子问之，自牖（音友）执其手，曰："亡之，命矣夫！斯人也而有斯疾也！斯人也而有斯疾也！"（《论语·雍也篇第六》）

七、子贡不去府衙领取赎金，以后鲁国没人去赎人了

子路和高柴被免职的事过去一年多了，到了鲁定公十三年冬，天气很冷了，树上的所有树叶都掉落，光秃秃的，沂河水也很冷了，水面已经结冰。田野里白一块黑一块的，那白的是没有融化的积雪。

子贡从外地回来了，这段时间，他将吴国的丝绸贩卖到秦国，又将秦国的马匹贩卖到越国，赚了很多钱。

子贡走进司寇府衙，在院子里的言偃、子夏、高柴见到他都围拢过来。子贡和他们亲热地聊了一阵后，指指孔子的屋子，意思是先生在吗？言偃点头。子贡去孔子的屋子。

进屋后，子贡走到孔子面前，笑嘻嘻地说："先生，我回

来了。”

孔子没有理睬子贡。

子贡觉得奇怪。

旁边的原宪说：“子贡，有人说你在他国赎回一个鲁国女人，没去府衙领取赎金，有这事吗？”当时，鲁国有规定，将在他国做妾的鲁国女人赎回的人，可以去府衙领取赎金。

子贡承认有，他不认为这做错了。

没有想到，孔子说：“子贡，这事做得不对，自今以往，鲁国人不会再赎人了。你不取赎金是为了不损坏你的品行，可是鲁国人都不取赎金，就没人去赎人了。”

子贡明白自己错了，马上去领取赎金。

【原文】鲁国之法，鲁人为人臣妾于诸侯，有能赎之者，取其金于府。子贡赎鲁人于诸侯，来而让，不取其金。孔子曰：“赐失之矣。自今以往，鲁人不赎人矣。”取其金，则无损于行；不取其金，则不复赎人矣。”（《吕氏春秋·先识览·察微》《孔子集语·论证九》）

很快，鲁国举行腊祭。

腊祭结束，参与祭祀的人一一离开，孔子出来走到旁边的楼台上，深深地叹了口气。

子贡、原宪和言偃跟随在孔子身边，问道：“先生为什么叹气呢？”

孔子说：“从前大道通行的时代，及夏、商、周三代精英当政的时代，我都没有赶上，而有些文字记载还可以看到。”

子贡和原宪听着。

孔子又说：“大道通行的时代，一国是国君说了算，朝廷选举贤能的人，人们讲求诚信，致力友爱。因此人们不只爱自己的双亲和子女，还大道通行这个国。”

子贡和原宪琢磨先生的话。

孔子继续说："这一国的老人都能安度终生，壮年人都能发挥自己的才能，鳏夫、寡妇、孤儿和残疾人都能得到供养。"

子贡和原宪没说话。

孔子接着说："人们厌恶将财物浪费不用，但不必要收藏到自己家里；人们担心自己的智力体力不能得到发挥，但不是为了个人的利益。"

子贡和原宪觉得先生说得好。

孔子说："因此奸诈阴谋的事不会发生，盗窃财物扰乱社会的事情不会出现。所以家里的大门不必紧锁，这就叫作大同世界。"

子贡和原宪听着，言偃走过来。

孔子说："如今大道已经衰微，一国是大夫说了算，人们只关爱自己的双亲和子女。因此人们将财物想据为己有，出力也是为了自己，不再关爱这个国。"

【原文】孔子为鲁司寇，与于腊。既宾事毕，乃出游于观之上，喟然而叹。言偃侍，曰："夫子何叹也？"孔子曰："昔大道之行，与三代之英，吾未之逮也，而有记焉。

"大道之行，天下为公，选贤与能，讲信修睦。故人不独亲其亲，不独子其子。老有所终，壮有所用，矜寡孤疾皆有所养。货恶其弃于地，不必藏于己；力恶其不出于身，不必为人。是以奸谋闭而不兴，盗窃乱贼不作。故外户而不闭，谓之大同。

"今大道既隐，天下为家，各亲其亲，各子其子。货则为己，力则为人。"（《孔子家语·礼运第三十二》）

言偃问道："现在掌权者不遵循礼制，为什么呢？"

孔子说："唉，可悲呀！我考察周代的礼制，自从幽王、厉王起就败坏了。"

言偃说："莫不如咱们离开鲁国。"

孔子说："离开鲁国又能到哪里呢？"

言偃不知该如何回答。

孔子伤心地说："看看，鲁国的郊、禘之祭都不合乎周礼，周公制定的礼看来已经衰微了。"

【原文】言偃曰："今之在位，莫知由礼，何也？"

孔子曰："呜呼哀哉！我观周道，幽厉伤也。吾舍鲁何适？夫鲁之郊及禘皆非礼，周公其已衰矣。"（《孔子家语·礼运第三十二》）

言偃又问："礼制就这么重要吗？"

孔子说："礼制是国君行事的规则，是用来敬侍鬼神，辨别仁义，建立政教制度，稳定君臣上下秩序的。"

子贡、原宪和言偃听着。

孔子说："所以国政不遵循礼制，就君位不稳、大臣背叛、小臣窃权。"

子贡、原宪和言偃听着。

孔子说："国政不遵循礼制，法令就会变更无常，礼法会更加紊乱，读书人就无法按礼行事，民众就不会信服，这国就叫作病国。"

三个人觉得先生说得很深刻。

【原文】故夫礼者，君之柄，所以别嫌明微，傧鬼神，考制度，列仁义，立政教，安君臣上下也。故政不正则君位危，君位危则大臣倍，小臣窃，刑肃而俗弊则法无常，法无常则礼无别，礼无别则士不仕，民不归，是谓疵国。（《孔子家语·礼运第三十二》）

八、高尚的人要做到三件事：年少时戒色，年壮时戒斗，年老时戒贪

腊祭后的第二天傍晚，孔子在自家府院里给众弟子讲学。

颜回见大家都坐好，看看孔子，孔子没有表情。这就是弟子可以提问的意思。颜回转身对大家点点头。

贱民冉雍说："先生，我想再请先生说说君子。"

孔子沉吟少许，缓慢地说："君子将义当作做人的根本，行为符合礼制，语言谦逊，做事有信用，这就是君子！"

冉雍默念，似乎还是不明白，问道："就这么简单吗？做君子的这个要求并不高呀？真是这样吗？"

沉默者颜路插话，说："怎么可能就这么简单，刚才先生说的，只是其中的一点而已。"

冉雍有些明白了。

【原文】子曰："君子义以为质，礼以行之，孙以出之，信以成之。君子哉！"《论语·卫灵公篇第十五》

孔子又说："君子看重的是道义，小人看重的是利益。"

小个子高柴说："我觉得这很不容易做到。"

弟子们很赞成高柴的话。

颜回让大家安静下来，请先生继续说。

【原文】子曰："君子喻于义，小人喻于利。"（《论语·里仁篇第四》）

孔子又说："君子广泛学习典籍文章，又以礼制来约束自己，也就可以不走入邪路了。"

高柴琢磨这个意思。

砍柴人冉求问道："先生，您的意思是学习和尊礼，是君子不走邪路的办法？"

孔子看着冉求，没说话。

狂人曾点连忙说就是这个意思，其他人也认为是这个意思。

【原文】子曰："君子博学于文，约之以礼，亦可以弗畔矣夫。"（《论语·雍也篇第六》）

小个子高柴说："还有呢？请您再说说。"

弟子们也期盼地看着孔子。

孔子思考一下，说："君子说话慢一点儿，行动快一点儿。"

漆雕开嘀咕道："这就是说君子表态要慎重，做事要不拖沓。"

高柴说："我觉得这意思是行动胜于言语，无论办什么事，说慢点儿，做快点儿。"

漆雕开反对。

狂人曾点也说不一定是高柴理解的这个意思。

猛汉子路则倾向漆雕开的理解。

弟子们争论几句后，把目光投向孔子。

孔子看看高柴，眼光中透着赞许。

弟子们明白了，跟着把目光投向高柴。

【原文】子曰："君子欲讷于言，而敏于行。"（《论语·里仁篇第四》）

沉默者颜路问道："先生，还有吗？"

弟子们又期盼地望着孔子。

孔子少许说："君子害怕的事有三个：怕天命，怕王公大人，怕圣人的言语。小人不懂得天命，因而不怕它，轻视王公大人，轻侮圣人的言语。"

弟子们琢磨着孔子的话。

孔子没有说话。

【原文】孔子曰："君子有三畏：畏天命，畏大人，畏圣人之言。小人不知天命而不畏也，狎大人，侮圣人之言。"（《论语·季氏篇第十六》）

漆雕开问："先生，还有吗？"

孔子停顿一下，说：“君子有三件事要杜绝：少年时，血气未定，最要杜绝的是贪恋女色；壮年时，血气正旺，最要杜绝的是争强好斗；等到年老了，血气已经衰弱，最要杜绝的则是什么都想得到。”

猛汉子路自言自语道：“年少时戒色，年壮时戒斗，这两句说得好。”

弟子们都认同子路的说法，没有争论。

孔子还是沉默。

【原文】孔子曰：“君子有三戒：少之时，血气未定，戒之在色；及其壮也，血气方刚，戒之在斗；及其老也，血气既衰，戒之在得。”（《论语·季氏篇第十六》）

狂人曾点说：“先生，还有吗？”

孔子停顿一下，说：“如果一个读书人有志于学习君子之道，但又以自已吃粗粮穿破衣为羞耻，这种人不值得同他谈论学问和议论道理的。”

曾点问道：“先生，您的意思是以自己吃粗粮穿破衣为羞耻，根本不配做个读书人？”

孔子没有表态。

漆雕开替先生回答：“就是这个意思，这么简单，大家一下子就听明白了，不用再问先生了。”

孔子没有制止漆雕开，这等于认可漆雕开的说法。大家见孔子这个样子，也就不再议论。

【原文】子曰：“士志于道，而耻恶衣恶食者，未足与议也。”（《论语·里仁篇第四》）

贱民冉雍小声问身边的闵子骞：“先生说的士子是武士吗？”当时，周朝的社会等级是天子、诸侯、大夫、武士这四个阶层。

闵子骞小声回答："不是，先生说的士子是咱们这些读书的庶民。"

这时，孔子整理身下的席子，这是要站起来休息一下的意思。

颜回让大家也休息一下。

九、言偃问：这家人丢了祭祖用的牲畜，先生就说他家将要败落，这是为什么？

第二天，猛汉子路对子贡将他刚刚陪先生去鲁桓公庙的事。

子路说，孔子在那里看到一件容易倾倒的器物，问守庙人："这是什么器物啊？"

守庙人回答说："这是国君放在座位右边以示警戒的欹器。"

孔子说："我听说国君放在座位右边的欹器，空虚时就倾倒，水不多不少时就端正，水满时就倒下。贤明的国君把它作为最高警戒，所以常常把它放在座位边。"

孔子说完回头对子路说："灌水试试。"

子路把水灌进欹器，水不多不少时欹器就端正，水满时就倒下。孔子感叹道："唉，哪有东西装满了不倒的呢！"

子路问先生道："请问有让它不倒的办法吗？"

孔子说："聪明睿智的人，用愚朴来保护自己的聪明睿智；功盖天下的人，用谦让来保护自己的功盖天下；勇力震世的人，用怯懦来保护自己的勇力震世；富有四海的人，用谦卑来保护自己的富有四海。这种自我倒覆，大概就是让它不倒的办法。"

猛汉子路觉得先生说得太好了。

【原文】孔子观于鲁桓公之庙，有欹器焉。夫子问于守庙者，曰：“此谓何器？”对曰：“此盖为宥坐之器。”

孔子曰：“吾闻宥坐之器，虚则欹，中则正，满则覆。明君以为至诫，故常置之于坐侧。”顾谓弟子曰：“试注水焉！”乃注之。水中则正，满则覆。夫子喟然叹曰：“呜呼！夫物恶有满而不覆哉？”

子路进曰：“敢问持满有道乎？”

子曰：“聪明睿智，守之以愚；功被天下，守之以让；勇力振世，守之以怯；富有四海，守之以谦。此所谓损之又损之之道也。”（《孔子家语·三恕第九》）

这时，南方人言偃进子贡的屋子，说了刚刚发生的一件事。

言偃说他去年曾跟先生说，自己听说鲁国一个姓公索的大夫，在准备祭祖，却把祭祖用的牲畜弄丢了。当时先生说：“不用两年这个姓公索的就会家道败落。”

今天他听说公索家败落了，就去问先生：“之前这个姓公索丢了祭祖用的牲畜，先生据此说他家将要败落，这是为什么呢？”

孔子说：“祭祖，这是孝子向去世父母表达孝心的事情。将要祭祖却丢了祭祖用的牲畜，可见他丢失了多少孝心。像这样家道不败落的，从来没有过。”

言偃觉得先生说得特别好。

子贡和子路也觉得很受益。

【原文】鲁公索氏将祭而亡其牲。孔子闻之，曰：“公索氏不及二年将亡。”后一年而亡。门人问曰：“昔公索氏亡其祭牲，而夫子知其将亡，何也？”曰：“夫祭者，孝子所以自尽于其亲。将祭而亡其牲，则其余所亡者多矣。若此而不亡者，未之有也。”（《孔子家语·好生第十》）

十、君子做仁德之事时，就是老师跟自己争，也不相让

又过了几天，孔子家邻居小孩到府衙来找孔子，诗文子夏带他去见孔子。他很不礼貌地跟子夏肩并肩一起走路。

进到孔子的屋子。孔子请他坐，他大大咧咧地坐在席子上，说阙里的邻居找孔子有事，问孔子何时有时间。

这个小孩走后。子夏觉得这个小孩很不懂礼貌，问孔子："先生觉得他是个肯求上进的人吗？"

孔子说："我见他大模大样地坐在席上，又看见他同长辈并肩而行。这不是个肯求上进的人，只是一个急于求成的人。"

子夏觉得先生评价得很准。

【原文】阙党童子将命，或问之曰："益者与？"子曰："吾见其居于位也，见其与先生并行也。非求益者也，欲速成者也。"（《论语·宪问篇第十四》）

站在一侧的轻蔑者原宪问道："先生，坐和站的样子是否合乎礼，很重要吗？那是不是要内心约束自己呢？"

孔子说："内心有礼约束，还经常有过失的人不多。"

原宪琢磨这个话的意思。

【原文】子曰："以约失之者鲜矣。"（《论语·里仁篇第四》）

孔子接着说："只知态度恭敬而不遵循礼法，就会徒劳无功；只知谨慎而不遵循礼法，就会畏缩胆怯；只是勇猛而不遵循礼法，就会蛮干闯祸；心直口快而不遵循礼法，就会尖刻刺人。"

子夏和原宪听着。

孔子继续说："掌权者如果厚待自己的亲族，老百姓当中就会兴起仁德的风气；掌权者如果不遗弃老臣子和老朋友，老百姓就不会对别人冷漠无情。"

子夏和原宪觉得说得好。

【原文】子曰："恭而无礼则劳；慎而无礼则葸（音喜）；勇而无礼则乱；直而无礼则绞。君子笃于亲，则民兴于仁，故旧不遗，则民不偷。"（《论语·泰伯篇第八》）

孔子又说："高尚之人看见穿孝服的人，即使是关系很亲密的，也一定要把态度变得严肃起来。看见穿戴着礼帽礼服的人和盲人，即使是常在一起的，也一定要有礼貌。"

两个弟子安静地听着。

孔子说："在车上遇着穿丧服的人，便把身体前俯，手扶着车前的横木，那礼数与遇见他国使者一样。"

两个弟子没说话。

孔子继续说："除了尊重穿丧服之人，一些事也要诚心尊重，如做客时遇到丰盛的筵席，应神色一变，并站起来致谢。遇见打雷大风，一定要改变神色，以示对上天的敬畏。"

两个弟子努力记下这些。

【原文】见齐衰者，虽狎，必变。见冕者与瞽者，虽亵，必以貌。凶服者式之，式负版者。有盛馔，必变色而作。迅雷风烈，必变。（《论语·乡党篇第十》）

几天后，琴瑟宓子贱对子贡讲了他给孔子驾车外出的事。

在路上，宓子贱对车上的孔子说："先生，可以向您请教一个问题吗？"

孔子没反对。

宓子贱说："先生，我总是觉得仁德距离我很远，做一个仁德的人很困难。请您指点我一下，好吗？"

孔子沉吟片刻，说："仁德离我们很远吗？只要我想做到仁德，仁德就来了。"

宓子贱不是很明白，问道："先生，您的意思是：我想做到仁德，马上就成为仁德之人吗？”

孔子没说话，扭头看看宓子贱。

宓子贱又问道：“我说错了。先生，您的意思是：只有我坚持想做到仁德，最后就能成为仁德的人。是吧？”

孔子看着远方，没说话，这就是认可了。

【原文】子曰：“仁远乎哉？我欲仁，斯仁至矣。”（《论语·述而篇第七》）

孔子接着说：“有仁德的人不会孤单，一定会遇到同样志向的伙伴。”

宓子贱问道：“先生，这个道理我明白，我明白。”

【原文】子曰：“德不孤，必有邻。”（《论语·里仁篇第四》）

孔子说：“追求不当利益的行为，会招致更多的怨恨。”

宓子贱说：“先生，您说得太好了，真的，追求不当的利益，必然有损于他人利益，这样就会招致更多的怨恨。”

【原文】子曰：“放于利而行，多怨。”《论语·里仁篇第四》

孔子说：“当别人需要仁德时，君子一定抢着做，就是与自己老师相争，也不相让。”

宓子贱说：“先生，这句话太好了！弟子记下了，记下来！”

子贡也觉得先生说得特别好。

【原文】子曰：“当仁不让于师。”（《论语·卫灵公篇第十五》）

十一、子路说：我以为先生无所不知，原来也有不知道的

这天，子贡在司寇府衙的院子里读书，见猛汉子路急匆匆地进来，没跟他打个招呼，就直接进了先生的屋子，过了一会儿，子路出来，对子贡说："我以为先生无所不知，原来先生也有不知道的。"

子贡问道："不会吧，你问的是什么问题？"

子路说："我问的是，我听说鲁国一个大夫办理父亲亡故一周年的练祭后就睡床上，这符合礼制吗？先生说：'不知道。'"

子贡听了，想了想，说："你等等，我再去帮你问问。"于是快步走进屋子，对孔子说："先生，我有一事想问，可以吗？"见孔子没反对，说，"一个人办理父亲亡故一周年的练祭后就睡床上，这符合礼制吗？"

孔子答道："不符合。"

子贡很高兴，连忙感谢先生，走出屋子。对等待的子路说："子路，你不是说先生也有不知道的事吗？你错了，先生说那不符合礼制。"接着，对一脸疑惑的子路继续说，"是这样的，礼，是给这个国的所有人制定的，并不只是给大夫制定的。"意思是，你问的是鲁国大夫，而不是所有人，所以先生说不知道。

子路有些明白了。

【原文】子路问于孔子曰："鲁大夫练而床，礼邪？"孔子曰："吾不知也。"子路出，谓子贡曰："吾以为夫子无所不知，夫子徒有所不知。"子贡曰："汝问何哉？"子路曰："由问：'鲁大夫练而床，礼邪？'夫子曰'吾不知也'。"

子贡曰："吾将为女问之。"子贡问曰："练而床，礼邪？"孔子曰："非礼也。"子贡出，谓子路曰："女谓夫子为有所不知乎！夫子徒无所不知。女问非也。礼：居是邑不非其大夫。"（《荀子·子道》）

十二、在凄凄冬雨中，离开鲁国

又过了一年，到公元前496年，即鲁定公十四年十月，齐国给鲁君送来美女八十个，宝马一百二十四，孔子反对接收，而鲁定公喜欢那些美女，三桓利用此事，离间鲁定公与孔子的关系，最终使鲁定公远离了孔子。

两个月后，到了腊月，鲁国一年一度的腊祭举行，这是一年中最大的一个祭祀，可是，宫里没有通知孔子参加，之后，依照礼法国君要将祭肉分给鲁国大夫，可是也没分给孔子，孔子知道自己被变相罢黜，决定离开鲁国，他把自己的东西搬回阙里老屋，把府院腾空，让孔鲤去告诉宫里自己把府院退还国君。然后，告别妻子和儿女，带弟子们离开了鲁国。

可是，去哪里呢？

子路提议去卫国，说到卫国可以住在他妻子的哥哥颜浊邹大夫家，孔子对颜浊邹大夫印象很好，还有，孔子听说卫灵公是个相当贤明的国君，于是，孔子决定去卫国。

孔子这一年五十六岁。

这天上午，昨天开始下的小雨还没停，地上的黄土已经被泡成泥巴，地上坑坑洼洼的，有很多小坑集满雨水，水是浑浊的，雨滴落在上面，溅起水珠。路旁的树木只剩光秃秃的树枝。满天乌云，天色灰暗。

在凄凄的冬雨中，孔子和弟子们出发了。孔门弟子除了曾点、颜路留在鲁城，其他十五个都跟随先生出发。他们是子路、颜回、子贡、冉雍、冉求、漆雕开、闵子骞、高柴、宓子贱、公冶长、南宫括、宰予、原宪、言偃、子夏。

孔子坐在马车上，脸色和天色一样。这马车是他作为大夫找工匠打造的，现在载着他离开鲁国。他的行李和弟子们的行李也放在车上。

道路泥泞，一行人走得很慢。

第7章　村庄里还有高大的树木

一、一进卫国。治理一国，要信用，节俭，爱护臣子和老百姓

天边放亮，小村庄苏醒过来，村庄上空飘荡起炊烟，农人们在村里走动，这一连几天的小雨终于停了，茅草屋是湿漉漉的，土地是湿漉漉的，村庄的道路也被踩得泥泞。太阳升起，天空如同洗过一样，透明干净。

这是在卫国的一个小村庄。孔子他们昨晚在此住宿。

孔子起来了，子贡跟颜回也起来了。

此时，听到有人哭得很悲伤，孔子便问："颜回，你听出来这是为何而哭吗？"

颜回听了一下，回答说："弟子以为，这哭声不仅为死别，还为生离。"

孔子说："何以知道还为生离呢？"

颜回答道："弟子曾听过桓山鸟像这样伤心的叫声，那桓山鸟生了四只雏鸟，等到幼鸟羽毛丰满将要各奔东西，母鸟送别小鸟，其悲啼与此极为相似。弟子由此推测出来。"

孔子让子贡去问那哭泣的人，子贡去了回来说："父亲死了，家里很穷，母亲卖了儿子去安葬父亲，母亲在与孩子诀别。"

孔子感叹说："颜回，你可谓是善于识别声音了。"

【原文】孔子在卫，昧旦晨兴，颜回侍侧，闻哭者之声甚哀。子曰："回！汝知此何所哭乎？"对曰："回以此哭声非但为死者而已，又有生离别者也。"

子曰："何以知之？"对曰："回闻桓山之鸟，生四子焉。

羽翼既成，将分于四海，其母悲鸣而送之。哀声有似于此，谓其往而不返也。回窃以音类知之。”孔子使人问哭者，果曰：“父死家贫，卖子以葬，与之长决。”子曰：“回也，善于识音矣！”（《孔子家语·颜回第十八》）

上午，孔子一行进入卫国腹地。

卫国，都城帝丘（今河南省濮阳市），西周初期，周公旦辅佐周成王平定“三监之乱”，将部分殷商之民迁到帝丘，建立卫国，封周文王嫡九子康叔封为国君。

见旁边的村庄房屋密集，一个挨一个的，很大一片，村庄里还有高大的树木，房屋与树木互相映衬，尽管这是冬天，树叶都掉落，但景色还是很漂亮。

孔子看着村庄，说：“好稠密的人口！”

给孔子驾车的冉求问：“人口多了，又该怎么办呢？”

孔子说：“使他们富裕起来。”

冉有问：“富了后又如何呢？”

孔子说：“教育他们。”

【原文】子适卫，冉有仆，子曰：“庶矣哉！”冉有曰：“既庶矣，又何加焉？”曰：“富之。”曰：“既富矣，又何加焉？”曰：“教之。”（《论语·子路篇第十三》）

子贡是卫国人，看着四周的农田，问道：“先生，我有个问题，可以请教吗？”

孔子没反对。

子贡说：“如果我们要在卫国推行仁德，该如何做呢？”

孔子说：“工匠想把活儿做好，首先把工具做好。”

子贡说：“还有吗？”

孔子答道：“住在一国，就要恭敬地对待大夫中的那些贤者，与武士中的仁者交朋友。”

子贡赶忙记下这些话。

【原文】子贡问为仁，子曰："工欲善其事，必先利其器。居是邦也，事其大夫之贤者，友其士之仁者。"（《论语·卫灵公篇第十五》）

孔子一行到了卫国都城帝丘，走进颜浊邹大夫家中。对于孔子的到来，颜浊邹非常高兴，腾出房屋，让孔子一行住下。

第二天，颜浊邹的好友，卫国大夫蘧伯玉听说孔子来了，派了个使者来拜访孔子。

孔子跟这个使者坐下，问道："你家大人在干吗？"

使者答道："大人总是想减少过错，却还没能做到。"

这个使者离开后。孔子对身边的子贡说："好一位使者！好一位使者！"

【原文】蘧伯玉使人于孔子，孔子与之坐而问焉，曰："夫子何为？"对曰："夫子欲寡其过而未能也。"使者出，子曰："使乎！使乎！"（《论语·宪问篇第十四》）

颜浊邹很高兴地招待孔子一行住下，第二天，他向卫国国君卫灵公推荐孔子，请求卫灵公给孔子一个官位，用孔子的做人之道来治理卫国试试。

卫灵公这年四十三岁，召见孔子，问了孔子来卫国的路途情况，也问了孔子在鲁国做的一些事，孔子一一做了回答。

卫灵公问："孔大夫，照你看，如何才能让卫国兴旺？"

颜浊邹接话说："当年，孔大夫到齐国，齐景公曾问他治理一国办法，他说'做君主的要像君主的样子，做臣子的要像臣子的样子，做父亲的要像父亲的样子，做儿子的要像儿子的样子'。"

卫灵公问："齐景公怎么说呢？"

颜浊邹说："齐景公说：'对呀！如果君不像君，臣不像臣，父不像父，子不像子，即使粮食很多，我能吃得到吗？'"

卫灵公觉得说得有道理。

【原文】齐景公问政于孔子，孔子对曰："君君，臣臣，父父，子子。"公曰："善哉！信如君不君、臣不臣、父不父、子不子，虽有粟，吾得而食诸？"（《论语·颜渊篇第十二》）

卫灵公又问："除此之外，还有其他的吗？"

孔子说："治理具有一千辆兵车的一国，要严肃认真地对待工作，信实无欺，节约费用，爱护官吏，役使老百姓要在农闲时间。"

【原文】子曰："道千乘之国，敬事而信，节用而爱人，使民以时。"（《论语·学而篇第一》）

卫灵公没有表态，好像不喜欢这个说法，过了一会儿，他问孔子："你在鲁国得到的俸禄是多少？"

孔子回答说："俸米六万斗。"

卫灵公说："我们卫国也照样给你俸米六万斗。"但是没说给孔子什么职务。

颜浊邹觉得能得到这样的待遇已经不错，职位可以下一步再争取，就这样带孔子退下。

子贡利用空闲时间回家看看父母，说了自己跟随孔子的情况，以及自己的收获。他父亲让他也去关心一下做生意，说他如果有本事挣钱，对孔子也是好事，这样可以帮助孔子传播他的主张。子贡觉得父亲说得特别好，自己应该学会赚钱，他相信自己有赚钱的天赋。

二、子贡说：我憎恶把剽窃当聪明，把傲慢当勇敢，把攻击别人短处当直率之人

拜见卫灵公之后的一天，在颜浊邹府院的一角，孔子给弟子上课。

子贡先发问："先生，我有一个问题。可以请教吗？"

孔子看着子贡，没说话。

子贡问道："要具备怎样的条件，才可以称为出色人士？"

孔子略微思考了一下，说："做事知道羞耻，出使外国完成君主交办的事项，就可以称为出色的人士了。"

子贡问道："请问次一等的。"

孔子说："宗族称赞他孝顺父母，乡里称赞他恭敬尊长。"

子贡又道："敢问再次一等的。"

孔子说："说出的话必定兑现，做的事必定有结果。这样实实在在的人，尽管是小人物，也许可说是次一等的出色人士。"

子贡道："现今鲁国掌权的这些大夫怎么样？"

孔子道："噫！这些人心胸狭窄得像厨房的小用具，怎么能得算上？"

弟子们纷纷记下先生的话。

【原文】子贡问曰："何如斯可谓之士矣？"子曰："行己有耻，使于四方不辱君命，可谓士矣。"曰："敢问其次。"曰："宗族称孝焉，乡党称悌焉。"曰："敢问其次。"曰："言必信，行必果，硁硁然小人哉！亦可以为次矣。"曰："今之从政者何如？"子曰："噫！斗筲之人，何足算也！"（《论语·子路篇第十三》）

子贡又问："有一个人全乡人都喜欢和赞扬他，这个人怎么样？"

孔子很快回答："这不好评价。"

子贡又问："全乡人都厌恶和憎恨他，这个人怎么样？"

孔子说："这还是不好评价。"

子贡问道："先生，那么这样的人都无法评价吗？"

孔子停顿一下，回答道："最好的人是全乡的好人都喜欢他，全乡的坏人都厌恶他。"

子贡愣了一下。

弟子们都觉得先生说得好。

【原文】子贡问曰："乡人皆好之，何如？"子曰："未可也。""乡人皆恶之，何如？"子曰："未可也。不如乡人之善者好之，其不善者恶之。"（《论语·子路篇第十三》）

砍柴人冉求发问："先生，您经常讲要远离卑鄙小人，这是为什么？"

猛汉子路附和道："是的，这是为什么？"

孔子说："卑鄙小人可以共事吗？这种人他没得到时，怕得不到；得到后，怕失去。一旦害怕失去，他什么坏事都敢做。"

【原文】子曰："鄙夫可与事君也与哉？其未得之也，患得之；既得之，患失之。苟患失之，无所不至矣。"（《论语·阳货篇第十七》）

子贡又问："怎样做才能成为一个君子？"

弟子们都很关心这个问题，全部静静地看着孔子，等待教诲。

孔子沉吟片刻，缓慢地说："对于你要说的话，先去做了，再说出来，这样你也许能成为一个君子了。"

弟子互相小声议论，这很简单呀，不过，好像真要做到也不简单。

【原文】子贡问君子。子曰："先行其言而后从之。"（《论语·为政篇第二》）

子贡再问："君子也有憎恶的人吗？"

孔子道："有的，憎恶总是说别人坏处之人，憎恶诽谤上面人之人，憎恶勇敢而无礼之人，憎恶固执而执拗到底之人。"

子贡觉得先生说得好，扭头看看旁边的孝顺者闵子骞和颜回，意思是说得好呀！

没想到，突然，孔子问道："子贡，你也有憎恶的人吗？"

子贡想了想，答道："先生，有。"然后说，"我憎恶把剽窃当作聪明之人，憎恶把不谦逊当作勇敢之人，憎恶把攻击别人的短处当作直率之人。"

孔子没有想到子贡回答得这么好，用赞许的目光看着子贡。

弟子们也觉得子贡说得好，小声称赞。

【原文】子贡曰："君子亦有恶乎？"子曰："有恶。恶称人之恶者，恶居下流而讪上者，恶勇而无礼者，恶果敢而窒者。"曰："赐也亦有恶乎？""恶徼以为知者，恶不孙以为勇者，恶讦以为直者。"（《论语·阳货篇第十七》）

猛汉子路请教君子还应做什么。

孔子说："修养自己，来使自己严肃认真地对待工作。"

子路再问："这样就够了吗？"

孔子说："修养自己，来使身边的人安乐。"

子路又问："这样就够了吗？"

孔子说："修养自己，来使所有的老百姓安乐。修养自己来使所有的老百姓安乐，尧帝和舜帝也会觉得这是很难做到的事啊！"

【原文】子路问君子，子曰："修己以敬。"曰："如斯而已乎？"曰："修己以安人。"曰："如斯而已乎？"曰："修己以安百姓。修己以安百姓，尧、舜其犹病诸！"（《论语·宪问篇第十四》）

三、有若、司马牛、颜刻、公良孺在孔子落难时拜师

蘧伯玉的朋友司徒敬子去世，孔子去吊丧，按照礼节孔子也跟着哭，后来，孔子见主人哭得不伤心，没哭完就退出来。

蘧伯玉听说这件事，来找孔子，说："我们卫国风俗鄙陋，不懂丧礼，我想麻烦您来担任他家丧礼主持，给我们卫国人看看丧礼应该如何办。"

孔子答应了。孔子让死者家属在室中挖一个坑，床架在上面，为死者洗浴，使水流入坑内。从双脚开始给床上死者穿衣。出殡时，一定经过他家宗庙。抬棺木出大门时，男子面向西，妇女面向东。下葬后堆好坟头才回。这一套是殷朝丧礼的礼仪，孔子是照此办的。

南方人言偃陪孔子操办丧礼，发现先生简化了礼仪，结束后，言偃对孔子说："我听说，君子施行礼，不求改变风俗，而先生您却改变了风俗。"

孔子说："我这么做不是要改变风俗，只是为了俭朴一点儿罢了。"

【原文】孔子在卫，司徒敬子卒，夫子吊焉。主人不哀，夫子哭，不尽声而退。

蘧伯玉谓孔子曰："卫国鄙俗，不习丧礼，烦吾子辱相焉。"

孔子许之。掘中霤而浴，毁灶以缀足，袭尸于床。及葬，毁宗而蓠行，出于大门。及慕男子西面。妇人，东面，既封而归，般道也。孔子行之。

子游问曰："君子行礼，不求变俗，夫子变之矣。"

孔子曰："非此之谓也，丧事则从其质而已矣。"（《孔子家语·曲礼子贡问第四十二》）

办完司徒敬子的葬礼后不久，这天，有四个后生找到孔子住处大门口，守门人说他们是来找孔子的，子贡迎出去，见他们风尘仆仆，显然是远道而来，子贡问道："四位好。你们找先生有什么事？"

带头的说："您好！是这样，我叫有若，我们是来找先生学做人之道的。"

有若，姓有，名若，字子有，鲁国人，这年二十岁，小于孔子三十六岁。后来任鲁国正卿的家臣宰。因他长相憨厚，人称"憨憨的有若"。

子贡没想到先生这样的处境还有人来拜师，心里十分高兴。

有若介绍身边一个后生，说："这是司马牛。"

司马牛咧嘴一笑，说："您好！我叫司马牛。"

司马牛，复姓司马，名耕，字子牛，宋国人，这年二十二岁，小孔子三十四岁。他有一个做宋国司马的哥哥。

有若又介绍身边一个敦实的后生，说："这是颜刻。"

颜刻只是笑，没说话。

颜刻，鲁国人，这年十八岁，小孔子三十八岁。

有若又介绍身边那个高大魁梧的后生，说："这是公良孺。"

公良孺声音洪亮地说："你好！我是公良孺。"

公良孺，陈国人，这年二十六岁，小孔子三十岁。后来公良孺带了自家的五辆车跟随孔子，一次路过卫国蒲地，遇上蒲人围攻孔子，公良孺上去与对方厮杀，一直打到对方害怕，放了孔子一行。

子贡说："你们走这一路，都累了吧？快进来，来，进来！"把他们带进院子，"你们等一下，我去告诉先生。"

这样，孔子收下这四个弟子。

四、防止怨恨就如同防水，堵水决堤就会伤害很多人，不如放水疏导

这天，又在颜浊邹府院的一角，孔子给弟子上课。

弟子们坐下后，开始发问。

机灵鬼宰予说："先生，我听达衖的一个人说这样评价您。"见孔子没有反对，接着说，"孔子真伟大！学问广博，可惜没有足以树立名声的专长。"又说，"先生，您是怎么看？"

孔子沉吟片刻，说："我应该有哪方面的专长呢？驾车呢，还是射箭呢？如果一定要有，那我还是驾车算了。"

"轰"的一声，弟子们议论起来。

漆雕开站起来，气愤地说："宰予，你这是什么意思？你这是诋毁先生！"

猛汉子路也十分生气。

宰予争辩道："我说什么了？不就是把外面人说先生的话，告诉先生，怎么了？"

子路跟着说："宰予，你太不像话了！太放肆了！"

冉求说："我觉得说这样话的人，根本不配做先生的弟子！"

孔子向大家挥挥手，示意大家不要计较这个，过了一会儿，又示意大家坐下，继续发问。

【原文】达巷党人曰："大哉孔子！博学而无所成名。"子闻之，谓门弟子曰："吾何执？执御乎，执射乎？吾执御矣。"（《论语·子罕篇第九》）

颜回发言，说："先生，我想请您说说对臧文仲的看法。"

臧文仲，是鲁庄公和鲁僖公时期的鲁国司寇，曾与柳下惠多次发生冲突。

柳下惠，本名展获，也称展禽，鲁国柳下邑（今山东省济宁

市邹城市）人，鲁国大夫，是鲁孝公之子公子展的后裔，鲁僖公时期曾出任士师，因其生性耿直，不事逢迎，三次被司寇臧文仲免职。其中一次是因“祀爰居”。

爰居，是陆地上罕见的一种海鸟。有一天，鲁城城东门外栖息了一只爰居，三日不飞，鲁国人见此心生恐慌，臧文仲就鼓动国人前去祭祀。柳下惠说臧文仲鼓动国人祭祀爰居之鸟违反周礼，还说臧文仲：“海鸟无功而祭祀它，是不仁；自己不懂又不问，是不智。”因而被臧文仲免职。

颜回问道：“先生，对臧文仲这个人，您怎么看？”

孔子说：“臧文仲是一个窃居官位的人吧！他明知道柳下惠是个贤人，却免除他官位。”

【原文】子曰：“臧文仲其窃位者与！知柳下惠之贤而不与立也。”（《论语·卫灵公篇第十五》）

颜回接着问：“臧文仲可以称为聪明吗？”

孔子答道：“臧文仲给自己分管的鲁国占卜用的乌龟盖了个大房子，还违反规制，把房子的斗拱和房梁画得像国君的家庙那么华丽，这么僭越之人怎么能算得上聪明呢？”

颜回赶忙记下。

【原文】子曰：“臧文仲居蔡，山节藻棁，何如其知也？”（《论语·公冶长篇第五》）

冉求发问，说：“先生，可以请问您对臧武仲的看法吗？”

臧武仲，臧文仲之孙，鲁襄公时期的鲁国司寇，因得罪鲁襄公和季孙氏，逃到他家的封地防邑，鲁襄公要求他离开防邑，他则以要求鲁襄公立其子嗣为司寇作为交换条件。冉求问：“先生，您是怎么看这个人？”

孔子说：“臧武仲，用立其子嗣为鲁国司寇作为离开防邑的条件，这就是要挟，尽管有人说他不是要挟，我是不相信的。”

【原文】子曰："臧武仲以防求为后于鲁，虽曰不要君，吾不信也。"（《论语·宪问篇第十四》）

子贡发问，说："先生，我可以提问吗？"见孔子没有反对，问道："当今的各侯国的臣子，谁是贤能的人呢？"

孔子说："我不知道。从前齐国有鲍叔牙，郑国有子皮，他们都是贤人。"

子贡说："齐国不是有管仲，郑国不是有子产吗？"

孔子说"子贡，你只知其一，不知其二。你听过这样的话吗？是自己努力成为贤人的人贤能呢，还是能举荐贤人的人贤能呢？"

子贡说："能举荐贤人的人贤能。"

孔子说："这就对了。我听说鲍叔牙使管仲显达，子皮使子产显达，却没有听说管仲和子产让比他们更贤能的人显达。"

【原文】子贡问于孔子曰："今之人臣孰为贤？"子曰："吾未识也。往者齐有鲍叔，郑有子皮，则贤者矣。"

子贡曰："齐无管仲，郑无子产？"子曰："赐！汝徒知其一，未知其二也。汝闻用力为贤乎？进贤为贤乎？"

子贡曰："进贤贤哉！"子曰："然。吾闻鲍叔达管仲，子皮达子产，未闻二子之达贤己之才者也。"（《孔子家语·贤君第十三》）

闵子骞发问，道："先生，我可以请您评价一下宁武子吗？"

宁武子，卫成公时卫国大夫，是卫国著名的贤良大臣。

孔子说："宁武子在卫国遵循礼法时便聪明，在相反时便装傻。他那聪明别人赶得上，那装傻别人就赶不上了。"

几个弟子听到"那装傻别人就赶不上了"这句话，笑起来。

【原文】子曰："宁武子，邦有道则知，邦无道则愚。其知

可及也，其愚不可及也。”（《论语·公冶长篇第五》）

南方人言偃问道：“先生，郑国子产算得上仁德吗？”

孔子没说话。

言偃说的，郑国出现乡校，乡校里的弟子时常非议掌权者。郑国大夫然明想要毁掉乡校。子产说：“为什么要毁掉呢？人们早晚闲暇时到这里游玩，议论政事的好坏。他们认为好的，我们就推行；他们认为不好的，我们就改正。为什么要毁掉它呢？我听说好的办法是，用逆耳忠言减少怨恨，不用威胁来防止怨恨。防止怨恨就如同防水一样，大水决了堤，伤害的人必然会多，我们就无法去救了。不如小规模地放水加以疏导，不如把我们听到的话作为治病的良药。”

言偃说：“先生，您认为子产算得上仁德吗？”

孔子说：“从这件事来看，人们要说子产不仁，我是不相信的。”

言偃赶忙记下。

【原文】郑游于乡校，乡校之士非论执政。鬷明欲毁乡校，子产曰：“何以毁为也？夫人朝夕退而游焉，以议执政之善否。其所善者，吾则行之；其所否者，吾则改之。若之何其毁也？我闻忠言以损怨，不闻立威以防怨。防怨犹防水也：大决所犯，伤人必多，吾弗克救也。不如小决使导之，不如吾闻而药之。”

孔子闻是言也，曰：“吾以是观之，人谓子产不仁，吾不信也”。（《左传·襄公三十一年》）

五、二进卫国。君子只怕自己没有才能，不怕别人不知道自己

这天，诗文子夏驾车送孔子出门。

子夏说："先生，鲁国不再用您，太可惜了。"

孔子没吭声。

子夏又说："当今世道真是昏暗之极，贤良之人不被重用。先生，您说是不是？"

孔子缓慢地说："不发愁没有职位，只发愁没有任职的本领；不怕没有人知道自己，去追求足以使别人知道自己的本领就好了。"

子夏觉得先生说得很有道理。

【原文】子曰："不患无位，患所以立；不患莫己知，求为可知也。"（《论语·里仁篇第四》）

孔子又说："别人不了解我我不急；我急的是自己不了解别人。"

子夏听着。

【原文】子曰："不患人之不己知，患不知人也。"（《论语·学而篇第一》）

孔子接着说："君子只怕自己没有才能，不怕别人不知道自己。"

【原文】子曰："君子病无能焉，不病人之不己知也。"（《论语·卫灵公篇第十五》）

孔子又说："不要愁别人不知我，只愁我自己的不能。"

这番话，让子夏觉得自己特别渺小，非常羞愧。

【原文】子曰："不患人之不己知，患其不能也。"（《论语·宪问篇第十四》）

公元前495年，即鲁定公十五年五月，鲁定公去世，终年六十三岁，公子将即位，为鲁哀公。此时鲁哀公四十三岁。

孔子听到这个消息，说："这让子贡说中了，这让子贡成为多嘴之人了。"

孔子之所以这么说，是四个月前，邾国国君邾隐公到鲁国朝见鲁定公。刚好子贡去鲁国做生意，观看了宫里搞的欢迎仪式。子贡回来对孔子说，在递交见面礼时，邾隐公把那块玉举得很高，脸向上仰着。鲁定公伸出去的手放得很低，脸向下俯着，有点儿像在乞讨。

子贡说："从这个礼仪上看，两位国君都显出早死的征兆。礼，决定了生死存亡，一举一动都应该符合礼法，现在在正月互相拜见，就已经不合礼法，再加上仪式上行为不符合礼法，怎么会不早死？鲁君是朝会的主人，恐怕会先死去吧！"

结果，不幸让子贡说中了。

【原文】十五年春，邾隐公来朝。子贡观焉。邾子执玉高，其容仰。公受玉卑，其容俯。子贡曰："以礼观之，二君者，皆有死亡焉。夫礼，死生存亡之体也。将左右周旋，进退俯仰，于是乎取之。朝祀丧戎，于是乎观之。今正月相朝，而皆不度，心已亡矣。嘉事不体，何以能久？高仰，骄也；卑俯，替也。骄近乱，替近疾。君为主，其先亡乎。"

夏五月壬申，公薨。仲尼曰："赐不幸言而中，是使赐多言者也。"（《左传·定公十五年》）

过了不多久，有几个卫国大夫向卫灵公说了孔子的坏话，卫灵公就派人监视孔子的出入，孔子害怕在这里被扣上罪名而受害，于鲁定公十五年八月离开了卫国。这次孔子一行在卫国居住了十个月。这是孔子一出卫国。

孔子原打算去陈国，可是路上不顺利，在外转一个月后，又返回了卫国，还是住颜浊邹大夫家。这是孔子二进卫国。

六、子路问：先生，到底是读书重要，还是思考重要？

这天傍晚，还是在颜浊邹府院的一角，孔子给弟子上课。

颜回示意大家安静，扭头问孔子：“先生，可以开始了吗？”见孔子点头，转身对弟子们说，“好，现在请发问。”

猛汉子路率先发问，说：“先生，请问，到底是学重要，还是思考重要？”

砍柴人冉求说：“子路兄，学不就是有思考吗？难道学和思考是两个事情？我有点儿不明白，这是怎么回事？”

子路用不屑一顾的眼神看冉求。

南方人言偃说：“子路兄，我理解这是两个事情，学是指向别人学，和学习典籍，而思就是自己思考，去领悟。子路兄，是吧？”

子路觉得言偃说得不错，对他竖起大拇指。

冉求还是有点不理解，想提问，憨憨的有若拉拉他的衣服，让他别问了，等先生说。

大家安静下来。

孔子说：“只是读书却不思考，就会无收获；只是思考却不读书，就会陷入找不到出路的困境。”

弟子们听明白了，这是说学和思都很重要。

可是，子路要抬杠，问道：“先生，您曾经说过‘吾尝终日不食，终夜不寝，以思，无益，不如学也’。应该是学更重要，是吧？”

漆雕开说：“子路老弟，先生都已经说了一样重要，你何必要搞清楚哪个更重要呢？”

孔子没说话。

【原文】子曰：“学而不思则罔，思而不学则殆。”（《论语·为政篇第二》）

孔子说：“可以一起学习的人，未必都能学到君子之道；可以一起学到君子之道的人，未必都能坚守；可以一起坚守的人，还未必能根据实际情况灵活变通。”

弟子们仔细琢磨这句话的意思。

【原文】子曰：“可与共学，未可与适道；可与适道，未可与立；可与立，未可与权。”（《论语·子罕篇第九》）

孔子接着说：“南方人有句话说：‘人假若没有恒心，连巫医都治不了。’这句话很好呀！”

弟子们听着。

孔子又说：“《易经·恒卦》的爻辞说：‘三心二意，翻云覆雨，总有人招致羞耻。’这是说无恒心的人也不必去占卦了。”

弟子们相互看看，都没说话。

【原文】子曰：“南人有言曰：‘人而无恒，不可以作巫医。’善夫！”“不恒其德，或承之羞。”子曰：“不占而已矣。”（《论语·子路篇第十三》）

孔子又说：“符合原则的话，能不听从吗？但是，改正自己的错误才可贵。顺从自己的话，能不高兴吗？”

猛汉子路静静地听着。

孔子又说：“但是，分析一下才可贵。盲目高兴不加分析，表面听从而不改正错误，这种人我实在拿他没有办法了。”

闵子骞被触动，说：“我觉得先生这话说得特别好。听取别人意见，却不改正，不是等于没听取别人的意见吗？我一定要改掉自己的这个缺点。”

南宫括说：“是的，我也有这样的毛病，我也要彻底改掉。”

公冶长说：“我喜欢听顺从自己的话，都是听了就很高兴，自己根本不分析说的对错，今天听了先生的话，我知道这是个错误，我也要去改。”

司马牛说：“我的感想和南宫兄、公冶兄一样，我也有那样的毛病。只是，我特别遗憾到今天才听到这样的话，要早点儿来向先生拜师该多好！”

弟子们接着纷纷说自己的感想，气氛很热烈，好半天才安静下来。

【原文】子曰：“法语之言，能无从乎？改之为贵。巽（音讯）与之言，能无说乎？绎之为贵。说而不绎，从而不改，吾末如之何也已矣。”（《论语·子罕篇第九》）

孔子继续说：“品德不培养，学了道理不讲出来，听到正义的事不去做，有缺点不改，这都是我的忧虑呀。”

弟子们不说话。

【原文】子曰：“德之不修，学之不讲，闻义不能徙，不善不能改，是吾忧也。”（《论语·述而篇第七》）

猛汉子路耍小聪明，说：“先生，其实您说的这个道理，我明白。”

孔子不悦。

子路发现自己说错了，没说话。

孔子说：“子路！我告诉你吧！知道就是知道，不知道就是不知道，这才是真正的知道呀。”

子路羞愧。

【原文】子曰：“由，诲女知之乎！知之为知之，不知为不知，是知也。”（《论语·为政篇第二》）

子贡说：“先生，您是怎么明白这么多道理的？是因为您学了很多东西并记性好吗？”

孔子问道："子贡，你以为我是学得多并强记吗？"

子贡答道："对呀，难道不是这样吗？"

孔子说："不是的，只是我一直在按照君子之道做。"

【原文】子曰："赐也，女以予为多学而识之者与？"对曰："然，非与？"曰："非也，予一以贯之。"（《论语·卫灵公篇第十五》）

七、爱女色胜过爱仁德，我没见过有谁比得上这个君上

卫灵公让孔子去拜见他的夫人南子，猛汉子路对先生见南子这个名声不佳的女人很不高兴，孔子出来，说："我本来不愿见她，现在见了，还迫不得已向她行礼。"

子路更为不悦。

孔子发誓说："如果我做什么不正当的事，让上天谴责我吧！让上天谴责我吧！"

【原文】孔子曰："吾乡为弗见，见之礼答焉。"子路不说。（《史记·孔子世家》）

【原文】子见南子，子路不说，夫子矢之曰："予所否者，天厌之！天厌之！"（《论语·雍也篇第六》）

接着，卫灵公和南子让孔子陪他们出游，让孔子坐他们后面太监的车，让人看孔子和太监一样，羞辱孔子。

出游结束后，孔子回住处，低着头，颜刻见先生这个样子，问道："先生，是什么事让你如此耻辱？"

孔子说："君上对南子真如《诗经》说的'如今新婚遇见你，我心从此得安慰'一样。"叹气后又说，"爱女色胜过爱仁德，我没见过有谁比得上这个君上。"

于是，孔子带弟子离开卫国，往曹国去了。这是孔子二出卫

国。这次在卫国居住一年。

【原文】卫灵公与夫人南子同车出，而令宦者雍渠参乘，使孔子为次乘。游过市，孔子耻之。颜刻曰：“夫子何耻之？”

孔子曰：“《诗》云：‘觏尔新婚，以慰我心。’”乃叹曰：“吾未见好德如好色者也。”（《孔子家语·七十二弟子解》）

第8章　孔子一个人可怜巴巴地站在那里

一、子夏说：君子只要做到恭敬无过失，对人谦逊有礼，那么四海之内都是好兄弟

孔子告别颜浊邹和蘧伯玉，带弟子离开卫国。

司马牛提议去宋国，他说他哥哥司马桓魋（音颓）是宋国司马，也许能通过他哥哥让宋国国君重用先生。孔子同意。宋国也是孔子的老家。孔子的祖上原是宋国大夫，为了躲避内乱去了鲁国。孔子对宋国有特殊的感情，他成年后第一次到外地游学就是到宋国，并在那里娶回妻子亓官氏。

宋国都城是商丘（今河南省商丘市）。西周初期，周公旦辅佐周成王平定“三监之乱”，将商朝贵族和相关民众迁到商丘，建宋国，封商纣王的兄长微子启为国君。

宋国就在卫国的南边，距离并不远。

几天后，到了一片杨树林，这里距离商丘几十里路。

路边是一处修建陵墓的工地，众多工匠在烧制人形状的陶器。这是八月，骄阳似火，工匠们都光着上身，皮肤黝黑，都晒出了油。

孔子站在马车上看那些陶器，让颜回过去问问这是在做什么。

颜回去问了回来说：“先生，他们说这是墓主人让做的陪葬用的陶俑。”

这时周朝已经禁止活人殉葬，看来这是有人用这个办法来代替活人殉葬。

南方人言偃说：“丧葬的时候，用泥土做的车和草扎的人马

来殉葬，自古以来就有。然而现在有的人用偶人来殉葬，这对丧事并没有好处。”

孔子说：“用草扎的马来殉葬，是善良的；用偶人来殉葬，是不仁的。这不近于用真人来殉葬吗？”

【原文】子游问于孔子曰：“葬者涂车刍灵，自古有之。然今人或有偶，是无益于丧。”孔子曰：“为刍灵者善矣，为偶者不仁，不殆于用人乎？”（《孔子家语·曲礼公西赤问第四十四》）

漆雕开说：“这个墓主人，太可恶！”

猛汉子路说：“只怕这个风气很快会传到他国。”

孔子让弟子扶他下马车，走到陶俑边，愤然地说：“首个做陶俑的人，大概没有后代吧！”

【原文】始作俑者，其无后乎！（《孟子·梁惠王章句上·第四节》）

走到树林后的一片空地，孔子他们见一帮工匠在打凿一个巨大的石头。

孔子又让颜回去问问。

颜回回来说：“先生，他们这是在做石椁（音郭）。”椁，是套在棺材外，保护棺材的东西。

公冶长问：“这么大的石椁，他们做了多长时间了？”

颜回说：“三年了，估计还要一两年。”

孔子再次下车，走到石椁前，说：“用这样奢靡的椁，只怕尸体腐烂得更快。”

闵子骞问：“这墓主是谁？”

颜回说：“我去问了，是司马桓魋的。”

司马牛意外地问：“我哥哥？不会吧。”连忙走过去问那些工匠，工匠回答墓主就是当今宋国的司马大人。司马牛顿时羞愧难当。

孔子看着眼前这一幕，心想，从这个情况看，来找这个宋国司马恐怕是个错误。

【原文】孔子在宋，见桓魋自为石椁，三年而不成，工匠皆病。夫子愀然曰："若是其靡也。死不如朽之速愈。"（《孔子家语·曲礼 子贡问第四十二》）

到商丘城外，天已经黑了，孔子一行住在城外的客栈，待天亮后再进城。

客栈屋后有几棵高大的檀树。

夜里，漆雕开被一个奇怪的响声惊醒，他听了一下，声音是从屋后传来的，他叫醒猛汉子路，子路听了以后说："这好像是砍树的声音。"

漆雕开问道："深更半夜的砍树作甚？"

子路说："不会是有人想害咱们吧？"

"害咱们？什么意思？"

"你可能没注意，咱们屋后是几棵大檀树。"

"砍树，砸死咱们？"

"会不会呢？"

漆雕开又听了一下，说："对，就是要砍树砸死咱们。子路，快叫大家起来！"

两个人冲进屋里去叫大家起来。

孔子起床后，听说这个情况，没说话。

冉求去开门，没想到门被反锁上了。他喊叫起来。弟子们一听门被锁死了，一阵慌乱。

子路去开窗户，窗户也被封死了。

屋外有人说话："里面的人听着，你们的死期到了，你们就老老实实地等死吧！不过，你们也别怪我们，这是我们司马大人吩咐的，对不起你们了！"

子路对门外喊道："我们与你们司马大人无冤无仇，他为什么要害我们？”

外面的人说：“今天你们在司马大人的墓地都说了什么？别以为别人不知道，我告诉你们，马上就有人告诉司马大人了。你们那个孔丘，想来祸害我们宋国，现在让你们有来无回，哈哈……”

怎么办？弟子们把目光集中到孔子身上。

孔子平静地说：“上天既然把传道的使命赋予我，司马桓魋他又能把我怎么样！”

【原文】子曰：“天生德于予，桓魋其如予何？”（《论语·述而篇第七》）

子路说：“对，就让他们砸，我也不相信他们能砸死我们。”

弟子们开始平静下来。

过了一会儿，“轰”的一声，树砸下来了。房子被砸倒一半儿，可是，没有伤到孔子他们。子路对孔子：“先生，上天护佑您，咱们走吧！”

弟子们扶着先生冲出倒塌的房子，向远处的树林跑去，很快消失在夜色里。

砍树的人，目瞪口呆地看着他们逃走。

终于脱离危险了，一行人走到一个小河边，天上是一轮圆月，河面上闪着粼粼月光。孔子和弟子们都休息了。

司马牛和歌唱者子夏在一旁小声说话。

司马牛很忧伤，说：“别人都有个好兄弟，唯独我没有。”

子夏说：“我听到的说法是：‘生死有命，富贵在天。君子只要做到恭敬无过失，对人谦恭有礼，那么四海之内，皆是好兄弟。’君子又何必担心没有好兄弟呢？”

【原文】司马牛忧曰：“人皆有兄弟，我独亡。”子夏曰：“商闻之矣：死生有命，富贵在天。君子敬而无失，与人恭而有

礼，四海之内皆兄弟也。君子何患乎无兄弟也？”（《论语·颜渊篇第十二》）

二、孔子竟然落魄得像条丧家犬

从宋国逃出后，孔子一行到郑国都城新郑。

进城后，孔子说要下来走走，就下了马车。城里人很多，走了一会儿，弟子们发现先生不见了。这把弟子们急坏了，先生在这里举目无亲，身无分文，这么大年纪，别出事呀。大家商量一下，决定分成三路去寻找。子贡他们一路，子路他们一路，漆雕开他们一路。

子贡带司马牛、子夏等一路走一路问。当问到一个从东门过来的郑国人时，这个人说东门那儿有个人跟子贡说的那个人的样子很像，他们可以去看看。子贡听了连忙去东门，果然，那个人是先生。

孔子一个人可怜巴巴地站在那里，佝偻着背，目光惊恐，衣服肮脏，头发蓬乱，狼狈不堪，看上去老了二十岁。

子贡连忙跑过去，拉住先生的手。子贡见孔子这个样子，心里很难过，眼泪扑簌簌地滚落下来，司马牛和子夏也哭了。

孔子和弟子走散后，很是害怕，这会儿还没从刚才的惊吓中缓过神来，难过地说：“你们去哪里了？怎么一下子就找不到你们了？你们是不要先生了吗？要是真的找不到你们，你们让我怎么办呀？”

弟子们的哭声更大了。

孔子的眼圈也红了。

这时，子路这路弟子也找过来了。

孔子分别握住子贡、子路的手，好像害怕这两个人再消失了。

最后，漆雕开他们那一路也过来了，全部人都到齐了。大家对终于找到先生非常高兴，向先生问长问短的。

漆雕开问子贡是怎么找到先生的。

子贡说："我问一个从东门过来的郑国人，是否见到一个大个子老人，我说了先生的模样。这个郑国人说：'东门有个人，他的额头像尧帝，脖子像皋陶，肩膀像子产，可是腰部以下则比禹帝短了三寸，狼狈的样子像一条丧家犬。'"

弟子们听把先生说成这个样子，担心先生会生气，都不敢说话。

孔子难为情地一笑，说："他形容我的相貌，不一定对，但说我像条丧家犬，倒是对极了！"

弟子们都笑起来。

【原文】孔子适郑，与弟子相失，孔子独立郭东门。郑人或谓子贡曰："东门有人，其颡似尧，其项类皋陶，其肩类子产，然自要以下不及禹三寸。累累若丧家之狗。"子贡以实告孔子。孔子欣然笑曰："形状，末也。而谓似丧家之狗，然哉！然哉！"（《史记·孔子世家》）

离开郑国，孔子一行到达陈国都城。

陈国，都城宛丘（今河南省周口市淮阳县），周武王灭商后，找到了舜帝后裔陈胡公，把长女太姬嫁给他，又将舜帝的后人迁到宛丘，建陈国。封陈胡公为国君。陈国辖地约十四邑，属个小国。

孔子寄住在陈国司城贞子大夫家里。司城就是司空，这是陈国为了避某国君的名讳，将司空这个官位改称司城。

这时，陈国被楚国侵入，处于被楚国控制之中。

三、高柴自从跟随先生，不杀蛰伏刚醒的虫子，不攀折正在生长的草木

在陈国住下半个月后，这天，子贡和子夏从外面回来，见路上有一群人围成一个圈看热闹，两个人挤进去，见是小个子高柴规劝几个路人，让人家不折断正在生长的树木，被规劝的几个人耐心地听着。

子贡和子夏退出来，子贡称赞高柴道："高柴自从跟随先生，进门出门，从没有违反礼法。走路来往，脚不会踩到别人的影子。不杀蛰伏刚醒的虫子，不攀折正在生长的草木。为亲人守丧，没有言笑。这是高柴的品行。"

子夏说："确实，我拿自己跟他比，差距太大了，他有好多地方值得我学习。"

子贡很赞成子夏的说法。

【原文】自见孔子，出入于户，未尝越履。往来过之，足不履影。启蛰不杀，方长不折。执亲之丧，未尝见齿。是高柴之行也。（《孔子家语·弟子行第十二》）

第二天早上，冉求和憨憨的有若出去办事，走在街上。

有若问道："冉求大哥，人说先生很厉害，是这样吗？"

冉求正色道："子贡跟先生学了一年，自认为超过了先生；学了两年，又认为自己与先生水平相同；学了三年，才知道自己赶不上先生。"

有若听着。

冉求接着说："在第一年、第二年时，不了解先生的圣明。三年以后，才了解了。"

有若有点儿不服气。

冉求继续说："以子贡那样的人，了解先生都用了三年时间。一般人没有子贡的才智，拜师后不认真学，凭一点点观察，还

没有三年的接触，就自以为了解先生了，这太错了。”

有若什么也没说。

之后，冉求把这件事告诉了子贡。

【原文】子贡事孔子，一年自谓过孔子；二年，自谓与孔子同；三年，自知不及孔子。当一年、二年之时，未知孔子圣也；三年之后，然乃知之。以子贡知孔子，三年乃定。世儒无子贡之才，其见圣人不从之学，任仓卒之视，无三年之接，自谓知圣，误矣！（《论衡·讲瑞》《孔子集语·事谱十一（上）》）

四、言偃问：柳下惠三次被撤职，却不离开鲁国，这是不聪明吗？

这天，子贡刚进孔子的屋子，紧接着南方人言偃进来，言偃对先生说道：“先生，我有一个新问题，想向您请教，可以吗？”

孔子抬头看看言偃，没有反对。

这时，颜回、轻蔑者原宪也走进屋子。

南方人言偃说：“柳下惠当士师，三次被撤职。有人说：‘你不可以离开鲁国吗？’柳下惠说：‘正直地工作，到哪里去不会被撤职？不正直地工作，就是在这也不会被撤职，为什么一定要离开自己出生和长大的父母之邦呢？’我觉得他这不是智了，他这么做对吗？”

孔子没说话，好像没听见这些话。

原宪说：“他怎么不是智？这是大智，是仁德。”扭头看孔子说，“先生，是不是？”

孔子看看原宪，这等于认可原宪的话。

【原文】柳下惠为士师，三黜。人曰：“子未可以去乎？”曰：“直道而事人，焉往而不三黜？枉道而事人，何必去父母之邦？”（《论语·微子篇第十八》）

南方人言偃说："好的，我明白了。另外，还有一个问题。伯夷、叔齐不记与朋友的旧怨，这算不上勇，是吗？"

颜回听了有点儿不高兴，说："言偃，这如何不算勇？怎么会这么想？我不同意你的说法。"

轻蔑者原宪说："武王伐纣时，伯夷、叔齐敢于拦阻武王的大军，难道还不够勇吗？这些人是不可被亵渎的。"

这时，孔子清了一下嗓子，说："伯夷、叔齐这两兄弟不记与朋友的旧怨，别人对他们的怨恨也就很少。"

原宪对言偃说："就是，就是！"

【原文】子曰："伯夷、叔齐不念旧恶，怨是用希。"（《论语·公冶长篇第五》）

颜回说："先生说历史上被遗忘的贤人有：伯夷、叔齐、虞仲、夷逸、朱张、柳下惠、少连。"看看孔子，又说，"他俩就是其中的两位。"

原宪说："就是，你怎么这样说？"

孔子接着说："不降低自己的意志，不辱没自己的身份，那不是伯夷、叔齐吗！"

原宪说："还有刚直不阿的柳下惠、以孝道被世人称赞的少连……"

这里说的少连，是东夷人，因极孝顺，被后人称颂。

孔子说："柳下惠、少连被迫压制自己的意志，辱没自己的身份，可是，他们言语还在君子之道里，行为还在君子之道里，能做到这样很不容易呀。"

原宪说："是的，还有虞仲、夷逸，人家一再让他们做官，他们都不肯……"

孔子说："这两人逃世隐居，放肆直言。能洁身自爱，长期放弃权位。"

弟子们听着。

孔子又说："不过，我和他们这些人还是有点不同，在从政上比他们灵活，可以做，也可以不做。"

南方人言偃点下头，很羞愧。

【原文】逸民：伯夷、叔齐、虞仲、夷逸、朱张、柳下惠、少连。子曰："不降其志，不辱其身，伯夷、叔齐与！"谓："柳下惠、少连降志辱身矣，言中伦，行中虑，其斯而已矣。"谓："虞仲、夷逸隐居放言，身中清，废中权。我则异于是，无可无不可。"（《论语·微子篇第十八》）

五、三进卫国。一国里有人对牲畜剖腹取胎，麒麟就不会来

这天，孔子受贞子大夫的邀请，去他封地做客，子贡为孔子驾车从宛丘西门出城。到西门，见很多工匠在修大门。这西门在楚国攻城时毁坏，楚人让陈国工匠去修复。

工匠们见孔子来，纷纷向孔子行礼，而孔子却没扶轼还礼。

出城后，子贡牵着缰绳问孔子道："先生，有一点我不明白，按照礼节，到一国遇到两个人向自己行礼，就应扶轼还礼，遇到三个人向自己行礼，就应该下车还礼。现在陈国修城门的这么多人向您行礼，您却没扶轼还礼，这是为什么呢？"

孔子说："自己的国灭亡了却不知道，这是不智；知道了却不反抗，这是不忠；反抗了没献出生命，是不勇。这些向我行礼的工匠虽然多，却没有一个能做到其中一点的，所以我不对他们扶轼还礼。"

【原文】荆伐陈，陈西门坏，因其降民使修之，孔子过而不式。子贡执辔而问曰："礼、过三人则下，二人则式。今陈之修门者众矣，夫子不为式，何也？"孔子曰："国亡而弗知，不智也；

知而不争，非忠也；亡而不死，非勇也。修门者虽众，不能行一于此，吾故弗式也。”（《韩诗外传·卷一》）

孔子在陈国住了一年五个月，鲁哀公二年一月，离开陈国回卫国。这是三进卫国。

孔子一行路过卫国的蒲邑（今河南省新乡市长垣），遇上卫国大夫公叔戌占据蒲邑反叛卫君，蒲人扣留了孔子。身材高大的公良孺打败蒲人，蒲人才放孔子一行离开。

卫灵公正在为公叔戌作乱的事烦恼，听说孔子打败蒲人回来，想孔子也许有解决蒲邑之乱的办法，亲自赶到郊外迎接，颜浊邹、蘧伯玉也到郊外迎接。

卫灵公问孔子：“蒲邑这个地方可以讨伐吗？”

孔子说：“可以。”

卫灵公说：“我的大夫却认为不可以讨伐，因为蒲邑是卫国防御晋国和楚国的屏障，如果我出兵去攻打，将破坏这个屏障。”

孔子说：“蒲邑的男子有誓死效忠卫国的决心，妇女有死守这块地方的志愿。我看讨伐的只是四五个领头叛乱的人罢了，不会伤害那里的百姓，不会破坏这个屏障。”

卫灵公说：“太好了。”

【原文】卫灵公闻孔子来，喜，郊迎。问曰：“蒲可伐乎？”对曰：“可。”灵公曰：“吾大夫以为不可。今蒲，卫之所以待晋楚也，以卫伐之，无乃不可乎？”孔子曰：“其男子有死之志，妇人有保西河之志。吾所伐者不过四五人。”灵公曰：“善。”（《史记·孔子世家》）

可是，卫灵公没发兵讨伐蒲邑，也没用孔子。

孔子在卫国住了半个月，就离开卫国，这是三出卫国。

孔子打算西去见晋国正卿赵鞅。一行到黄河边，孔子长久地看着东流的河水，不肯离去。

子贡问道："我听说，君子见到大水必定要好好看看，这是为什么呢？"

孔子回答说："因为它不停地奔流，滋润万物却不认为自己有什么功劳。"

【原文】孔子观于东流之水。子贡问曰："君子所见大水必观焉，何也？"

孔子对曰："以其不息，且遍与诸生而不为也。"（《孔子家语·三恕第九》）

在黄河渡口，听到鸣犊、舜华被杀的消息。孔子认为不能去晋国了，弟子们不明白是什么原因。

孔子感叹道："鸣犊、舜华都是晋国的贤大夫啊，赵鞅未得志的时候，依仗他们二人才得以从政。到他得志以后，却把他们杀了。"

弟子们听先生说这。

孔子接着说："我听说，如果一国有人对牲畜剖腹取胎，那么麒麟就不会到这一国；如果一国有人竭泽而渔，那么蛟龙就不会居于这一国水中；如果一国有人捅鸟巢打破了鸟卵，凤凰就不会飞入这一国天空。"

弟子们觉得先生说得特别好。

孔子继续说："为什么会这样？君子认为它们怕受同样伤害。鸟兽对于不仁义的事尚且知道躲避，何况是人呢？"

【原文】孔子自卫将入晋，至河，闻赵简子杀窦犨鸣犊及舜华，乃临河而叹曰："美哉水，洋洋乎！丘之不济此，命也夫！"

子贡趋而进曰："敢问何谓也？"

孔子曰："窦犨鸣犊、舜华，晋之贤大夫也。赵简子未得志之时，须此二人而后从政。及其已得志也，而杀之。丘闻之，刳胎杀夭，则麒麟不至其郊；竭泽而渔，则蛟龙不处其渊；覆巢破卵，则凰凰不翔其邑。何则？君子违伤其类者也。鸟兽之于不义，尚知

避之，况于人乎！”（《孔子家语·困誓第二十二》）

六、四进卫国。那真是孝子，在送葬的路上像婴儿需要父母那样哭泣不止

孔子一行又回到卫国。这是四进卫国。

时间过去半个月，这天，在城墙上，子贡给憨憨的有若、车夫樊迟、爱提问子张讲先生关于丧礼的两个故事。

子贡说，一次是孔子在卫国时，正碰上过去住过的一个馆舍的主人去世，就进去吊丧，哭得很伤心。哭罢出来，让子贡解下一匹拉车的副马送给死者家人。

子贡说：“冉耕死的时候，你都没送马，而现在却要送给这家人，未免礼数太重了吧？”

憨憨的有若插话道：“是呀，礼数太重了。”

子贡说：“当时，先生说：‘我跟死者的乡亲们进去哭，见一个人哭得很伤心的，跟着流了很多泪。我讨厌那种流很多泪，却不为死者家做点儿什么的人。你还是照我说的去做吧！’”

樊迟、子张仔细品先生的意思，似乎有些明白。

【原文】孔子之卫，遇旧馆人之丧，入而哭之哀。出，使子贡说骖而赙之。子贡曰：“于门人之丧，未有所说骖，说骖于旧馆，无乃已重乎？”夫子曰：“予乡者入而哭之，遇于一哀而出涕。予恶夫涕之无从也。小子行之。”（《礼记·檀弓上第三》）

还有一次，也是在卫国的时候，听说有一家人出殡，孔子带弟子去观看。看完了回来，孔子说：“这家的丧事办得真好啊！完全可以作为人们的榜样。弟子们，你们要好生记住。”

子贡说：“先生，为什么说这家丧事办得好呢？”

孔子回答说：“那孝子在送葬的路上，就像婴儿需要父母那

样哭泣不止；下葬回来，又迟疑不前，像是担心父母的灵魂不能跟着一道回来。”

子贡说：“我当时说，如果快点回家做招魂的虞祭，岂不是更好吗？”

车夫樊迟说：“是呀，你说得对呀。”

子贡说：“先生没理会我，对其他弟子说：‘弟子们，你们要好生记住这个榜样，连我也做不到他那样呢！’”

有若说：“我觉得先生说得有道理。”

车夫樊迟和爱提问的子张也点头。

【原文】孔子在卫，有送葬者，而夫子观之，曰：“善哉为丧乎！足以为法矣，小子识之。”子贡曰：“夫子何善尔也？”曰：“其往也如慕，其反也如疑。”子贡曰：“岂若速反而虞乎？”子曰：“小子识之，我未之能行也。”（《礼记·檀弓上第三》）

第二天，子贡在街上碰到卫国大夫棘子成，被叫住。

子贡知道此人一直跟颜浊邹、蘧伯玉他们那几个贤良的大夫作对，并且曾说过很多攻击先生的言辞。说道：“棘大夫，有事吗？”

棘子成用鄙视的口气说：“子贡，我有一句话问你。君子只要有好的本质便够了，何必在乎那些表面东西？”

子贡说：“可惜呀！没想到大人这样说君子，这一言既出，驷马难追。事实上，本质和表面，是同等重要的。”

棘子成不满意地斜着眼看子贡。

子贡说：“去掉了毛之后，虎和豹的皮，与狗和羊的皮完全一样，没有这些表面的东西，人们就无法区别它们了。”

棘子成愣了一下，不知说什么好。

子贡告辞离开。

【原文】棘子成曰：“君子质而已矣，何以文为？”子贡曰：“惜乎，夫子之说君子也！驷不及舌。文犹质也，质犹文也。

虎豹之鞟（音扩）犹犬羊之鞟。”（《论语·颜渊篇第十二》）

七、楚庄王是多么贤明啊，把守信用看得比得到陈国还重

又过去一个月，到了三月，这时天气转暖，濮阳城外的田野上，大地回春，树枝上长出嫩绿的新芽，南边来的风有一股暖湿的味道，驱走田地的寒冷，天地显得生机勃勃，气象万千。护城河里的冰块全部融化了，河水在微风中泛起涟漪。

这天，孔子在屋里读史书，颜回、宓子贱相伴。

孔子读到一百多年前楚庄王让陈国复国一事时，感叹起来。

这陈国的亡国和复国，与一个女人有很大关系，这个女人叫夏姬。

夏姬是郑国公主，郑穆公的女儿，嫁给陈国大夫夏御叔，生儿子夏征舒。儿子十二岁时丈夫死，夏姬同时与陈国国君陈灵公以及大夫孔宁、仪行父三人淫乱。陈灵公甚至穿着夏姬的内衣在朝廷上炫耀。

楚庄王十五年，夏姬儿子夏征舒已经成年。一天，陈灵公与孔宁、仪行父在夏姬家喝酒时，说夏征舒长得很像对方，夏征舒倍感侮辱。三人离去时，夏征舒埋伏在马棚向三人射箭，射死了陈灵公，孔宁与仪行父侥幸逃脱。孔宁与仪行父请求楚国救援。

楚庄王发兵讨伐，亲自带兵攻入都城，杀了夏征舒，灭了陈国。

楚庄王打算把陈国设置为楚国的一个邑。楚国大夫申叔时劝谏说：“夏征舒杀死他的国君，罪恶很大，诛讨他，这是君王您应做的事。现在把陈国设为楚国之邑，就是贪图陈国的东西了。用伐罪号召诸侯，而以贪婪结束，将失去大王的信用，恐怕不可以！”楚庄王听从了他的劝谏，重新封立陈国。

孔子感叹地说："楚庄王是多么贤明啊！把得到陈国这个千乘之国看得如此轻，却把信用看得如此重。"

颜回觉得说得太好了。

宓子贱也一再点头。

孔子接着说："还有，申叔时不在关键之时强调信用，楚庄王不能理解信用的意义；楚庄王不是如此贤明，申叔时的劝告也没人听。"

颜回和宓子贱仔细品这个话。

【原文】孔子读史，至于楚复陈，喟然叹曰："贤哉，楚庄王也！轻千乘之国而重一言之信，非申叔之忠，弗能达其义，非庄王之贤，弗能受其训。"（《孔子家语·好生第十》）

子贡知道，这个夏姬真是个绝世美女，她的故事还有后面一段。而后面这段，也表现了楚庄王重信用，和一些臣子贪恋漂亮女人的猥琐。

楚庄王因见夏姬美貌，想收入宫中。楚国大夫巫臣说："不行。王上这次召集诸侯攻打陈国，是为了讨伐弑君之人，现在收纳夏姬，就是贪恋她的美色了。贪恋美色叫作淫，淫会受到上天惩罚。"

楚庄王就放弃了夏姬。

接着，楚国司马子反想要收夏姬，巫臣说："这是个不吉利的人，她使几个男人死了，如果收了夏姬，恐怕不得好死吧！"

子反也放弃了她。

后来，楚庄王把夏姬给了襄老大夫。襄老在邲地与晋国作战时死去，他儿子黑喜欢继母夏姬的美貌，又要娶夏姬为妻。

巫臣派人私下见夏姬，说："回你郑国娘家去，我娶你。"夏姬回了郑国。

最后，巫臣到郑国娶了夏姬，带夏姬逃到晋国。

八、他与我的做人之道不同，无法共同谋划做事

这段时间，晋国有入侵卫国之意，卫国上下人心惶惶，很多人议论此事。孔门弟子也听到这个议论，有弟子认为这是个机会，卫灵公正需要帮助，可能重用先生。

这天，冉求问子贡说："先生会帮助卫君吗？"

子贡说："好吧，我去问他。"于是就进去问孔子，"先生，请问伯夷、叔齐是什么样的人呢？"

孔子说："古代的贤人。"

子贡问道："他们对自己没有做国君有怨言吗？"

孔子说："他们求仁德而得到了仁德，又怎么会怨言呢？"

子贡出来对冉求说："先生不会帮助卫灵公。"

伯夷、叔齐，是纣王时期孤竹国国君的两位公子。叔齐被父亲指定为继承人，却要让位给弟弟伯夷，伯夷坚决不受。后来，哥俩先后逃走，又在外地相遇，一起在外游学。武王伐纣，灭商朝，他们孤竹国也被灭，他们以吃周朝粮粟为耻，隐于首阳山，采集野菜而食之，最终饿死于首阳山。

【原文】冉有（冉求）曰："夫子为卫君乎？"子贡曰："诺，吾将问之。"入，曰："伯夷、叔齐何人也？"曰："古之贤人也。"曰："怨乎？"曰："求仁而得仁，又何怨？"出，曰："夫子不为也。"（《论语·述而篇第七》）

过了几天，卫灵公召见孔子，问抵御晋国的排兵布阵之策。

孔子说："祭祀礼仪方面的事情，我还听说过；用兵打仗的事，从来没有学过。"

卫灵公很不高兴。

【原文】卫灵公问陈于孔子，孔子对曰："俎豆之事，则尝闻之矣；军旅之事，未之学也。"明日遂行。（《论语·卫灵公篇第十五》）

孔子回到住处，对子贡说了面见卫灵公的那些话。

子贡很不理解，问道："先生，您为何要这么说呢？"

孔子平静地说："不在那个职位，就不考虑那个职位的事。"

【原文】子曰："不在其位，不谋其政。"（《论语·宪问篇第十四》）

一旁的颜回说："可是……"

孔子想了想，严肃地说："做人之道不同，自然不会共商大事。"

【原文】子曰："道不同，不相为谋。"（《论语·卫灵公篇第十五》）

第二天，卫灵公请孔子上东门城楼观景。

几句话后，卫灵公不再说话，一直东张西望。这时，天上飞来一只大雁，卫灵公就抬头仰望，一直到大雁消失都还在看，神色均不在孔子身上。

孔子忍无可忍，起身告辞回来了。

于是，孔子带弟子再次离开卫国，这是四出卫国。这次在卫国仅仅住了半个月。

第9章　从蔡国到陈国必经一个山谷

一、巫马施、商瞿、梁鳣在陈国向孔子拜师

孔子一行离开卫国，去陈国。

这天，路过一个叫仪的关隘，关隘守官请求孔子接见他，他对子贡说："所有路过这里的有道德学问之人，我请求相见，都会让我见一下。"

子贡告诉孔子，孔子见了他。

守官从孔子那出来后，对孔子的弟子说："各位，你们为何担心没人用你们呢？天下不遵循礼法很久了，上天很快就会让孔大夫号令天下，带你们去改变世道的。"

【原文】仪封人请见，曰："君子之至于斯也，吾未尝不得见也。"从者见之。出曰："二三子，何患于丧乎？天下之无道也久矣，天将以夫子为木铎。"（《论语·八佾篇第三》）

孔子二次到达陈国，又住在贞子大夫家里。

在陈国的第二天上午，子贡在院子门口跟漆雕开议论颜回和贱民冉雍，子贡觉得他俩都属于有点愚钝的人。这时，刚好孔子从屋里出来，两个人见孔子过来，马上停止了议论。

没想到，孔子还是听到了他们的话，说："子贡啊，你真的就那么贤良吗？我可没有闲工夫去评论别人。"

子贡被搞得很狼狈。

【原文】子贡方人，子曰："赐也贤乎哉？夫我则不暇。"（《论语·宪问篇第十四》）

子贡是个很机灵的人，马上换上一副笑脸，问先生是不是要出门。

漆雕开没想到子贡会转变得如此之快。

不过，孔子并没放过子贡，走到子贡身边，孔子问道："你觉得你和颜回哪一个强些？"

子贡赔着笑脸，没有回答。

孔子看着子贡的脸，逼他说。

子贡看躲不过去，讪讪地说："我子贡怎敢和颜回比？他听到一个道理，就能搞懂十个道理。我听到一个道理，只能搞懂两个道理。"

孔子很快说："不如他，我同意你的话，是不如他。"

子贡还是赔着笑脸。

孔子转身回屋了。

【原文】子谓子贡曰："女与回也孰愈？"对曰："赐也何敢望回？回也闻一以知十，赐也闻一以知二。"子曰："弗如也，吾与女弗如也！"（《论语·公冶长篇第五》）

第二天，子贡来见孔子，问道："先生，我可以请教个问题吗？"

孔子没说话。

子贡讪笑着问孔子："我子贡是一个怎样的人？"

孔子说："你呀，就像一个器皿。"

子贡问道："什么器皿？"

孔子道："宗庙里盛供品的瑚琏盘子。"

子贡曾听先生说过"君子不像一个器皿，只有一个的用途"，知道这是批评自己，悻悻离开。

【原文】子贡问曰："赐也何如？"子曰："女器也。"曰："何器也？"曰："瑚琏也。"（《论语·公冶长篇第五》）

【原文】子曰："君子不器。"（《论语·为政篇第二》）

第二天一大早，天放亮，尽管太阳还没升起，但是天已经很亮了。宛丘城里很多人都起来了，街上有人走动和相互打招呼的声音。

子贡起床，到院子里，见诗文子夏带三个后生进来。

子贡问道："子夏兄，他们是谁呀？这么早……"

子夏说："是来找先生拜师的，他们三个昨天到这，晚了，城门关了，三人就在门洞睡了一宿，我去城外干活儿，刚开城门，就让我碰上了。我听说是来拜师的，跟他三个说那就跟我走吧！这个叫巫马施，这个叫商瞿，这个叫梁鳣（音沾）。"又转身对他们三个说，"这是子贡，也是孔门弟子。"

三个人慌忙向子贡行礼，子贡一一还礼。

这样，他们成了孔门弟子。

巫马施，复姓巫马，名施，字子期，鲁国人，这年二十九岁，小孔子三十岁。

商瞿，这年三十岁，小孔子二十九岁。

梁鳣，这年三十岁，小孔子二十九岁。

二、一国不遵循礼法，仍去做官领俸禄，那是可耻的

下午，猛汉子路、子贡、颜回在居住的院子里，谈起与人相处的原则，三个人说了自己的想法。

猛汉子路说："人对我好，我也对他好；人对我不好，我也对他不好。"

子贡说："人对我好，我也对他好；人对我不好，我随他的便。"

颜回说："人对我好，我也对他好；人对我不好，我也对他好。"

三个人所持观点不同，去问孔子。

孔子说：“子路所说，是对野蛮人说的；子贡所说，是对朋友说的；颜回所说，是对亲属说的。”

【原文】子路曰：“人善我，我亦善之；人不善我，我不善之。”子贡曰：“人善我，我亦善之；人不善我，我则引之进退而已耳。”颜回曰：“人善我，我亦善之；人不善我，我亦善之。”三子所持各异，问于夫子，夫子曰：“由之所持，蛮貊之言也；赐之所言，朋友之言也；回之所言，亲属之言也。”（《韩诗外传·卷九》）

诗文子夏进院子，听到他们说话，说：“先生，我可以提个问题吗？”

孔子没反对。

子夏问道：“对杀害父母的仇人，该如何对待？”

孔子说：“睡在草垫上，枕着盾牌，不做官，和仇人不共戴天。不论在集市或官府遇见他，就是来不及回家取兵器也跟他拼命。”

子夏又问：“对杀害亲兄弟的仇人，应该如何对待？”

孔子说：“报官处理，不和他在同一国里做官。但是，不跟他拼命，如奉君命出使，即使相遇也不跟他拼命。”

子夏又问：“对杀害叔伯兄弟的仇人，应该如何对待？”

孔子说：“也是报官处理，自己不带头，让死者亲属报官，如果需要，你可以拿着兵器陪他去。”

子夏赶忙记下。

【原文】子夏问于孔子曰：“居父母之仇如之何？”孔子曰：“寝苫枕干，不仕弗与共天也。遇于朝市，不返兵而斗。”曰：“请问居昆弟之仇如之何？”孔子曰：“仕，弗与同国，衔君命而使，虽遇之不斗。”曰：“请问从昆弟之仇如之何？”曰：“不为魁，主人能报之，则执兵而陪其后。”（《孔子家语·曲礼

子夏问第四十三》）

轻蔑者原宪进院子，听到他们的谈话，说："先生，我可以提个问题吗？"

孔子没有反对。

原宪问："先生，什么行为是可耻的？"

孔子说："一国遵循礼法，人固然应当做官领俸禄。反之，仍去做官领俸禄，那是可耻呀。"

【原文】宪问耻，子曰："邦有道，谷；邦无道，谷，耻也。"《论语·宪问篇第十四》

子路问道："先生，如果无人用您和我们，又如何是好呢？"

孔子没回答子路，对颜回说："用我呢，我就去干；不用我，我就隐藏起来，只有我和你才能做到这样吧！"

子路问孔子说："先生您如果统率三军，那么您和谁在一起共事呢？"

孔子说："赤手空拳和老虎搏斗，徒步涉水过河，死了都不会后悔的人，我是不会和他在一起共事的。我要找的，一定要遇事小心谨慎，善于谋略而能完成任务的人。"

子路不悦。子贡赶忙安慰子路。

颜回和原宪知道这是先生在开玩笑，见子路这个样子，笑起来。子夏和原宪也笑起来。

【原文】子谓颜渊曰："用之则行，舍之则藏，惟我与尔有是夫！"子路曰："子行三军，则谁与？"子曰："暴虎冯河，死而无悔者，吾不与也。必也临事而惧，好谋而成者也。"（《论语·述而第七》）

原宪又问："好胜、自夸、怨恨和贪心四种毛病都不曾表现过，这可以说是仁德了吗？”

孔子道：“可以说是难能可贵的了，若说是仁德，那我不能同意。”

弟子们都觉得先生说得很好。

【原文】“克、伐、怨、欲不行焉，可以为仁矣？”子曰：“可以为难矣，仁则吾不知也。”（《论语·宪问篇第十四》）

下午，陈国大夫陈司败邀请孔子到他家闲叙。巫马施曾经在陈司败家做过事，孔子让巫马施驾车前去。

孔子和巫马施进陈司败府院，在厅堂落座。

两个人聊了一会儿，陈司败问孔子道：“孔大夫，你觉得鲁昭公懂礼吗？”

孔子说：“懂礼。”

两个人又聊一会儿，孔子离开。

陈司败见孔子出去了，向巫马施作了个揖，请他走近自己，小声对他说：“我听说，君子是不会徧袒的，难道孔子也徧袒吗？鲁昭公娶了吴国公主，吴君和鲁君都是姬姓，依周朝礼法同姓不能通婚，昭公不敢让人称她夫人，而称吴孟子。鲁昭公与同姓女子通婚，如果说他知礼，还有谁不知礼呢？”

在路上，巫马施把这话告诉了孔子。

孔子知道自己说错了，诚恳地说：“我真是幸运，如果我有错，人家一定会指出来。”

【原文】陈司败问：“昭公知礼乎？”孔子曰：“知礼。”

孔子退，揖巫马期而进之，曰：“吾闻君子不党，君子亦党乎？君取于吴，为同姓，谓之吴孟子。君而知礼，孰不知礼？”巫马期以告，子曰：“丘也幸，苟有过，人必知之。”（《论语·述而篇第七》）

三、妇人说：你怎么不能开门让我进去，像柳下惠那样呢？

这天黄昏，在宛丘城外的小树林里，孔子给弟子上课。弟子有二十多人。

子贡率先发问："先生，如果朋友犯错，我该如何做？"

孔子说："衷心地劝告他，好好地引导他，他不听从也就罢了，不要自找侮辱。"

子贡对先生的回答很满意。

【原文】子贡问友，子曰："忠告而善道之，不可则止，毋自辱焉。"（《论语·颜渊篇第十二》）

子贡又问："贫穷却不巴结奉承，有钱却不狂妄骄傲，这样的人怎么样？"

孔子说："可以了。但是还不如虽贫穷却乐于道，虽有钱而又好礼之人。"

子贡说："《诗经》上说：'要像对待骨、角、象牙、玉石一样，先开料，再糙锉，细刻，然后磨光。'那就是这样的意思吧？"

子曰："子贡呀，现在可以同你讨论《诗经》了，告诉你一件事，你都能举一反三了。"

子贡有点儿得意。

【原文】子贡曰："贫而无谄，富而无骄，何如？"子曰："可也。未若贫而乐，富而好礼者也。"子贡曰："《诗》云：'如切如磋，如琢如磨。'其斯之谓与？"子曰："赐也，始可与言《诗》已矣，告诸往而知来者。"（《论语·学而篇第一》）

子夏请先生再说说礼有哪些作用。

孔子说了一个故事，说周文王时期，虞国和芮国的国君为了争田地，闹了多年也没结果，他们中的一个说："我们谁都有自己的道理，这样不行，西伯侯姬昌，是一位仁人，我们到他那里让他给评判吧。"姬昌，即后来的周文王，那时还带族人待在岐山。

他们进入岐山周原西伯侯领地后，看到耕田的人把田边让给相邻人家，走路的人互相让路。进入城邑后，看到男女分道而行，老年人没有提重东西的。进入西伯侯的朝堂后，武士谦让着大夫，大夫谦让着六卿。

虞国和芮国的国君说："唉！我们真是小人啊！是不可以进入西伯侯这样的君子之国的。"于是，他们就一起返回，把所争之田让出来作为闲田。

子夏专注地听着。

孔子说："从这件事看来，文王的治国之道，不可再超过了。不下命令大家就听从，不用教导大家就听从，这是达到最高境界了。"

【原文】虞、芮二国争田而讼，连年不决，乃相谓曰："西伯，仁人也，盍往质之。"

入其境，则耕者让畔，行者让路。入其邑，男女异路，斑白不提挈。入其朝，士让为大夫，大夫让为卿。虞、芮之君曰："嘻！吾侪小人也，不可以入君子之朝。"遂自相与而退，咸以所争之田为闲田矣。

孔子曰："以此观之，文王之道，其不可加焉。不令而从，不教而听，至矣哉！"（《孔子家语·好生第十》）

言偃问道："先生，我可以请教吗？"见先生没反对，言偃讲了一个他听来的事。

说的是鲁国有一男子，独自居住在一所房子里，他的邻居是个寡妇，也单独住在一所房子里。一天夜里，来了暴风雨，寡妇的房子被狂风吹垮。寡妇跑到这个男子房子外，请求开门让她暂住一晚。

男子没有开门让她进去。寡妇从窗户责问男子："你为何这般没有仁德，不让我进去？"

男子回答说："我听说陌生男女之间不到六十岁，是不可以同居一室的，现在，你还年轻，我也正年轻，所以，我不敢让你进来。"

妇人说："你怎么不能像柳下惠那样呢？他夜宿城门，有女子也来此过夜，因他怕女子冻死，让女子坐在自己的怀里，给女子温暖，直至天明都没发生违礼之事，鲁国人都称赞他坐怀不乱。"

男子答道："柳下惠他可以做到那样，但是我却做不到，我只能这样，不敢像柳下惠那样做。"

弟子们听了纷纷议论，司马牛、樊迟说男子做得对，宓子贱、子夏则不同意。

这时，孔子说道："多么难得啊！想要学柳下惠的人，没有人能像他学得这么好，要求自己做到柳下惠那么好，却不盲目按其方式做，真是一位聪明人！"

宓子贱、子夏有点儿不认可先生的说法，想争辩一下。

接着，孔子又叹口气。

言偃问道："先生，您是想说，如果这个男子能把房子让给女子，自己到房子外面，他就不仅是聪明，还可称为仁德了。"

孔子看看言偃，那眼神的意思是：知我者，言偃也。

【原文】鲁人有独处室者，邻之釐妇亦独处一室。夜，暴雨至，釐妇室坏，趋而托焉。鲁人闭户而不纳。釐妇自牖与之言："何不仁而不纳我乎？"鲁人曰："吾闻男女不六十不同居，今子幼吾亦幼，是以不敢纳尔也。"妇人曰："子何不如柳下惠然？妪不建门之女，国人不称其乱。"鲁人曰："柳下惠则可，吾固不可。吾将以吾之不可，学柳下惠之可。"

孔子闻之曰："善哉！欲学柳下惠者，未有似于此者。期于至善而不袭其为，可谓智乎！"（《孔子家语·好生第十》）

四、季桓子说：鲁国错过了兴旺，这都是由于我赶走了孔丘

鲁哀公三年七月的一天，正卿季桓子病重，恐不久人世，乘辇车巡视鲁城，他儿子季康子陪伴着他。他们经过集市，集市已经没有孔子任司寇时那么繁华，他国的人来这里做生意的已经很少了。季桓子看着这个样子，告诫儿子要让鲁国经济兴旺，使鲁国军事强大，否则，鲁国恐怕难逃灭国厄运。

季桓子说周朝初建时，分封两百多个国，现在一大半儿都被灭亡，殷国、王叔国、温国、荣国、甘国、尹国、巩国、应国、原国、南燕国、鄅国、密国、祝国、聂国、纪国、郙国、向国、遽国、寺国，现在都消失了。

就说最近几年，鲁定公四年蔡国灭了沈国、定公五年楚国会合秦国灭了唐国、定公六年郑国灭了许国、定公十四年楚国会合陈国灭了顿国，定公十五年楚国灭了胡国。

季桓子说："鲁国错过了兴旺，这都是由于赶走了孔丘。我死后，由你继位，你一定要召回孔丘。"

几天后，季桓子卒，终年四十九岁，他的儿子，时年二十八岁的季康子继位，成为季孙氏第十一代家主和鲁国新正卿。

鲁哀公也有召回孔子的意思。这时鲁哀公四十六岁，执政三年，他没接触过孔子，不了解这个人。

这天，鲁哀公召见颜阖（音合）。

颜阖，鲁国著名隐士。在春秋时期，很流行隐居，一些有才学的人对现实极为不满，但是又不愿意抗争，采取后来被一些人效仿的生活方式——隐居，他们耻于去朝廷做官，耻于与现实抗争，在田园和山林与世无争地过一辈子。

关于颜阖，有个"颜阖凿墙"的故事。

鲁哀公听说颜阖是一个有道德修养的人，就派人带钱币去看望他。颜阖住在闾门那个地方，当时正穿着粗布衣服喂牛。颜阖见鲁哀公使者来到，问他来找谁。

使者问："这是颜阖的家吗？"颜阖回答道："这是颜阖的家。"使者送上钱币。

颜阖没有收钱币，对使者说："您这是找错人了吧？"

使者说就是来找颜阖的，请他一定收下。

颜阖见推脱不掉，说："我怕您听错了而被怪罪，不如您回去问一下。"使者返回去，让随从甲士留在门口。

使者问清楚了返回来，发现颜阖不见了，使者很奇怪，大门有甲士把守，他能去哪儿呢？后来发现颜阖居然是凿墙而遁之，就是在墙上挖洞逃走。后来有了成语"颜阖凿墙"。

【原文】鲁君闻颜阖得道之人也，使人以币先焉。颜阖守陋闾，苴布之衣，而自饭牛。鲁君之使者至，颜阖自对之。使者曰："此颜阖之家与？"颜阖对曰："此阖之家也。"使者致币。颜阖对曰："恐听谬而遗使者罪，不若审之。"使者还，反审之，复来求之，则不得已！（《庄子·杂篇让王第二十八》）

【原文】颜阖，鲁君欲相之，而不肯，使人以币先焉，凿培而遁之。（《淮南子·齐俗训》）

鲁哀公问颜阖说："如果我要让孔丘来担任要职，鲁国可以得治吗？"

颜阖说："危险啊！孔丘喜欢文过饰非，办事花言巧语，以枝叶代替根本，压制自己的天性来给百姓做榜样，他既不聪明，又不诚实。具有这种思想品行的人，怎么能够让他治理百姓？"

鲁哀公没想到颜阖会这么说。

颜阖又说："如果您觉得他在某些方面适合您，或适合我，那错了也不要紧。如果让百姓背离实际而学习虚伪，这不是教化百姓的好方法。所以，为后世着想，不如算了，让他担任要职，将来会很难办的。”

鲁哀公感觉说得有点道理，心想召回孔丘的事要再考虑考虑。

【原文】鲁哀公问乎颜阖曰：“吾以仲尼为贞幹，国其有瘳乎？”曰：“殆哉圾乎！仲尼方且饰羽而画，从事华辞。以支为旨，忍性以视民，而不知不信。受乎心，宰乎神，夫何足以上民！彼宜女与，予颐与，误而可矣？今使民离实学伪，非所以视民也。为后世虑，不若休之。难治也？”（《庄子·杂篇·列御寇》《孔子集语·寓言十四下》）

五、子西的劝谏太高明了，不仅阻止了楚昭王，还阻止了百世之后的游人

孔子在陈国住了一年半，由于陈国国君不用自己，也由于陈国一再被入侵，兵荒马乱的，鲁哀公三年十月，孔子带弟子离开陈国，到蔡国都城。

蔡国，原都城上蔡（今河南省驻马店市上蔡县），始封之君为周武王之弟蔡叔度，后因蔡叔度参与“三监之乱”，被周公旦放逐。蔡叔度死后，周公旦封其子蔡仲为国君。去年，即鲁哀公二年，在楚国的逼迫下，蔡昭侯迁都于州来，称为下蔡（今安徽省淮南市风台县）。

在下蔡住下的第二天上午，闵子骞走进孔子屋子，孔子在住处读史书，颜回、原宪在一旁陪伴。

南宫括说他听到的一个事，想听听先生的点评，接着，他说了子祺阻止楚昭王去游荆台的事。

几年前，楚昭王想去风景绝佳的荆台游玩。楚国司马子祺担心楚昭王去游玩后，人们都去那里玩，毁坏那里的山林，劝阻说荆台是个神圣之处，游玩是对那里神灵的亵渎，大王万万不能去。

楚昭王大怒。

这时，楚国令尹子西在殿下。令尹，就是楚国的正卿。

子西赞成楚昭王去游玩，然后对子祺说："大王到荆台玩玩，又不会让那里失去什么。"

楚昭王听了很高兴，抚摩着子西的背说："咱们一起去游玩。"

子西陪楚昭王前往。

子西牵马步行走了十里，拉住缰绳停下来，对车上的楚昭王说："大王，我想说两句道德学问的话，大王肯听吗？"

楚昭王说："你说吧！"

子西说："我听说，对于忠诚的臣子，大王给再多官爵俸禄作为奖赏也不算多；对于阿谀奉承的臣子，大王给再多罪名作为惩罚也不过分。子祺这个人，是位忠臣；而我呢，是个阿谀奉承之臣。希望大王奖赏忠臣而惩罚阿谀奉承之臣。"

楚昭王听了这番话，想了想，说："我今天听从了司马子祺的劝谏，这只能禁止我一个人游玩罢了，如果后世的人要去游玩，那又怎么办呢？"

子西说："禁止后世的人游玩很容易。大王万岁之后，将陵墓修建在荆台，那么子孙必然不忍心在先祖的墓地游玩作乐。"

楚昭王说："好吧。"于是就回来了。

南宫括讲完了，问孔子："先生，您觉得子西这个人怎么样？"

孔子面上露出赞许之色，说："子西的劝谏太高明了！道理深刻超过千里，不仅阻止了楚昭王，还阻止了百世之后的游人。"

【原文】楚王将游荆台，司马子祺谏，王怒之。令尹子西贺于殿下，谏曰："今荆台之观，不可失也。"王喜，拊子西之背曰："与子共乐之矣。"子西步马十里，引辔而止曰："臣愿言有道，王肯听之乎？"王曰："子其言之。"子西曰："臣闻为人臣而忠其君者，爵禄不足以赏也；谀其君者，刑罚不足以诛也。夫子祺者忠臣也，而臣者谀臣也，愿王赏忠而诛谀焉。”王曰：“今我听司马之谏，是独能禁我耳，若后世游之可也？”子西曰：“禁后世易耳。大王万岁之后，起山陵于荆台之上，则子孙必不忍游于父祖之墓以为欢乐也。”王曰：“善。”乃还。孔子闻之，曰：“至哉！子西之谏也，入之于千里之上，抑之于百世之后者也。”（《孔子家语·辩政第十四》）

六、君子陷入困境仍能坚持信念；然而，小人一旦陷入困境就会胡作非为

孔子在蔡国住的第三年，吴国攻打陈国。楚昭王带兵救援陈国，率军队驻扎在陈国的城父（今安徽省亳州市）。听说孔子住在蔡国，便派使者到蔡国，邀请孔子到城父一见。

孔子带弟子离开下蔡，去城父。

孔子一行路过漆雕开的家乡蔡国的蔡邑鸿隙湖村（今河南省驻马店市上蔡县），突然雷鸣电闪，天下倾盆大雨，孔子一行只好住进漆雕开家。

漆雕开为让孔子和大家吃上莲藕，冒着大雨，独自一人去鸿隙湖里采藕。因雨水极大，狂风呼啸，不幸翻船溺水而亡。

孔子和弟子们无比悲痛，这是去世的第二个孔门弟子。

漆雕开殁年五十二岁。

子路平时跟漆雕开关系很好，这时更是伤心欲绝。

处理完漆雕开的后事，孔子带弟子继续去陈国。

孔子去陈国城父的事，被几个痛恨孔子的蔡国大夫知道，他们觉得这是一个除掉孔子的机会。孔子他们必经一个山谷，附近有一处蔡国刑犯劳作之地，于是，他们安排这些刑犯围困孔子。

孔子一行到此，被刑犯围困在山谷的一个草屋边，无法

离开。

很快断粮，几天下来，弟子们饿得站不起来，大家都情绪低落，怀疑他们是否还能走出这里。

这天，山坡后响起琴瑟之声，这是孔子在弹琴。

子路听到琴声，很不高兴地来见孔子，问道："君子也有困窘的时候吗？"

孔子说："君子虽然穷困，但还是坚持着；小人一遇穷困就无所不为了。"

子路还是不满意，气呼呼的。

孔子问道："《诗经》上说'它不是犀牛也不是老虎，然而它却无家可归，徘徊在旷野上'，这像是说我们，难道是我们做人之道有什么不对吗？我们为什么会落到这种地步呢？"

子路说："我想可能是先生的仁德还不够吧，人们还不信任我们；也可能是先生的智慧还不够吧，人们不愿推行我们的做人之道。"

孔子说："子路啊，你以为仁德的人就一定被人相信吗？如果是那样，那么伯夷、叔齐就不会被饿死在首阳山上；你以为有智慧的人一定会被任用吗？那么王子比干就不会被挖心！"

子路离开，子贡过来，孔子不等子贡说话，又问了同样的问题。

子贡说："先生您的做人之道实在博大，因此天下容不下您，您何不把您的主张降低一些呢？"

孔子说："子贡啊，好的农夫会种庄稼，不一定有好的收获；好的工匠能做精巧的东西，不一定能使每个人都称心如意；君子有好的道德学问，别人也不一定能采纳。子贡啊，现在你不利用这个机会去提高自己的道德学问，却想降低主张迎合别人，这说明你的志向不远大啊。"

子贡无言以对。

孔子又说："志士仁人，没有贪生怕死而损害仁的，只有牺牲自己的性命来成全仁的。”

子贡听着。

孔子说：“一国军队，可以夺去它的主帅；但一个男子汉，他的志向是不能强迫改变的。”

子贡离开，颜回过来，孔子又问刚才的话。

颜回说：“这是因为先生的做人之道太博大了，导致天这么大也容不下。可是，天容不下又有什么关系呢？这样方显出您的君子本色！”

孔子听了高兴地感叹说：“你说得真对呀，颜家的儿子！假如你有很多钱，我就来给你当家臣吧。”

再后来，子贡悄悄潜出围困，到城父向楚昭王禀报了这个的情况。楚昭王派军队过来迎接，孔子一行终于免除了这场灾祸。

【原文】子路愠见曰：“君子亦有穷乎？”孔子曰：“君子固穷，小人穷斯滥矣。”

孔子知弟子有愠心，乃召子路而问曰：“诗云‘匪兕匪虎，率彼旷野’。吾道非邪？吾何为于此？”子路曰：“意者吾未仁邪？人之不我信也。意者吾未知邪？人之不我行也。”孔子曰：“有是乎！由，譬使者而必信，安有伯夷、叔齐？使知者而必行，安有王子比干？”

子路出，子贡入见。孔子曰：“赐，诗云‘匪兕匪虎，率彼旷野’。吾道非邪？吾何为於此？”子贡曰：“夫子之道至大也，故天下莫能容夫子。夫子盖少贬焉？”孔子曰：“赐，良农能稼而不能为穑，良工能巧而不能为顺。君子能修道，纲而经之，统而理之，而不能为容。今尔不修尔道而求为容。赐，而志不远矣！”

子贡出，颜回入见。孔子曰：“回，诗云‘匪兕匪虎，率彼旷野’。吾道非邪？吾何为于此？”颜回曰：“夫子之道至大，故天下莫能容。虽然，夫子推而行之，不容何病，不容然后见君子！”

孔子欣然而笑曰：“有是哉颜氏之子！使尔多财，吾为尔宰。”

于是使子贡至楚。楚昭王兴师迎孔子，然后得免。（《史记·孔子世家》）

【原文】子曰：“志士仁人无求生以害仁，有杀身以成仁。”（《论语·卫灵公篇第十五》）

【原文】子曰：“三军可夺帅也，匹夫不可夺志也。”（《论语·子罕篇第九》）

孔子一行受困于陈蔡之间时，还发生一个事。

颜回出去找粟米，得到后回来煮饭。

快熟时，孔子看见颜回用手抓锅里的饭放到嘴里。一会儿，饭熟了，颜回请孔子吃饭。

孔子假装没看见刚才他抓饭吃的事，起身说：“我刚才梦见了我父亲，我想用这饭先祭祀一下父亲。”当时，人们认为用吃过的饭祭祀，将得罪上天。

颜回连忙说：“不行。刚才煮饭的时候，房顶渣土掉进了锅里，弄脏了粟米饭，我觉得丢掉太浪费，我就把渣土那一块饭抓起来吃了。”

原来是这么回事。

孔子叫弟子们过来，把这件事告诉大家，然后叹息道：“按说人应该相信自己的眼睛，但是眼睛看到的却不一定可信。人应该相信自己的心，可是自己的心有时也靠不住。弟子们记住，要了解一个人永远是很难的啊。”

【原文】孔子穷乎陈、蔡之间，藜羹不斟，七日不尝粒。昼寝。颜回索米，得而爨之，几熟，孔子望见颜回攫其甑中而食之。选间，食熟，谒孔子而进食。孔子佯为不见之。孔子起曰：“今者梦见先君，食洁而后馈。”颜回对曰：“不可。向者煤炱入甑中，弃食不祥，回攫而饭之。”孔子叹曰：“所信者目也，而目犹不可信；所恃者心也，而心犹不足恃。弟子记之：知人固不易矣。”

（《吕氏春秋·审分览·任数》《孔子集语·事谱十一（下）》）

七、五进卫国。一个人不讲信用，就像车辕和横木间没有插入木销，这车怎么能走呢

孔子一行在途中，得到楚昭王七月十六日卒于城父的消息，并接到令尹子西的传话：楚国大丧，请回。

孔子只好返回。去哪里呢？子路等人提议去卫国。

他们离开卫国已有四年。

现在卫国是什么情况呢？就在他们离开卫国那一年，卫灵公卒，终年四十七岁，南子立卫灵公的孙子，蒯聩的儿子辄（音哲）为国君，为卫出公，当时卫出公仅十一岁。孔悝（音亏）为正卿。

弟子中有人听说，孔悝曾说过要召请孔子的话，还有，孔悝的父亲孔圉（音雨）也很欣赏孔子。

于是，孔子一行到卫国的帝丘，又住在颜浊邹府院。

到卫国半个多月，这天，憨憨的有若和子张陪孔子到城外走走，路上，子张说有问题向孔子请教，孔子没反对。

子张问如何做人才能使自己到处都能行得通。

孔子说：“言语忠诚老实，行为厚道严肃，就是到了蛮夷之地，也行得通。言语欺诈无信，行为刻薄轻浮，就是在本乡本土，能行得通吗？”

子张认真听着。

孔子又说：“站立的时候，就仿佛看见‘忠诚老实厚道严肃’几个字在自己面前；在车厢里，也仿佛看见它刻在前面的横木上，这才能使自己到处行得通。”

子张听了，赶忙把这些话写在腰间的大带上。

【原文】子张问行，子曰：“言忠信，行笃敬，虽蛮貊之邦

行矣；言不忠信，行不笃敬，虽州里行乎哉？立则见其参于前也；在舆则见其倚于衡也，夫然后行。”子张书诸绅。（《论语·卫灵公篇第十五》）

孔子接着说：“一个人不讲信用，不知信用是最重要的。就好像牛车和马车车辕和横木衔接地方没有插入木销一样，这车怎么能走呢？”

有若复述着先生的话，子张又赶忙记下。

【原文】子曰：“人而无信，不知其可也。大车无輗，小车无軏，其何以行之哉？”（《论语·为政篇第二》）

子张又请教如何提高才智，辨别真伪，不被迷惑。

孔子说：“要以忠诚信实为原则，讲义气，这样就能提高品德。”

子张和有若都没说话。

孔子又说：“爱一个人，希望他长寿，厌恶他时又希望他马上死去。既要他长寿，又要他短命，这就是迷惑。《诗经》说‘这样的确对自己毫无好处，只是使人感觉奇怪罢了’。”

子张没太理解，想发问。

【原文】子张问崇德辨惑。子曰：“主忠信，徙义，崇德也。爱之欲其生，恶之欲其死。既欲其生，又欲其死，是惑也。‘诚不以富，亦只以异。’”（《论语·颜渊篇第十二》）

有若问道：“如何了解一个人呢？”

孔子答道：“看他结交的朋友，观察他为达到目的所采用的方法，了解什么最让他心安。你知道了这些，那么，他的人品怎能隐藏得住呢？怎样隐藏得住呢？”

有若感觉很受启发，一再点头。子张也觉得很受益。

【原文】子曰：“视其所以，观其所由，察其所安，人焉廋

哉？人焉廋哉？”（《论语·为政篇第二》）

有若问：“在交谈上，如何做能不失去朋友呢？”

孔子说：“可以同他谈，却不同他谈，这会失去友人；不可以同他谈，却同他谈，这会浪费言语。聪明人既不失去友人，也不浪费言语。”

憨憨的有若赶忙记下。

【原文】子曰：“可与言而不与之言，失人；不可与言而与之言，失言。知者不失人亦不失言。”（《论语·卫灵公篇第十五》）

八、曾参拜师

这天早上，帝丘北门的守卫甲士打开城门，一群农人带着粮食、青菜或柴火呼啦啦地进城。这些人过去后，人群后的一个后生走过来说：“勇士，请问孔子住在哪里？”

一个甲士说：“你找孔子呀？听说他带着他的弟子住在颜大夫府院。”

“哪个颜大夫？”

“就是颜浊邹大夫。你往城中心走，到那边再问一下，人家都知道。”

后生往城里走去，很快找到颜大夫的府院，请门卫通报一下。

颜回出来，问：“是哪位找孔子？”

后生说：“是我，颜回兄，你不认识我了，我是曾参。”

颜回上下打量一番这个后生，只见他身材清瘦，脸长得方方正正的，眼睛不乱看，老老实实的，显得有点儿愚笨，有点木讷，说：“曾参，你都长这么高了，真是没想到。”

“你们离开鲁城时我十岁，现在我十七了。颜回兄，你们和先生都好吗？我想找先生拜师，我父亲说你们可能在这儿，让我到这儿来找找看。”

“太好了，我们和先生都挺好的。我带你去见先生。”

当孔子知道曾参来拜师，马上同意收为弟子。

曾参，姓曾，名参，字子舆，鲁国人，这年十七岁，小孔子四十六岁。曾参性情沉静，举止稳重，为人谨慎，待人谦恭，以孝著称，人称“孝子曾参”。

关于曾参的孝顺，弟子们都听说过那个“曾参耘瓜”的故事。

一天，曾参跟父亲修整瓜地，不小心锄断了瓜的根。父亲曾点很生气，举起一根木棍打他的背。曾参倒地不省人事。过了很久才苏醒过来，曾参面色愧疚地从地上爬起来，走近曾点说：“刚才我得罪了父亲大人，您为教导我而用力打我，我的身体没受伤。”

说完了，回家去。到了自己房里，曾参边弹琴边唱歌，想让父亲听见以知道他没受伤。

孔子听说了这件事，对曾参的作为很生气，告诉弟子：“曾参来了，不要让他进来。”

曾参觉得自己没什么不对，找人告诉孔子，请孔子点评。

孔子让来人回去告诉曾参，说：“你没听说过吗？昔日瞽（音鼓）叟有一个儿子叫舜，舜侍奉父亲瞽叟，父亲使唤他，他总在父亲身边；父亲要杀他，却找不到他。父亲轻轻地打他，他就站在那里忍受；父亲用大棍打他，他就逃跑。因此他的父亲没有背上不像父亲的罪名，而他也没有失去孝顺的名声。”

来人不敢出声。

孔子又说：“如今曾参侍奉父亲，让自己被父亲暴打，父亲朝死里打也不躲避。如果他真的死了就会陷他父亲于不义，相比之下，哪个更为不孝？你不是天子的子民吗？你父亲杀了天子的子民，那将犯什么罪？”

曾参听说了这些话，对来人说："我的罪过很大啊！"于是来见孔子，为自己的过错道歉。

【原文】曾子耘瓜，误斩其根。曾皙怒，建大杖以击其背，曾子仆地而不知人久之。有顷乃苏，欣然而起，进于曾皙曰："向也参得罪于大人，大人用力教参，得无疾乎？"退而就房，援琴而歌，欲令曾皙而闻之，知其体康也。孔子闻之而怒，告门弟子曰："参来，勿内。"曾参自以为无罪，使人请于孔子。子曰："汝不闻乎？昔瞽瞍有子曰舜，舜之事瞽瞍，欲使之，未尝不在于侧；索而杀之，未尝可得。小棰则待过，大杖则逃走，故瞽瞍不犯不父之罪，而舜不失烝烝之孝。今参事父，委身以待暴怒，殪而不避，既身死而陷父于不义，其不孝孰大焉！汝非天子之民也，杀天子之民，其罪奚若？"曾参闻之，曰："参罪大矣！"遂造孔子而谢过。（《孔子家语·六本第十五》）

弟子们还听说过曾参"啮指痛心"的故事

这说的是一天曾参进山打柴，家里来了客人，母亲想叫他回来帮忙，可是不知怎么才能做到，突然，母亲就用牙咬自己的手指，山上的曾参忽然觉得心疼，心想可能母亲在呼唤自己，便背着柴迅速返回家中，跪问缘故。母亲说："忽然有客人来，我咬手指让你回来。"

【原文】周曾参，字子舆，事母至孝。参尝采薪山中，家有客至。母无措，望参不还，乃啮其指。参忽心痛，负薪而归，跪问其故。母曰："有急客至，吾啮指以悟汝尔。"（《二十四孝》）

九、公西华、秦商拜师

两天后，孔子去乡下看射礼，子路给他驾车。当时乡间射礼有四种，分别为大射、宾射、燕射、乡射。观看射礼的人很多，那场面很是热闹。

昨天子路听正卿孔悝家臣说卫出公有可能用先生，这会儿他想起来，就问孔子："如果卫君请您去治理国政，您要先做什么？"

孔子说："那一定是按照礼法纠正用词不当，而使人们做事符合礼法吧！"

子路说："是这样呀，先生是不是有点儿迂腐了？有什么好纠正的呢？"

孔子说："鲁莽啊，子路！君子对于自己不懂的事，应该保留不说。"

子路想争辩一下，又忍住了。

孔子继续说："有用词不当，言语就不能让百姓顺服；言语不能让百姓顺服，做事就不能做好；做事做不好，礼乐制度也就施行不了；礼乐制度施行不了，刑罚就失去标准；刑罚失去标准，百姓就惶惶然不知所措了。"

子路老实听着。

孔子接着说："所以，君子用一个词，一定有他的理由，这个理由也一定要行得通。君子对于自己的言论，要认真负责到没有一点儿马虎呀！"

子路感觉自己错了。

【原文】子路曰："卫君待子而为政，子将奚先？"

子曰："必也正名乎！"

子路曰："有是哉，子之迂也！奚其正？"

子曰："野哉由也！君子于其所不知，盖阙如也。名不正，则言不顺；言不顺，则事不成；事不成，则礼乐不兴；礼乐不兴，则刑罚不中；刑罚不中，则民无所措手足。故君子名之必可言也，言之必可行也。君子于其言，无所苟而已矣。"（《论语·子路篇第十三》）

这里孔子说的按照礼法纠正用词不当，是强调行为必须遵循礼法，另外有一个故事，能说明这一点。

在离开鲁国前的一天，孔子坐在正卿季桓子一侧，季桓子家臣宰禀报："君上来借马，借不借？"孔子说："我听说，君上来要东西叫取，不称呼为借。"季桓子醒悟，对家臣宰说："从今往后，君上来要东西称为取，不称呼借。"

孔子后来对别人说："纠正借马的称呼，也就明确了君臣上下关系。"

【原文】孔子侍坐于季孙。季孙之宰通曰："君使人假马，其与之乎？"孔子曰："吾闻君取于臣，谓之取，不曰假。"季孙悟，告宰通曰："今以往，君有取，谓之取，无曰假。"孔子曰正假马之言，而君臣之义定矣。（《韩诗外传·卷五》）

前段时间，子贡离开先生去做生意，他到吴国进了一批南方稻米、米酒和竹器等特产，运送到齐国销售。子贡进的这些货物都是别的商人不愿进的，认为北方人不喜欢，差价太小，利润微薄，然而，当子贡把这批货物运进齐国都城，奇怪的是，这些东西市价都往上翻两番，让子贡大赚一笔。

这样的事这并不是第一次，后来还发生很多次，很多人都认为子贡是个特厉害的商人，对货物行情的预测特别准。有人问过子贡这是怎么做到的？子贡说自己也搞不清楚，每当进货的时候，耳边就有个声音告诉他做这个做那个，他也搞不清楚是怎么回事。别人认为子贡不肯说实话，但是子贡说的就是实话，就是这个情况。

子贡赚的钱很多用于支付先生和弟子的生活费用，他们这一行人需要花很多钱的，而卫国、陈国和蔡国这几个贤良大夫的资助是有限的。子贡支付这些钱从来没有怨言，一来是弟子中只有他有这个能力，他不可能不支付；二来是他总觉得生意做得这么顺，也许是上天通过这个方式帮助先生的，让先生能坚持传播他的做人之道。

这天，子贡回到颜浊邹府院，把赚的钱交给原宪，到院里见有两个陌生的后生，问原宪："他们是新来的弟子？"

原宪说："是的，是大前天来拜师的，这个是公西华，这个是秦商。"又对这两个后生说，"这是你们的师兄子贡。"

两个后生过来恭敬地给子贡行礼。

公西华说："子贡兄，久仰您的大名？能见到您，太荣幸了。"

子贡见这个人挺能说的，笑着说："行了，我有什么大名？万万不可吹捧愚兄！"

公西华说："不是吹捧，外面的人提到先生的弟子，肯定提到子贡兄，请子贡兄以后多多赐教。"

子贡打趣道："公西华，你挺能说，我能赐教？咱们都是先生的弟子，一起跟着先生好好学习才是正经事。"

公西华说："子贡兄，我是卫国人，跟你是一国人。"

子贡说："是吗？我们这的子夏也是卫国的，现在孔门弟子中又多一个卫国人，真是太好了，欢迎欢迎！"说完，子贡告别他们，去见先生。

公西华，复姓公西，字子华，又称公西赤，卫国人，这年二十一岁，小孔子四十二岁。

秦商，鲁国人，这年二十三岁，小孔子四十岁。

几天后，新弟子公西华进孔子的屋子，问道："先生，我可以向您请教一个问题吗？"

孔子没抬头，没有反对。

公西华说："昨天我见子路兄和冉求兄先后来请教一个相同的问题，可是，先生的答复是不一样的，弟子一直想不通这是为什么。"

孔子抬头看着公西华。

公西华说："子路兄来问'听到就做吗'？您说'有父兄在，怎么能听到就做'？冉求兄也问'听到就做吗'？您却说'听到就做’。我很疑惑，请问这是为什么？”

孔子想了想，说：“冉求总是退缩，所以要鼓励他；子路胆大，所以要约束他。”

公西华听了茅塞顿开，先生这是因材施教。

【原文】子路问：“闻斯行诸？”子曰：“有父兄在，如之何其闻斯行之？”冉有问：“闻斯行诸？”子曰：“闻斯行之。”公西华曰：“由也问闻斯行诸，子曰‘有父兄在’；求也问闻斯行诸，子曰‘闻斯行之’。赤也惑，敢问。”子曰：“求也退，故进之；由也兼人，故退之。”（《论语·先进篇第十一》）

去年九月齐景公卒，公子荼继位，为齐晏孺子。

到今年六月，齐国内乱，齐国大夫田乞攻打齐国正卿高张，齐国大夫国夏、晏圉，迫使他们逃到鲁国。

齐国内乱让三桓很不平静，他们担心这样的事也在鲁国发生。于是，正卿季康子再次提出召回孔丘，建议用孔丘的那套做人之道稳定人心和兴旺鲁国。这次，司马叔孙武叔和司空孟懿子同意了。

可是，又有人对季康子说：“最好是召回孔子的弟子，而不召孔子。”

季康子问为什么。

这人说：“从前鲁定公曾经任用过他，没能有始有终，最后被诸侯耻笑。现在你再任用他，如果也不能善终，这会再次招来诸侯的耻笑。”

季康子说：“那么召谁才好呢？”

这个大夫说：“我听说冉求贤明，不如召回冉求。”

于是，季康子派使者去卫国。

第10章　弟子又开始被重用

一、掌权者管得好的地方，是让本地人欢悦，让远方的人愿意来

叶邑（今河南省平顶山市叶县）的城墙好像刚刚修整过，墙体没有一处倒塌，夯土外的墙皮没有一处剥落，显得整洁而坚固。城楼的梁柱也如同新的一样，没有虫眼和裂纹。这是楚国的一个城邑，位于楚国北边，靠近郑国。

这时正是秋天，天气凉爽，让人感觉非常舒服。蓝天之上，空空荡荡，遥远的天边才有几片淡淡的云朵。

叶邑东门口，准备举行一个欢迎仪式，这是叶邑的主人叶公欢迎尊贵的客人。

叶公，姓芈，名诸梁，字子高，又称沈诸梁，这年六十二岁，比孔子小一岁，是楚国左司马沈尹戌的儿子，楚国大夫，当时因楚君已称王，楚王将楚国大夫称号由“大夫”升为“公”，又因他的封地是叶邑，他自称叶公。

叶公在叶邑治水开田，政绩显著，是楚国有名的贤明大夫。

很快，客人到了城门口。

这尊贵的客人就是孔子。随从是子路、颜回、子贡、冉求、宓子贱、言偃、子夏等人。

半个月前，叶公给在卫国的孔子送去邀请函，邀请孔子到叶邑做客。这样，孔子带几个弟子到叶邑。

欢迎仪式结束后，叶公让家臣安排孔子一行住下。

晚上，颜回来告诉孔子，说：“今天叶公问子路，孔大夫是

什么样的人，子路没有回答。”

孔子点头表示知道了。

过了一会儿，子路过来，孔子问他是不是有这个事。

子路说：“有这事，我没回答。”

孔子看着他，那意思是“你为什么不回答呢”？

子路说：“先生，我不知道该如何回答。”

孔子说：“你为什么不这样说，他这个人呀，用功起来忘记吃饭，快乐得忘记了忧愁，以至于不知道衰老就要到来了，如此而已。”

【原文】叶公问孔子于子路，子路不对。子曰：“女奚不曰：其为人也，发愤忘食，乐以忘忧，不知老之将至云尔。”（《论语·述而篇第七》）

子路说：“好的，先生，我现在去告诉叶公。”

孔子拉住子路，让他不要去了，自己只是随便说说而已。

子路看出来先生没有埋怨的意思，放心了。

第二天上午，叶公请孔子一行在厅堂落座。

说了一会儿闲话后，叶公说：“孔大夫，我有几个问题，一直找不到满意的答案，我可以请您谈谈您的看法吗？”

孔子请他说。

叶公问道：“孔大夫，请问为政一方，怎样才算做到上乘？”

孔子想了想，缓慢地说：“让本地人欢悦，让远方的人愿意来。”

叶公感觉说得不错。

【原文】叶公问政。子曰：“近者说，远者来。”（《论语·子路篇第十三》）

叶公又问："我这里有个正直的人，他父亲偷了羊，他告发了。"

孔子说："我们那里正直的人和你们不同，父亲为儿子隐瞒，儿子为父亲隐瞒，我们那的正直就在这里了。"

叶公有点儿不理解，但是，他没有与孔子进一步讨论。

【原文】叶公语孔子曰："吾党有直躬者，其父攘羊，而子证之。"孔子曰："吾党之直者异于是。父为子隐，子为父隐，直在其中矣。"《论语·子路篇第十三》

叶公问："孔大夫，您是如何让自己具有这样修养的？"

孔子说："我的修养首先由学《诗经》开始，然后通过学《周礼》立于世上，最后结合音乐形成的。"

【原文】子曰："兴于《诗》，立于礼，成于乐。"（《论语·泰伯篇第八》）

叶公说："不会如此简单吧？还有呢？"

孔子说："我是以尊崇礼法为志向，以道德为根本，以仁爱为依靠，游走于礼、乐、射、御、书、数六艺之内外。"

叶公听着。

【原文】子曰："志于道，据于德，依于仁，游于艺。"（《论语·述而篇第七》）

叶公问道："还有呢？"

孔子摇头，意思是就这些了。

叶公说："孔大夫您可是太谦虚了，太谦虚了！"

孔子摇摇头，表示自己不是谦虚，然后说："人说君子是把学到的默记在心，努力学习而不厌烦，教导别人而不疲倦，这些事情我做到了哪些呢？"

叶公呵呵笑起来，他觉得孔子这境界太高了。

孔子一行在叶公家住了几天后，回卫国。

【原文】子曰："默而识之，学而不厌，诲人不倦，何有于我哉？"（《论语·述而篇第七》）

二、来谈谈你们的志向，假若有人要重用你们，你们打算怎么做呢？

回到帝丘，子贡见到一个人，他眼前一亮，这不是曾点兄吗？原来狂人曾点到卫国来看望先生来了，当然也是为了看看儿子曾参。孔子见到曾点也很高兴，留他在帝丘住几天。曾点就这样住下了。

这天，猛汉子路、狂人曾点、砍柴人冉求和新来的公西华在孔子屋里闲叙。

孔子说道："我比你们年纪都大，没有人用我了。"孔子见曾点要说什么，摆摆手，意思是不用安慰我，无所谓，今天是说说你们。然后说，"你们平日说：'人家不了解我呀！'假若有人了解你们，要用你们，那你们怎么办呢？"

子路不假思索地答道："一个拥有一千辆兵车的国，夹在大国中间，常常受到别的侯国侵犯，加上国内又闹饥荒，让我去治理，只要三年，就可以使人们勇敢善战，而且懂得礼仪。"

孔子微微一笑。又问："冉求，你怎么样？"

冉求答道："方圆六七十里或五六十里国土的国，让我去治理，三年以后，就可以使百姓富足。至于这一国的礼乐教化，就要等贤人君子来施行了。"

孔子又问："公西华，你怎么样？"

公西华答道："我不敢说有什么志向，我愿意做一个小司仪，就是在宗庙祭祀的活动中，或者在同别国的盟会中，我愿意穿着礼服，戴着礼帽，做一个小司仪。"

孔子又问："曾点，你怎么样？"

这时曾点在一旁弹瑟，他听到先生的话，"铿"的一声停止弹奏，站起来，回答道："我想的和他们三位说的不一样。"

孔子说："那有什么关系呢？正是要各人说出自己的志向呵！"

曾点便道："暮春三月，已经穿上了春天的衣服，我和五六位成年人，六七个小孩，去沂河里洗洗澡，在舞雩（音鱼）台上吹吹风，一路唱着歌走回来。"

舞雩台，是鲁城东门外一座高大的土台，是鲁国求雨的祭坛，每当遇干旱，鲁君在此求雨祭天，由女巫跳一种名为"雩"的舞蹈。

孔子很感慨，说："我同意曾点的志向呀！"

又聊了一会儿，大家起身回家。子路、冉求、公西华三人出去后，曾点小声问孔子道："您觉得那三位弟子说得怎样？"

孔子道："也不过各人说说自己的志向罢了。"

曾点又道："您为什么对子路微笑呢？"

孔子道："治理一国应该讲求礼让，可是他的话却一点儿不谦虚，所以我笑他。"

曾点说："那么冉求讲的那算不上一个国？"

孔子说："有六七十里或五六十里土地的地方怎么就不是一国呢？"

曾点问道："公西华讲的算不上治国的道理？"

孔子说："宗庙祭祀和诸侯会盟，这不是一国的大事又是什么？如果说像公西华这样的人只能做一个小司仪，那谁又能做大司仪呢？"

曾点明白了。

【原文】子路、曾皙、冉有、公西华侍坐。子曰："以吾一日长乎尔，毋吾以也。居则曰：'不吾知也！'如或知尔，则何以哉？"

子路率尔而对曰："千乘之国，摄乎大国之间，加之以师旅，因之以饥馑，由也为之，比及三年，可使有勇，且知方也。"

夫子哂之。"求，尔何如？"

对曰："方六七十，如五六十，求也为之，比及三年，可使足民。如其礼乐，以俟君子。"

"赤！尔何如？"对曰："非曰能之，愿学焉。宗庙之事，如会同，端章甫，愿为小相焉。"

"点！尔何如？"

鼓瑟希，铿尔，舍瑟而作，对曰："异乎三子者之撰。"

子曰："何伤乎？亦各言其志也。"

曰："莫春者，春服既成，冠者五六人，童子六七人，浴乎沂，风乎舞雩，咏而归。"

夫子喟然叹曰："吾与点也！"

三子者出，曾皙后。曾皙曰："夫三子者之言何如？"

子曰："亦各言其志也已矣。"

曰："夫子何哂由也？"

曰："为国以礼，其言不让，是故哂之。"

"唯求则非邦也与？"

"安见方六七十如五六十而非邦也者？"

"唯赤则非邦也与？"

"宗庙会同，非诸侯而何？赤也为之小，孰能为之大？"（《论语·先进篇第十一》）

三、子路二次做官，出任蒲邑宰

少年卫出公发兵讨伐，平定了公叔戌占据的蒲邑叛乱，清除了这个痼疾。可是，如何治理这个叛乱多时的地方，卫出公和正卿孔悝都没良策。颜浊邹和蘧伯玉进言，不妨用孔丘的那套方法试试，当年孔子在鲁国，用他那一套改变鲁国面貌，使鲁国兴旺。这个进言，得到其他几个贤良大夫的赞成。卫出公觉得不错，孔悝和他父亲对孔子那套东西也都有好感，于是，孔悝召见孔子，商量后，让子路担任了蒲邑宰。

这是鲁哀公六年，子路这年五十四岁。这是他第二次做官，孔子这年六十三岁。

第二天，孔子带弟子们在城门外送子路。弟子们都为子路高兴。

子路和弟子们一一告别。

最后，到分手的时刻，子路对孔子说："先生，我这就要离开您了，请送我一句临别赠言吧！"

孔子沉吟片刻，说："蒲邑刚平定，勇武之士很多，很难治理。"

子路说："我如何是好？"

孔子说："谦逊恭敬，就可以驾驭勇武之人；宽厚正直，就可以使大家亲近；恭敬严肃，就可以对得起君上了。"

子路觉得说得好。

【原文】子路为蒲大夫，辞孔子。孔子曰："蒲多壮士，又难治。然吾语汝：恭以敬，可以执勇；宽以正，可以比众；恭正以静，可以报上。"（《史记·仲尼弟子列传》）

孔子说："对待君上，先去认真工作，再想拿俸禄之事。"

子路点头。

【原文】子曰："事君，敬其事而后其食。"（《论语·卫灵公篇第十五》）

子路问："管理一方，还有没有更好的办法。"

孔子说："自己给百姓带头，然后让他们勤劳地工作。"

子路问道："还有呢？"

孔子说："永不懈怠。"

子路用心记下。

弟子们也觉得说得特别好。

【原文】子路问政，子曰："先之，劳之。"请益，子曰："无倦。"（《论语·子路篇第十三》）

孔子又说："那种说得好听，一脸讨好之色的人，很少是仁德的。"

之前子路听先生说过这话，不过他觉得现在再听一遍似乎又有了更深的理解。

子路走后，接着曾点也回鲁国了。

【原文】子曰："巧言令色，鲜矣仁！"（《论语·学而篇第一》）

四、冉求出任季氏家臣宰，是第四个做官的孔门弟子

又过一个月，鲁国使者到卫国找到冉求，召他回鲁国，做正卿家臣宰。冉求万万没想到会让自己做官。

这天，在帝丘城门口，孔子带弟子给冉求送行。

砍柴人冉求内心非常忐忑。

孔子对冉求说："这次鲁国召你回去，不会小用，将会大用。"

站在一旁的子贡除了高兴，还有一件事要跟冉求私下说说。等冉求跟大家拜别完，走出去一段，子贡追上去。

冉求不知有何事，站住。

子贡跑到冉求身边，小声说："先生思归。"

冉求不知道子贡是何意。

子贡说："冉求兄，你要是被重用了，一定要想着把先生接

回去！”

冉求明白了，动感情地说：“一定，一定。”

冉求这年三十四岁，是第四个做官的孔门弟子。

【原文】孔子曰：“鲁人召求，非小用之，将大用之也。”（《史记·孔子世家》）

五、谁说尾生不正直？他借来醋给人家，这不是比说实话更正直吗？

冉求走后当天傍晚，在帝丘城外树林里，孔子给弟子讲学。

子贡发问：“先生，请问君子以玉为贵，而以珉（音民）这种石头为贱，这是为什么呢？是因为玉少而珉多吗？”

孔子很快回答道：“并不是因为玉少就认为它贵重，也不是因为珉多而轻贱它。是君子觉得玉的品质像人的美德。玉温润而有光泽，像仁；细密而又坚实，像智；有棱角而不伤人，像义；悬垂就下坠，像礼。”

弟子们听着。

孔子接着说：“敲击它，声音清脆而悠长，最后戛然而止，像音乐；玉上的瑕疵掩盖不住它的美好，玉的美好也掩盖不了它的瑕疵，像忠实；玉色晶莹发亮，光彩四溢，像诚信；玉的光气如白色长虹，像天；玉的精气显现于山川之间，像地；朝聘时用玉质的圭璋单独通达情意，像德。”

无人打断孔子的话。

孔子继续说：“天下人没有不珍视玉的，像尊重道。《诗经》说：‘每想起那位君子，他温和得如同美玉。’所以君子以玉为贵。”

弟子们觉得先生说得特别好。

【原文】子贡问于孔子曰：“敢问君子玉贵而珉贱，何也？

为玉之寡而珉多欤？”

孔子曰：“非为玉之寡故贵之，珉之多故贱之，夫昔者君子比德于玉：温润而泽，仁也；缜密以栗，智也；廉而不刿，义也；垂之如坠，礼也；叩之，其声清越而长，其终则绌然，乐矣；瑕不掩瑜，瑜不掩瑕，忠也；孚尹旁达，信也；气如白虹，天也；精神见于山川，地也；圭璋特达，德也；天下莫不贵者，道也。《诗》云：‘言念君子，温其如玉。’故君子贵之也。”（《孔子家语·问玉第三十六》）

小个子高柴问：“先生，您原来讲过一些君子与小人的不同，请问除了那些，还有哪些不同？”

孔子想了想，说：“在人际交往中，君子喜欢关系友好，但不结党营私。小人喜欢结党营私，而不是关系友好。”

高柴认真思索这个话的意思。

【原文】子曰：“君子和而不同，小人同而不和。”（《论语·子路篇第十三》）

机灵鬼宰予说：“先生，我听到人家说，尾生固然很守信用，但是不够正直？”

尾生，是鲁国历史上的一个人物，人传其极守信用。他与一个女子约在一个桥下见面，女子没来，洪水来了，他怕那女子来了找不到他，就紧抱桥柱子不肯离去，被洪水淹死。

宰予见孔子没说话，又说：“我听说，人家向他讨醋，他家没有，而他不说没有，却去邻居家讨来给人家。”

孔子严肃地说：“谁说尾生不正直？人家向他讨醋，他家没有，去邻居家讨来给人家，这是没说实话，但是这不是比说实话更正直吗？”

宰予有点尴尬。

【原文】子曰：“孰谓微生高直？或乞醯焉，乞诸其邻而与

之。”（《论语·公冶长篇第五》）

车夫樊迟问：“仁德之人，有哪些品德呢？”

孔子沉吟片刻，说道：“平日恭敬，工作严肃认真，为别人交往忠心诚意。这几种品德，纵然到蛮夷之地，也是不能抛弃的。”

樊迟赶忙记下。

【原文】樊迟问仁，子曰：“居处恭，执事敬，与人忠。虽之夷狄，不可弃也。”（《论语·子路篇第十三》）

孔子又说：“一些人，让我感到耻辱，感到鄙视，感到很危险。”

樊迟认真听着。

孔子接着说：“年轻时不努力学习，老了无法教育子孙，我认为他就是个耻辱；进城侍奉国君做了大官，遇到家乡旧友没一句忆旧的话，我认为他让人鄙视。”

弟子们都认真听着。

孔子继续说：“总是与小人相处而不靠近贤良之人，我觉得他很危险了。”

樊迟又记下。

【原文】孔子曰：“吾有所耻，有所鄙，有所殆。夫幼而不能强学，老而无以教，吾耻之；去其乡事君而达，卒遇故人，曾无旧言，吾鄙之；与小人处而不能亲贤，吾殆之。”（《孔子家语·三恕第九》）

孝子曾参感觉先生说得太好了，追问道：“先生，还有吗？”

孔子说：“君子因为他有的方面不如人而敬重别人，小人因为他有的方面不如人而不相信别人。所以君子推崇别人的才干，小人则以压抑别人的才干来取胜。”

曾参努力记下，甚至为自己记得太慢而着急。

【原文】孔子曰：“君子以其所不能畏人，小人以其所不能不信人。故君子长人之才，小人抑人而取胜焉。”（《孔子家语·子路初见第十九》）

诗文子夏发问：“先生，我可以问一个关于《诗经》的问题吗？”

孔子没说话，这是没有反对。

子夏说：“《诗经》里的‘笑得真好看啊，美丽的眼睛真明亮啊，洁白的底子上画着花卉呀’。是什么意思？”

孔子说：“先有白色底子，然后画花。”

子夏又问：“那么是不是礼乐产生在仁义之后呢？”

孔子沉默，子夏以为自己说错了，心生忐忑。

没想到孔子说：“子夏呀，你真是能启发我的人。现在可以同你讨论《诗经》了。”

【原文】子夏问曰：“‘巧笑倩兮，美目盼兮，素以为绚兮。’何谓也？”子曰：“绘事后素。”曰：“礼后乎？”子曰：“起予者商也，始可以言《诗》已矣。”（《论语·八佾篇第三》）

六、孝是一切品德的根本

第二天，孝子曾参到孔子屋里，屋子里只有孔子一个人，曾参说：“先生，我来看看这里是不是有什么粗活儿，我可以帮先生做。”

孔子摆摆手，让他在自己旁边坐下。

聊了几句后，孔子说：“先前的帝王有一种至高无上的品德，从而使天下人心归顺，使子民和睦相处，使人们无论是尊贵还是卑贱都没有怨恨不满。你知道那是什么吗？”

曾参离开自己的席子，站起身来，回答说：“弟子不够聪敏，如何能知道呢？”

孔子说：“这就是孝。它是一切品德的根本，也是教化产生的根源。”孔子停顿一下，说，“你坐下，我告诉你。人的身体四肢、毛发皮肤，都是父母给的，不敢予以损毁伤残，一个人的孝从这里开始。”

曾参认真听着。

孔子又说：“在遵循礼法上有所建树，名字传于后世，从而使父母显赫荣耀，这是孝的最终目标。这也就是说，所谓孝，最初是从侍奉父母开始，然后效力于国君，最终建功立业，功成名就。《诗经·大雅》篇中说过：‘怎么能不思念你的先祖呢？要研学先祖的美德啊！’”

【原文】仲尼居，曾子侍。子曰：“先王有至德要道，以顺天下，民用和睦，上下无怨。汝知之乎？”曾子避席曰：“参不敏，何足以知之？”子曰：“夫孝，德之本也，教之所由生也。复坐，吾语汝。身体发肤，受之父母，不敢毁伤，孝之始也。立身行道，扬名于后世，以显父母，孝之终也。夫孝，始于事亲，中于事君，终于立身。《大雅》云：‘无念尔祖，聿修厥德。’”（《孝经·开宗明义章第一》）

曾参说：“我想冒昧地问一下，做儿子的一味遵从父亲的命令，就可称得上是孝顺了吗？”

孔子略为不悦，说：“这是什么话呢？这是什么话呢？从前，天子身边有七个直言相谏的臣子，纵使他是个不遵循礼法的天子，他也不会失去其天下；诸侯有五人直言谏争的臣子，即便他是个不遵循礼法的君主，也不会失去他的国土；大夫有一个直言劝谏的臣子，即使他是个不遵循礼法的大夫，也不会失去他的封地。”

曾参不敢打断先生的话。

孔子继续说："读书人有直言劝争的朋友，自己的美好名声就不会丧失；父亲有敢于直言相争的儿子，就不会陷身于不仁义。因此遇到要做不仁义之事时，做儿子的不可以不劝阻父亲；做臣子的不可以不劝谏君王。人们说，对不仁义，必劝阻，就是这个意思。如果只是顺从父亲，又怎么称得上是孝顺呢？"

曾参轻轻点头。

【原文】曾子曰："若夫慈爱、恭敬、安亲、扬名，则闻命矣。敢问子从父之令，可谓孝乎？"子曰："是何言与，是何言与！昔者天子有争臣七人，虽无道，不失其天下；诸侯有争臣五人，虽无道，不失其国；大夫有争臣三人，虽无道，不失其家；士有争友，则身不离于令名；父有争子，则身不陷于不义。故当不义，则子不可以不争于父，臣不可以不争于君；故当不义，则争之。从父之令，又焉得为孝乎！"（《孝经·谏诤章第十五》）

孔子停顿了一下，说："儿子侍奉父母，应该在鸡叫头遍时就洗手漱口。"

曾参认真听着。

孔子接着说："媳妇侍奉公婆，如同儿子侍奉父母一样。也是鸡叫头遍的时候，就起床洗手洗脸漱口。"

曾参心无旁骛。

孔子继续说："到了父母公婆的卧室，要柔声细气地问暖问寒；如果他们身上有疾病或痛痒，就要恭敬地给他们按摩或搔痒。"

曾参在心中默念着这些话。

孔子还说："父母或公婆如果将要坐下，儿子和媳妇就要捧着席子请示朝哪边铺；他们如果要躺卧，长子和长媳要捧着卧席请示头脚朝哪头，再由少子和少媳移动坐榻，让父母或公婆坐下等候，再搬来几案让他们靠着。"

曾参还是努力记下。

孔子说："在父母或公婆跟前，他们如果有事召唤，要先用'唯'答应，然后恭敬地回话。在父母或公婆跟前，进退拐弯都要态度庄重，上下厅堂台阶和出入门户都要俯身而行。"

曾参还是静静地听着。

孔子说："年少的侍奉年长的，卑贱者侍奉尊贵者，也要按照儿子和媳妇侍奉父母或公婆的礼节去做。"

屋里只有先生的话语声。

孔子说："做儿子、做媳妇的孝敬父母或公婆，对于父母公婆的命令不违背，不懈怠。父母公婆如果叫他们吃东西，即使儿子和媳妇不喜欢吃，也要尝一尝，等到父母公婆说可以离开了再离开。父母公婆给他们衣服，即使不喜欢穿也要穿上，等到父母公婆说收起来吧，才脱下。"

曾参听得忘记了自己的存在。

孔子说："父母有了过失，做儿女的要低声下气、和颜悦色地劝谏。劝谏如果不起作用，做儿女的就应更加恭敬、更加孝顺，等到他们高兴的时候再次劝谏。如果再次劝谏招致父母不高兴，与其让父母得罪于乡、党、州、闾，还不如让自己犯颜苦谏。如果这让父母大怒，拿棍子把自己打得头破血流，那也不敢生气埋怨，而是更加恭敬、更加孝顺。"

曾参觉得先生说得太好了。

孔子说："儿子觉得自己的妻子很好很合适，但是父母不喜欢，那就应当休掉。儿子觉得自己的妻子不好不合适，但是父母说："这个媳妇很会侍候我们。"那么儿子就要以夫妇之礼对待妻子，终身不变。"

曾参觉得如果家家都这样做，家里肯定都是幸福祥和的。

【原文】子事父母，鸡初鸣，咸盥漱。

妇事舅姑，如事父母。鸡初鸣，咸盥漱。

以适父母舅姑之所，及所，下气怡声，问衣燠寒，疾痛苛痒，而敬抑搔之。

父母舅姑将坐，奉席请何乡；将衽，长者奉席请何趾。少者执床与坐，御者举几。

在父母舅姑之所，有命之，应唯敬对。进退周旋慎齐，升降出入揖游。

少事长，贱事贵，共帅时。

子妇孝者、敬者，父母舅姑之命，勿逆勿怠。若饮食之，虽不耆，必尝而待；加之衣服，虽不欲，必服而待；加之事，人待之，己虽弗欲，姑与之，而姑使之，而后复之。

父母有过，下气怡色，柔声以谏。谏若不入，起敬起孝，说则复谏；不说，与其得罪于乡党州闾，宁孰谏。父母怒、不说，而挞之流血，不敢疾怨，起敬起孝。

子甚宜其妻，父母不说，出；子不宜其妻，父母曰："是善事我。"子行夫妇之礼焉，没身不衰。（《礼记·内则第十二》）

孔子说："国君倡导爱心，要从爱自己的父母开始，这就是教导人们和睦敦厚；国君倡导尊敬，要从尊敬自己的兄长开始，这就是教导人们顺应服从。孝顺地侍奉双亲，顺从地听从命令，能将这两条实施于天下，就没有行不通的事了。"

孝子曾参把今天说的这些话都记下了，离开先生住处后，赶忙去找其他弟子，把这些话告诉他们。其他弟子听了也很激动，都觉得先生这些话说得太好了。

【原文】子曰："立爱自亲始，教民睦也。立教自长始，教民顺也。教以慈睦，而民贵有亲，教以敬长，而民贵用命。孝以事亲，顺以听命，错诸天下，无所不行。"（《礼记·祭义第二十四》）

七、公皙哀、公伯缭等六人拜师

第二天，樊迟进屋子向孔子请教，孔子没反对。

车夫樊迟问如何算是仁。

孔子说：“爱别人。”

樊迟再请教如何算是明智。

孔子说：“了解别人。”

樊迟没有听懂。

孔子说：“把正直的人提拔起来，位置在邪恶人之上，能使邪恶的人也变得正直。”

樊迟退出屋子，看到诗文子夏，说：“刚才我去见先生，向他请教如何算是明智，先生说：‘把正直的人提拔起来，位置在邪恶人之上，能使邪恶的人也变得正直。’这是什么意思？”

子夏说：“意义多么丰富的话呀！舜帝有了天下，在众人中挑选，把皋陶提拔出来，坏人就难以存在了。商汤得到天下，在众人中挑选，把伊尹提拔出来，坏人就难以存在了。”

樊迟好像明白了。

【原文】樊迟问仁，子曰：“爱人。”问知。子曰：“知人。”樊迟未达，子曰：“举直错诸枉，能使枉者直。”樊迟退，见子夏，曰：“乡也吾见于夫子而问知，子曰：‘举直错诸枉，能使枉者直’，何谓也？”子夏曰：“富哉言乎！舜有天下，选于众，举皋陶，不仁者远矣。汤有天下，选于众，举伊尹，不仁者远矣。”（《论语·颜渊篇第十二》）

这天，孔子听说了一件事。子路在蒲邑，为了防备水灾，和民众一起修筑沟渠。考虑到民众劳作过于辛苦，子路就给每人发一箪饭一瓢水。

孔子立刻让子贡阻止子路这样做。子贡赶到蒲邑，将先生的话告诉子路。

子路极为不满，跟子贡回帝丘见孔子，说："我因为暴雨即将来临，恐怕会有水灾，所以和民众一起修筑沟渠来防备。民众中很多人因为缺粮而挨饿，因此发给他们每人一箪食一瓢水。"

孔子没说话。

子路接着说："先生您派子贡来阻止我，这是您阻止我做仁德之事。您教导我们要有仁爱之心却禁止仁德之事，我接受不了。"

孔子说："你既然知道民众在挨饿，为何不上报国君，请他发宫中之粮来救济呢？而你私下里把你的食物送给他们，这是你彰显国君没有恩惠而表现你自己道德的美好。你赶快停止还可以，如不停止，一旦有人进谗言，你必定获罪。"

子路明白了，离开孔子。

这事后来被称为"子路侵官"。

【原文】子路为蒲宰，为水备，与民修沟洫；以民之劳烦苦也，人与之一箪食、一壶浆。孔子闻之，使子贡止之。子路忿然不说，往见孔子曰："由也以暴雨将至，恐有水灾，故与民修沟洫以备之；而民多匮饿者，是以箪食壶浆而与之。夫子使赐止之，是夫子止由之行仁也。夫子以仁教，而禁其行，由不受也。"孔子曰："汝以民为饿也？何不白于君，发仓廪以赈之，而私以尔食馈之，是汝明君之无惠，而见己之德美。汝速已则可，不则汝之见罪必矣。"（《孔子家语·致思第八》）

下午，子贡从院子出来去集市看看，刚快到巷子口，见前面拐角处伸出一个后生的脑袋，像是在找什么。他缩回去后，很快又伸出一个后生的脑袋，子贡觉得奇怪，他们这是干什么呢？这个脑袋缩回去，很快又伸出一个，接着又伸出一个、两个，又缩回去……子贡想这些人在搞什么鬼？他往前走，要去探个究竟。

子贡还没到拐角，听到那边传来巫马施的声音："你们干什么呢？"

一个怯生生的声音说："这位大哥，我们是来找孔先生的。"

又一个声音："是，大哥，我们是来学做人之道的，是想看看先生是不是住这个巷子里。"

巫马施训斥道："找人就好好找，鬼鬼祟祟的，让人还以为你们是贼人呢。"

怯生生的声音说："不是，我们不是贼人。"

巫马施说："那好，你们跟我走吧。我就是先生的弟子。我叫巫马施。"

这几个人报上自己的姓名，向巫马施行礼。巫马施还礼。

子贡到了拐角，问巫马施："这是怎么回事？"

巫马施解释了一下，然后，对这几个后生说："给你们介绍一下，这是子贡大哥。"

原来是大名鼎鼎的子贡，几个人赶忙向子贡行礼，子贡一一还礼。

巫马施见他们想和子贡聊聊，拦住道："先生如果收了你们，你们有的是时间跟子贡大哥聊的，先去见先生吧。"

这几个人向子贡告辞，跟着巫马施走了。

子贡看着他们的背影，觉得这几个后生挺可爱。这样，他们成了先生的弟子。他们分别是：

公皙哀，这年十七岁，小孔子四十六多岁。

公伯缭，这年十六岁，小孔子四十七多岁。

曹恤，这年十八岁，小孔子四十五岁。

伯虔，这年十八岁，小孔子四十五岁。

公孙龙，楚国人，这年十五岁，小孔子四十八岁。

叔仲会，晋国人，这年十八岁，小孔子四十五岁。

八、父母去世，孝子听到和父母名字相同的声音心里会猛地一惊

子路侵官之事过去半个月后，这天，子贡见孔子没事，说：“先生，我想问问，给父母服丧期间，该如何做？”

孔子说：“敬是最重要的，哀痛还在其次，面容憔悴甚至闹出病来最使不得。脸色要和哀情相称，悲容要和孝服相称。”

子贡又问：“兄弟之丧，又该如何做？”

孔子说：“兄弟之丧的做法，典籍上写了。高尚之人，既不可强迫他人抛开丧亲之悲痛，也不可忘掉自己丧亲的哀痛。”

子贡听着。

接着孔子说：“东夷那边的少连、大连两个人很懂得为父母居丧的礼节。父母去世后的头三天，一味哭泣不进饮食；到了三个月，哭泣祭奠没有懈怠；满一年，还悲从中来时时落泪；到了三年，脸上还布满愁容。他们还是东夷地方的人呀！”

子贡不敢打断先生。

孔子说：“在为父守丧三年中，和别人说话只说自己的丧事而不论及他事，只回答问话而不主动提问。无论是住在守坟的草棚，还是住在家中屋子时，不和别人坐在一起。在守坟草棚住，如果不是为了向母亲问安不进母亲的门。”

子贡努力记住。

孔子又说：“妻子的守丧之礼比照叔父母，姑、姊妹之丧比照兄弟，死者十九岁至十六岁为长殇，十五岁至十二岁为中殇，十一岁至八岁为下殇，这长、中、下殇之丧比照成人。”

子贡轻轻点头。

孔子继续说：“为父母服丧，丧期满，虽脱掉丧服内心仍悲痛。为兄弟守服丧，丧期满，脱掉丧服内心不应再悲痛。为国君的母亲和夫人守丧，其礼数比照兄弟。在守丧期间，凡是影响面部哀容之物，都不可饮食。”

子贡安静地听着。

孔子接着说："除丧以后，孝子走在路上，遇到面庞和父母有几分相似的人，听到和父母名字相同的声音就心里猛地一惊；去别人家吊孝或探视病人，脸色之悲和表情之忧，一定有异乎常人之处。能这样去做，才算是真正会为父母守丧。会为父母守丧了，那么为其他的人守丧就好比在笔直大路上行走，容易多了。"

子贡一再点头。

【原文】子贡问丧，子曰："敬为上，哀次之，瘠为下。颜色称其情；戚容称其服。"

请问兄弟之丧，子曰："兄弟之丧，则存乎书策矣。君子不夺人之丧，亦不可夺丧也。"孔子曰："少连、大连善居丧，三日不怠，三月不解，期悲哀，三年忧。东夷之子也。三年之丧，言而不语，对而不问：庐，垩室之中，不与人坐焉；在垩室之中，非时见乎母也，不入门……妻视叔父母，姑姊妹视兄弟，长、中、下殇视成人。亲丧外除，兄弟之丧内除。视君之母与妻，比之兄弟。发诸颜色者，亦不饮食也。免丧之外，行于道路，见似目瞿，闻名心瞿。吊死而问疾，颜色戚容必有以异于人也。如此而后可以服三年之丧。其余则直道而行之，是也。（《礼记·杂记下第二十一》）

子贡又问："先生，我还有一个问题。"见先生没反对，继续说，"死去的人有知觉还是无知觉呢？"

孔子说："我要说有知觉，我怕那些孝顺子孙不愿安葬死者；要说没知觉，我又怕不孝子孙不管亲人下葬。子贡呀，你不必知道死者是否有知觉，这不是现在急于了解的事，以后你自然会知道。"

子贡感觉先生说得特别好。

【原文】子贡问于孔子曰："死者有知乎？将无知乎？"

子曰："吾欲言死之有知，将恐孝子顺孙妨生以送死；吾欲言死之无知，将恐不孝之子弃其亲而不葬。赐欲知死者有知与无

知，非今之急，后自知之。”（《孔子家语·致思第八》）

九、子贡出任鲁国办外交的官，是第五个做官的孔门弟子

几个月过去了。冉求果然没让季康子失望，冉求将季氏家的事务管理得井井有条，人员也管理得精神面貌大变，季康子非常高兴。

这天，季康子在院子里对冉求说：“冉求，我看你很正派，也很有办法，这些是你从仲尼那儿学来的吗？”

冉求说：“是的，我们先生教会我们做人，而做人是一个人的根本，做人不行，自然做不好事。”

“你的那些孔门弟子都像你这样吗？”

“是的，他们都比我优秀，比我出色。其实我很一般。”

“你过于谦虚了，你的这些弟子的情况，市面上有不少传闻，我是知道一点儿的。”

冉求不说话。

“是这样，我想为鲁国召回一个你们孔门弟子。你觉得子贡如何？”

“他非常优秀，子贡在与人打交道上有超过常人的才干，口才极好，能言善辩，能搞外交。”

“好，你去忙吧！”

很快，鲁国使者到卫国找到子贡，交给他召回的诏书。

第二天，孔子带众弟子在城外给子贡送行。

子贡也很激动，这一年他三十三岁，是第五个做官的孔门弟子。孔子这年六十四岁。

子贡是十九岁向孔子拜师，跟随先生十四年。

子贡说："先生，我们这一走，还不知道何时能再见到您，真是舍不得。您送我一句话，好吗？"

孔子想了想，说："要勤勉谨慎，顺应天意；不要错夺，不要逆伐；不要暴急，不要盗取。"

子贡听了，略有不悦，说："先生，我很年轻就跟随您，难道您还担心我会偷盗别人财物吗？"

孔子面色没有改变，依然平静地说："你没弄清楚我的意思。我说的这四句话是有特殊含义的。以不贤之人代替贤人，这叫错夺；以不孝之人代替贤者，这叫逆伐；法令下达慢而执行快，这叫暴急；把好处都归于自己，这叫盗取。这里的盗取不是偷盗钱财的意思。"

子贡有些明白。

孔子又说另外一点："我听说，懂得为官之道的人，依法令行事来为民造福；不懂得为官之道的人，歪曲法令来侵害百姓。这就是百姓怨恨官吏的原因。"

子贡点头。

孔子说："治理官吏最重要的是公正，面对钱财最重要的是廉洁。廉洁公正，这是一个人永远不能改变的。隐匿别人的优点，这叫蔽贤；宣传别人的缺点，这是小人的行为。"

子贡听着。

孔子继续说："有一种人，当面不告诫，背后去诽谤，这种人是不会成为和睦的朋友。君子是谈到别人的优点，如同自己有这些优点；谈到别人的缺点，如同自己有这些缺点。所以，君子对任何事都要谨慎。"

子贡觉得先生说得特别好。

【原文】子贡为信阳宰，将行，辞于孔子。

孔子曰："勤之慎之，奉天子之时，无夺无伐，无暴无盗。"子贡曰："赐也，少而事君子，岂以盗为累哉？"

孔子曰："汝未之详也。夫以不贤代贤，是谓之夺；以不肖代贤，是谓之伐；缓令急诛，是谓之暴；取善自与，是谓之盗。盗非窃财之谓也。吾闻之，知为吏者，奉法以利民；不知为吏者，枉法以侵民，此怨之所由也。治官莫若平，临财莫如廉。廉、平之守，不可改也。匿人之善，斯谓蔽贤；扬人之恶，斯为小人。内不相训，而外相谤，非亲睦也。言人之善，若己有之；言人之恶，若己受之；故君子无所不慎焉。”（《孔子家语·辩政第十四》）

子贡问如何算处理好政事。孔子道：“让一国粮食充足，兵器充足，百姓对朝廷充满信心。”

子贡道：“如果迫于不得已，在三者中去掉一项，先去掉哪一项？”

孔子道：“去掉兵器。”

子贡道：“如果迫于不得已，在二者中去再掉一项，先去掉哪一项？”孔子道：“去掉粮食。没有粮食不过是死亡，但自古以来谁都免不了死亡。如果百姓对朝廷没信心，这个国是站立不住的。”

【原文】子贡问政，子曰：“足食，足兵，民信之矣。”

子贡曰：“必不得已而去，于斯三者何先？”曰：“去兵。”

子贡曰：“必不得已而去，于斯二者何先？”曰：“去食。自古皆有死，民无信不立。”（《论语·颜渊篇第十二》）

子贡问：“你曾说治理民众要谨慎，要谨慎到什么地步呢？”

孔子说：“治民能像手拿腐烂的缰绳驾车那样小心谨慎就行了。”

子贡说：“有那么可怕吗？”

孔子说：“用正确的方法来驾驭马，那么这马就像家畜一样听话；用不正确的方法驾驭它，它则会像仇敌一样不听话，你这是在道路复杂人又多的地方驾驭马车，怎么能不畏惧呢？”

子贡明白了。

【原文】子贡问治民于孔子。子曰：“懔懔焉！若持腐索之捍马。”子贡曰：“何其畏也？”

孔子曰：“夫通达御皆人也，以道导之，则吾畜也；不以道导之，则雠也。如之何其无畏也？”（《孔子家语·致思第八》）

子贡问：“做官是奢侈一点儿好，还是节俭一点儿好？”

孔子说：“奢侈了就会显得骄傲越礼，节俭了就会显得寒酸。与其越礼，宁可寒酸。

子贡连连点头。

【原文】子曰：“奢则不孙，俭则固。与其不孙也，宁固。”《论语·述而篇第七》

子贡最后问道：“您能送我一句让我终生奉行的话吗？”

孔子思考少许，说：“大概是宽恕一点儿吧。自己不想做的事，不要强迫别人做。”

子贡感觉特别好，确实值得终生奉行。

子贡离开。

【原文】子贡问曰：“有一言而可以终身行之者乎？”子曰：“其恕乎！己所不欲，勿施于人。”（《论语·卫灵公篇第十五》）

第11章　阳光明媚的蒲邑

一、不合礼法的不看，不合礼法的不听

子贡回到鲁国后，马上去为鲁国处理一个棘手之事。

之前，鲁哀公和吴王在鄫地（今山东省枣庄市）会见。吴国要求给百牢作为献礼。百牢，即给牛、羊、猪各一百头。这是诸侯觐见天子的献礼。吴国提出这个要求，违反礼法，鲁国大夫子服景伯据理力争，最后迫于压力还是如数送给吴国。

随后，吴国太宰，就是吴国正卿，召见鲁国正卿季康子到鄫地。这时的太宰叫嚭，没有信用，名声很差，季康子担心太宰嚭囚禁自己，不敢前去，刚好子贡来了，他就让子贡代他前去见太宰嚭。

太宰嚭见只是子贡来，说："这次会见，你们国君走了那么远的路程而来，而正卿却不来，这是什么礼仪？"

子贡回答说："岂敢把这作为礼仪，只是由于我们害怕大国。这次你们要求给百牢献礼，是你们大国违反礼法来对待我小国，而我们想如果不从，其后果是我们小国不敢估计的。我们国君即已奉命前来，他的臣子还要为国君守着小国，岂敢再来而丢下小国？"

太宰嚭觉得子贡说得不错，不再追究。

子贡没想到与先生的这一别离，要过了四年才能与先生再相见。子贡与先生天各一方，先生身边发生的事情，很少得到对方的信息。后来，子贡从师兄弟的口中得知这四年间发生几件事情。

子贡离开一个多月后，这天，在孔子屋里，颜回问道："先

生，我忽然想到一个问题，可以向您请教吗？”

孔子没有反对。

颜回问：“先生，如何做才算得上仁？”

孔子说：“克制自己，照着礼的要求去做，这就是仁。”

颜回认真听着。

孔子接着说：“一旦这样做了，天下的人就会称赞你是仁人了。”

颜回似乎有点儿明白。

孔子继续说：“成为仁人，完全在于自己，难道还在于别人吗？”

颜回问道：“请问做到仁的要点。”

孔子说：“不合于礼的不看，不合于礼的不听，不合于礼的不说，不合于礼的不做。”

颜回觉得说得太好了，说：“我虽然愚笨，也要照您的这些话去做。”

【原文】颜渊问仁，子曰：“克己复礼为仁。一日克己复礼，天下归仁焉。为仁由己，而由人乎哉？”颜渊曰：“请问其目。”子曰：“非礼勿视，非礼勿听，非礼勿言，非礼勿动。”颜渊曰：“回虽不敏，请事斯语矣。”（《论语·颜渊篇第十二》）

这时，琴瑟宓子贱进来，说想请教个问题，然后说他刚听到的一个故事。

这是说四十多年前，鲁昭公时期，晋国将要攻打宋国，先派人刺探宋国的虚实。宋国守卫城门的一个卫士死了，宋国那个叫子罕的司城哭得很伤心。

打探情况的人回到晋国，对晋侯说：“宋国有个守城门的卫士死了，宋国的司城子罕哭得很伤心，民众深受感动，现在恐怕不能去攻打宋国。”

宓子贱为：“先生，您看这件事？”

孔子想了想，说："晋国这个打探情况的人真善于观察宋国的国情啊！《诗经》里说：'凡民有丧亡，竭力去救援。'子罕就具有这种品质。宋国虽然没有晋国强大，但是，天下谁敢小看它呢？所以上古的史官周任曾说过：'民众喜爱同情爱护他们的人，一国如此，谁又能打得过它？'"

宓子贱觉得先生说得太好了。

【原文】晋将伐宋，使人觇之，宋阳门之介夫死，司城子罕哭之哀。觇者死，言于晋侯曰："宋阳门之介夫死，而城子罕哭之哀，民咸悦宋，宋始未可伐也。"

孔子闻之，曰："善哉！觇国乎。诗云：'凡民有丧，匍匐救之。'，子罕有焉，虽非晋国，其天下孰能当之？是以周任有言曰：'民悦其爱者，弗可敌也。'"（《孔子家语·曲礼子贡问第四十二》）

二、没有是非观念的老好人，就是败坏道德的小人

第二天，孔子给弟子上课。

大家坐好，机灵鬼宰予说："先生，有一个人别人请他办事，他办不了就编个漂亮的谎话蒙混过去，他觉得不撒谎就会得罪对方。还有一个人，出使他国，每当遭受一点儿不公待遇，就怒气冲冲地走了，他觉得宁可不办事，也要保持自己的气节。这两个人的做法，您是怎么看呢？"

孔子说："花言巧语会败坏道德。小事情不忍受，就会败坏大事情。"

弟子们都议论起这两种做法。

【原文】子曰："巧言乱德，小不忍，则乱大谋。"（《论语·卫灵公篇第十五》）

宰予低声说："其实，我自己就有这两个毛病。"

轻蔑者原宪着急地说："宰予兄，那你就要抓紧改呀！"

宰予很犹豫。

孔子见他这个样子，说道："有了过错而不改正，这才真叫错了。"

宰予羞愧地低下头。

【原文】子曰："过而不改，是谓过矣。"（《论语·卫灵公篇第十五》）

孔子接着说："一个人不时常问自己怎么办、怎么办，对这种人，我也不知道怎么办了。"

机灵鬼宰予的头更低了。

【原文】子曰："不曰'如之何、如之何'者，吾末如之何也已矣。"（《论语·卫灵公篇第十五》）

孝子曾参问道："先生，我可以问一个问题吗？"

孔子没有表示。

曾参问道："先生，有一个人大家都厌恶他，还有一个人大家都喜欢他。请问，您怎么看这两个人？"

孔子说："大家都厌恶他，我们必须考察一下；大家都喜欢他，我们也必须考察一下。"

曾参好像没有完全明白，但是他没有追问下去。他想下课后，再找其他弟子请教。

【原文】子曰："众恶之，必察焉；众好之，必察焉。"（《论语·卫灵公篇第十五》）

孔子转换话题，说："没有是非观念的老好人，就是败坏道德的小人。"

曾参觉得这句话特别好，连忙把这句话记下来。

【原文】子曰："乡愿，德之贼也。"（《论语·阳货篇第十七》）

孝顺的闵子骞问道："先生，请问与哪些人相处比较困难呢？"

孔子说："只有同女子和小人相处困难，亲近了，他们会不守礼法，疏远了，他们会认为你小看他们而怨恨你。"

闵子骞连忙记下来。

【原文】子曰："唯女子与小人为难养也，近之则不逊，远之则怨。"（《论语·阳货篇第十七》）

小个子高柴问道："先生，有一种人内心很胆小却装得很厉害，这种人应当怎么看？"

孔子说："看上去很厉害而内心胆小之人，若用一类小人来比喻，他们就像挖墙偷盗的贼人吧！"

高柴跟贱民冉雍点头，意思是先生说得太好了。

【原文】子曰："色厉而内荏，譬诸小人，其犹穿窬之盗也与？"（《论语·阳货篇第十七》）

贱民冉雍问道："先生，有人说，现在不用着急去学做人的道理，将来再学也来得及。您觉得这个说法对吗？"

孔子说："一个人到了四十岁还被厌恶，他这一生也就完了。"

冉雍又对高柴连连点头。

【原文】子曰："年四十而见恶焉，其终也已。"（《论语·阳货篇第十七》）

琴瑟宓子贱问道："先生，我时常很困惑，有些事市面有各种各样的说法，我不知道该相信哪个，请您指点一下。"

孔子说：“听到路上行人的传言就相信，这是仁德者所抛弃的。”

宓子贱问道：“先生，您的意思是那不能相信？那么我们应该相信什么呢？”

孔子没有回答。

原宪说：“子贱兄，我理解先生的意思是，要搞清楚一个事情，不能简单听信那些路人说的，应该去深入了解。”

宓子贱问道：“先生，是这个意思吗？”

孔子还是没说话。

其他弟子认为原宪说得对。

【原文】子曰：“道听而涂说，德之弃也。”（《论语·阳货篇第十七》）

南方人言偃问道：“先生，我有一个问题，有人说，当一国不遵循礼法时，做人正直会遭到伤害，那么到底怎么做人呢？”

孔子说：“一国遵循礼法，言语正直，行为正直；而一国不遵循礼法，就行为正直，言语和顺谦逊。”

【原文】子曰：“邦有道，危言危行；邦无道，危行言孙。”（《论语·宪问篇第十四》）

机灵鬼宰予说：“先生，您说得太好了。我很早就听到一个说法，说您离开鲁国就是因为得罪三桓，人家说，如果您不得罪他们就好了，是吗？”

孔子哽咽了一下，似乎想说什么，后来说：“爱鲁国，能不为它操劳吗？忠于鲁国，能不对它劝告吗？”

宰予不说话了。弟子们觉得先生说得特别好。

【原文】子曰：“爱之，能勿劳乎？忠焉，能勿诲乎？”（《论语·宪问篇第十四》）

孝子曾参问道："先生，请您说说，作为君子，还应当做到哪些方面。"

孔子说："君子，不庄重就没有威严；学习可以使人不闭塞；要以忠诚信实为原则，不要与道德观不同的人交朋友；有了过错就不要怕改正。"

曾参记下。

【原文】 子曰："君子不重则不威，学则不固。主忠信，无友不如己者，过，则勿惮改。"（《论语·学而篇第一》）

三、高柴在为父亲守丧时，无声而泣了三年，从来没有笑过

这天，爱提问的子张见孔子在院子里，就过来请教。

爱提问的子张问孔子说："怎样才可以治理好一方呢？"

孔子说："尊重五种美德，排除四种恶政，这样就可以治理好一方了。"

子张问："五种美德是什么？"

孔子说："君子要给百姓以恩惠而不让他们耗费；使百姓劳作而不使他们怨恨；要追求仁德而不贪图财利；庄重而不傲慢；威严而不凶猛。"

子张说："怎样教要给百姓以恩惠而不让他们耗费呢？"

孔子说："让百姓们去做对他们有利的事，这不就是对百姓有利而不掏自己的腰包吗？选择合适的时间和事情让百姓去做劳役。这又有谁会怨恨呢？自己要追求仁德便得到了仁，又还有什么可贪的呢？君子对人，无论多少，势力大小，都不怠慢他们，这不就是庄重而不傲慢吗？君子衣冠整齐，目不斜视，使人见了就让人生敬畏之心，这不也是威严而不凶猛吗？"

子张问："什么叫四种恶政呢？"

孔子说："不经教化便加以杀戮叫作虐；不加告诫便要求成功叫作暴；不加监督而突然限期叫作贼，同样是给人财物，却出手吝啬，叫作小气。"

子张觉得先生说得好。

【原文】子张问于孔子曰："何如斯可以从政矣？"子曰："尊五美，屏四恶，斯可以从政矣。"子张曰："何谓五美？"子曰："君子惠而不费，劳而不怨，欲而不贪，泰而不骄，威而不猛。"子张曰："何谓惠而不费？"子曰："因民之所利而利之，斯不亦惠而不费乎？择可劳而劳之，又谁怨？欲仁而得仁，又焉贪？君子无众寡，无小大，无敢慢，斯不亦泰而不骄乎？君子正其衣冠，尊其瞻视，俨然人望而畏之，斯不亦威而不猛乎？"子张曰："何谓四恶？"子曰："不教而杀谓之虐；不戒视成谓之暴；慢令致期谓之贼；犹之与人也，出纳之吝谓之有司。"（《论语·尧曰篇第二十》）

爱提问的子张问做官要注意的事。

孔子说："要多听，有怀疑的地方先放在一旁不说，其余有把握的，也要谨慎地说出来，这样就可以少犯错误。"

子张认真听着。

孔子又说："要多看，有怀疑的地方先放在一旁不做，其余有把握的，也要谨慎地去做，就能减少后悔。能做到说话少过失，做事少后悔，官职俸禄就在这里了。"

【原文】子张学干禄。子曰："多闻阙疑，慎言其余，则寡尤；多见阙殆，慎行其余，则寡悔。言寡尤，行寡悔，禄在其中矣。"（《论语·为政篇第二》）

子张又问做官还有要注意的其他事吗？

孔子说："居职位上不要疲倦懈怠。执行政令要忠心。"

子张似乎有点儿失望。

【原文】子张问政，子曰："居之无倦，行之以忠。"（《论语·颜渊篇第十二》）

子张问怎样才叫作看事情明白。

孔子道："多年的谗言和切肤之痛的诬告在你这里行不通，那你可以说是看得明白的了。多年的谗言和切肤之痛的诬告在你这里行不通，那你可以说是看得远的了。"

【原文】子张问明，子曰："浸润之谮，肤受之愬，不行焉，可谓明也已矣；浸润之谮、肤受之愬不行焉，可谓远也已矣。"（《论语·颜渊篇第十二》）

子张说："我听曾参说的一句话，请先生评价一下。"子张说了下面的内容。

曾参说："到了一国，如果能让这一国的大夫们信任你的言论，你就可以留下；如果能让这一国六卿和大夫相信你的忠诚，你就可以在这里做官了；如果你能施予百姓恩泽，你也就能富裕了。"

孔子说："曾参能说出这样的话，可以说他是善于做人了。"

【原文】曾子曰："入是国也，言信于群臣，而留可也；行忠于卿大夫，则仕可也；泽施于百姓，则富可也。"孔子曰："参之言此，可谓善安身矣。"（《孔子家语·致思第八》）

爱提问的子张又说一件事，他听说高柴在为父亲守丧时，无声而泣了三年，从来没有笑过。问孔子道："高柴这样做，怎么样？"

孔子说："难。"

子张一再点头。

【原文】高子皋之执亲之丧也，泣血三年，未尝见齿，君子

以为难。(《礼记·檀弓上第三》)

四、有若和樊迟出任季氏家臣，是第六、第七个做官的孔门弟子

很快，两年过去了，到鲁哀公九年秋，又有鲁国使者来卫国，这次是召憨憨的有若和车夫樊迟回鲁，到正卿家任家臣。

这一年有若和樊迟都是三十岁，是第六、第七个做官的孔门弟子。孔子这年六十六岁。

第二天，孔子带弟子再次到城门外送行。憨憨的有若和车夫樊迟跟先生、弟子一一辞别后，转身向前东走去，那是鲁城的方向。

有若和樊迟的身影消失在大路尽头，孔子还站在那里望着，很久不肯离去。

轻蔑者原宪知道这是先生思念鲁国。先生年纪大了，他心中那分游子思归，那分乡愁越来越重。可是，何时才能回鲁？何时才能回到那破旧的茅屋呢？

五、孔子进入子路主政的蒲邑，连说三个干得好啊

这时子路为官三年了，弟子中有人提出来去看看子路干得如何，孔子一直没同意。这天，子贡到卫国来看望先生，也提议去看看子路。于是，孔子同意了，带弟子们去蒲邑。

在路上，孔子看到一个用网捕鸟之人捕到的全是黄嘴小雀，就下车问捕鸟人：“怎么唯独捉不到大雀，这是为什么呢？”

捕鸟人说：“大雀容易警觉，所以不容易捉到；小雀贪吃，所以容易捉到。小雀跟着大雀就捉不到小雀，还有，大雀跟着小雀

也捉不到大雀。”

孔子回过头对弟子们说：“容易警觉就远离祸害，贪吃就会忘记灾祸，这都是来自内心，并跟随内心不同想法而产生了祸或福。”

弟子们安静地听着。

孔子又说：“所以君子要慎重选择听从什么，听从长者思虑的意见，就有保全自己的依靠；听从后生愚蠢的意见，就有危亡的灾祸。”

弟子们感觉很受益。

【原文】孔子见罗雀者，所得皆黄口小雀。夫子问之曰：“大雀独不得，何也？”

罗者曰：“大雀善惊而难得，黄口贪食而易得。黄口从大雀，则不得；大雀从黄口，亦不得。”

孔子顾谓弟子曰：“善惊以远害，利食而忘患，自其心矣，而独以所从为祸福。故君子慎其所从。以长者之虑，则有全身之阶；随小者之戆，而有危亡之败也。”（《孔子家语·六本第十五》）

孔子进入蒲邑地界，走了一会儿，说：“子路干得好啊！以恭敬来取得信用。”

进入城里，孔子说：“子路干得好啊！忠信而宽大。”

进入官衙，孔子又说：“子路干得好啊！经过明察来做出判断。”

子贡拉着马缰绳问道：“先生，您还没有看见子路处理政事，却三次称赞他干得好，他哪里干得好？您可以说给我们听听吗？

其他弟子和子贡一样疑惑。

孔子说：“我看见他的善政了。进入蒲邑境内，田地都整治过了，杂草都薅除了，沟渠都挖深了，说明他以恭敬取得了信用，所以老百姓种田很努力。”

子贡听着。

孔子接着说：“进入城里，看到墙壁房屋都很坚固，树木生长茂盛，这说明他忠信而且宽大，所以老百姓不会磨工偷懒。”

子贡感觉先生说得有点道理。

孔子说：“进入官衙的厅堂，厅堂十分清闲，下面办事的人都很努力，这说明他能明察做出判断，所以政事有条不紊。以此看来，我虽然三次称赞他做得好，哪能说尽他的优点呢！”

子贡和弟子们都明白了。

孔子一行在蒲邑住了三天，就回帝丘。

【原文】子路治蒲三年。孔子过之，入其境，曰：“善哉由也！恭敬以信矣。”入其邑，曰：“善哉由也！忠信而宽矣。”至廷曰：“善哉由也！明察以断矣。”

子贡执辔而问曰：“夫子未见由之政，而三称其善，其善可得闻乎？”

孔子曰：“吾见其政矣。入其境，田畴尽易，草莱甚辟，沟洫深治，此其恭敬以信，故其民尽力也。入其邑，墙屋完固，树木甚茂，此其忠信以宽，故其民不偷也。至其庭，庭甚清闲，诸下用命，此其言明察以断，故其政不扰也。以此观之，虽三称其善，庸尽其美矣。”（《孔子家语·辩政第十四》）

六、高柴出任卫国的士师，是二次做官

一年后，又有了一个好消息，由于子路在蒲邑干得出色，卫国又用了一个孔门弟子，这就是任命小个子高柴为司寇衙门的士师，主管判刑和行刑。这样，孔门弟子有两个在卫国任职。弟子们都非常高兴，不仅为高柴，也为先生。

琴瑟宓子贱兴冲冲到先生屋里，把这个好消息告诉先生。先

生听了，只是点点头，反应平淡。

宓子贱激动地说："先生，这不是好消息？您不高兴吗？"

先生又点点头，表示高兴。

宓子贱激动的心情难以平复，还想说什么，可是一旁的颜回示意他走开。

这时，小个子高柴进来，兴奋地向先生报告了这个消息。

先生的反应还是淡淡的。

高柴说："先生，那我就过去？"

先生没说话。

高柴和宓子贱退出来。

高柴这一年三十七岁，是第二次做官。孔子这年六十七岁。

傍晚，孔子照例在城外的树林里给弟子讲学，好像没有受高柴出仕之事的影响，神态与平日没有两样。高柴被正卿孔悝叫走了，没能来，其他弟子都来了。

孝子曾参问道："先生，我可以提个问题吗？"见孔子没反对，说，"对于君子如何与人交往，我有点儿新想法。"

孔子还是没说话，这是让他继续说的意思。

曾参说："我想，太亲近了人家会认为你无礼，太庄重了人家认为你不亲近。所以君子和人的交往，亲近到使人愉快就可以了，庄重到保持礼貌就可以了。"

孔子听到这话，对弟子们说："弟子们，你们都记着，谁说曾参不知礼呀！"

【原文】曾子曰："狎甚则相简，庄甚则不亲，是故君子之狎足以交欢，其庄足以成礼。"孔子闻斯言也，曰："二三子志之，孰谓参也不知礼乎！"（《孔子家语·好生第十》）

琴瑟宓子贱问道："先生，这两天我又在看《诗经》，你认为《关雎》这首诗怎么样？"

孔子说：“《关雎》这首诗，快乐而不淫荡，忧愁而不哀伤。”

宓子贱琢磨着先生的意思。

【原文】子曰：“《关雎》，乐而不淫，哀而不伤。”（《论语·八佾篇第三》）

宓子贱又问在乡饮酒礼上如何做才算没有失礼。

乡饮酒礼，是每年年末，大夫在封地上请本地德高望重的老者，以及贤士在一起饮酒的活动，饮酒时要排定座次，以确定尊卑先后次序，同时要举行射箭等比赛活动。

孔子说：“行乡饮酒礼后，要等老年人都出去了，自己才出去。”

宓子贱和巫马施觉得先生说得好。

【原文】乡人饮酒，杖者出，斯出矣。（《论语·乡党篇第十》）

爱提问的子张问道：“先生，我想问女子出嫁时，应该学会做什么活计？”

孔子说：“男子三十岁之前娶妻，女子二十岁之前出嫁。女子二十岁之前就要精通纺织以及花纹、色彩的设计与调配。不这样，就对上不能孝养公婆，对下无法侍奉丈夫养育孩子。”

子张记下。

【原文】孔子对子张曰：“男子三十而娶，女子二十而嫁。女二十而通织纴绩纺之事，黼黻文章之美，不若是则上无以孝于舅姑，下无以事夫养子也。”（《尚书大传》《孔子集语·孝本二》）

巫马施问：“先生，祭祀时如何做才算做好？”

司马牛抢话道：“祭祖时，便好像祖先真在那里；祭神时，便好像神真在那里。”

弟子们等先生往下说。

孔子又说：“我若是不能亲自参加祭祀，是不请别人代理的。”

巫马施说：“先生，以后我也要做到您这样。”

弟子们都觉得先生说得好。

【原文】祭如在，祭神如神在。子曰：“吾不与祭，如不祭。”（《论语·八佾篇第三》）

七、高柴问建庙的礼制

小个子高柴上任一个多月，这天来孔子住处见孔子。小个子高柴说卫国将军文子欲在自家的封地上建先代国君的庙，派自己来向孔子询问建庙的有关礼仪。

孔子说：“将国君庙建在大夫家封地上，这是古代礼法所没有的，我不知道有什么礼仪。”

高柴说：“那么建立宗庙的尊卑上下的有关礼制，我能够听您讲一下吗？”

孔子说：“自从天下有了王，分封土地建立诸侯国，此后，设立祖宗的宗庙，就有了亲与疏、贵与贱、多与少的区别。所以天子建七庙，左边是三座昭庙，右边是三座穆庙，以及中间的太祖庙，一共是七庙。太祖庙为近亲的庙，每月都要祭祀。其他是远祖的庙，叫‘祧’（音挑），其中有二祧，每季祭祀一次。”

高柴认真听着。

孔子继续说：“诸侯建五庙，两座昭庙，两座穆庙，以及太祖庙，一共是五庙，太祖庙叫作祖考庙，每季祭祀一次。大夫建三庙，一座昭庙，一座穆庙，以及太祖庙，一共是三庙，太祖庙叫作皇考庙，每季祭祀一次。武士建立一庙，叫作考庙，没有祖庙，父祖合祭，每季祭祀一次。平民百姓则不立庙，四季就在家中内室祭祀。这种制度从虞舜到周朝都没有改变。”

高柴认真记着这些话。

孔子继续说：“虞夏商周这四个朝代，称作郊祭的，都和祭天一起祭祀。称作禘的，是五年一次的盛大祭祀。地位为太祖的，他的庙不能毁；不属于太祖辈分的，即使受到禘、郊的祭祀，他的庙也可以毁。古代把有功的祖先和有德的先宗叫作祖宗，祭祀有功有德祖先的庙都不能毁。”

高柴听明白了，把先生的这番话告诉文子，文子听了，打消了给先代国君建庙的念头。

【原文】卫将军文子将立先君之庙于其家，使子羔（高柴）访于孔子。

子曰：“公庙设于私家，非古礼之所及，吾弗知。”

子羔曰：“敢问尊卑上下立庙之制，可得而闻乎？”

孔子曰：“天下有王，分地建国，设祖宗，乃为亲疏贵贱多少之数。是故天子立七庙，三昭三穆，与太祖之庙；七太祖近庙，皆月祭之，远庙为祧，有二祧焉，享尝乃止。

“诸侯立五庙，二昭二穆，与太祖之庙而五，祖考庙，享尝乃止。大夫立三庙，一昭一穆，与太祖之庙而三，享尝乃止。士立一庙，曰考庙，王考无庙，合而享尝乃止。庶人无庙，四时祭于寝。此自有虞以至于周之所不变也。

“凡四代帝王之所谓郊者，皆以配天；其所谓禘者，皆五年大祭之所及也。应为太祖者，则其庙不毁；不及太祖，虽在禘郊，其庙则毁矣。古者，祖有功而宗有德，诸见祖宗者，其庙皆不毁。”（《孔子家语·庙制第三十四》）

八、季康子问冉求：你的军事才能，是学来的，还是天生的？

很快又过去几个月，到了鲁哀公十一年五月。

几个月前，齐国攻打鲁国，司空孟懿子三十九岁的儿子孟武伯率领右军七千人，正卿季康子与冉求率领左军七千人，抵御齐军，车夫樊迟作为冉求的卫队长，鲁国失利。

本月，鲁国会合吴国进攻齐国，在齐国艾陵（今山东省莱芜市），鲁国大胜。

季康子对砍柴人冉求的表现非常满意，这天，他对冉求说：“你的军事才能，是学来的还是天生的呢？”

冉求回答说：“是从孔大夫那里学来的。”

季康子又问：“孔大夫是怎样的一个人呢？”

冉求回答说：“是一个重视礼法名分之人，他的做人之道不论是在百姓中还是在鬼神前都是最好的。我的战功就是累计到可封二千五百户，而这跟孔大夫比根本不算什么。”

康子说：“我想召他回来，可以吗？”

冉求说：“你要真心召他回来，就可以。”

第12章　鲁城西门的黄昏

一、昏暗的鲁城西门，迎来了孔子一行

这天，在帝丘的西门口，司马牛见一个穿官服的人向路人打听孔子的住处，过去问道："请问，你找孔大夫作甚？"

这个人回答："我是鲁国来的，国君让我给他带来礼物。"

"是吗？"司马牛感到很意外，接着说，"我是他的弟子司马牛，你真是国君的使者？"

"是的，司马牛就是您，我听说过您的名字。"

"你还听说过我的名字？不会吧，是从哪儿听说的？"

"你的同门弟子冉求、有若。"

"是吗？你还认识冉求和有若？走，我带你去见我们先生。"

司马牛带他到住处，在院门口喊："先生，鲁国来使者了，他要见您。"

院子里的弟子说："先生在屋子里。"

司马牛带使者进屋子，见闵子骞、颜回在屋里陪伴孔子，向孔子介绍："先生，他是鲁国的使者……"

使者向孔子行礼，说："孔大夫，我是奉国君之命来见您，这是带给您的礼物。"打开礼物，是一盒子金币，然后双手递上礼物。

孔子看看这个人，又看看颜回。

颜回明白先生的意思，问这个使者道："国君为何要送我们先生礼物？"

使者说："孔大夫，是这样，国君召您回鲁国。"

颜回惊愕地问道："什么？"尽管他和先生一样一直盼着这一天，但是这一天到了，还是很意外，再次问道，"你是说国君召先生回鲁国？"

使者说："是的，是国君召他回鲁国。"向孔子递上国君的诏书。

孔子的手不由自主地颤抖起来，他艰难地打开诏书。

颜回看到诏书上的文字，说："先生，这是召您回国呀！"

孔子微微点头。

很快，屋里响起欢呼声，接着，屋外的弟子也欢呼起来。

使者告辞，孔子让孝顺的闵子骞送使者出去。

屋外的弟子进屋，司马牛激动地问道："先生，是国君召您回国吗？"

孔子没有否定。

弟子们又欢呼起来："回鲁国了！""终于可以回鲁国了！""回家了！"

颜回走到孔子身边，小声说："先生，终于可以回鲁国了，您高兴吗？"

孔子还是没说话。

不过，颜回看到先生眼眶里有东西闪亮，那是泪水。颜回见先生的眼眶湿润，鼻子发红。

颜回的眼泪也滚落下来，双眼变得模糊，他知道这一天对于先生来说，等待得太久了。他们离开鲁国十二年了，谁想到会离开这么长时间。人生有几个十二年呢？离开鲁国时，先生还是那么生龙活虎，可以快步登上夹谷的高台，可以在寒冬的田野上迎风站立，可以在人群中引吭高歌，而现在，先生已经六十八岁了，变成一个步履蹒跚、白发稀疏、满脸沟壑的老汉。还有，先生的妻子亓官氏在去年去世，先生离开鲁国时，还能听到妻子关切的唠叨，现在却是阴阳两隔，再也无法相见。

这些年，鲁国排斥他，不给他容身之地。现在鲁国终于明白了，向他敞开大门了。

孔子在外漂泊十二年，从公元前496年到前484年，即鲁定公十四年十二月到鲁哀公十一年十一月，先后五进五出卫国。在各国居住的时间是：卫国七年、陈国一年半、蔡国两年八个月。这期间曾经途经宋国、郑国，并去过一次楚国。

第二天一早，孔子带弟子一行离开卫国。这次他们在卫国住了五年。

公元前484年，即鲁哀公十一年十一月的这天黄昏，乌云密布，飘下细碎的冬雨，天地间如同有一层薄雾，让远处的杨树和村庄变得模糊。田地上的庄稼都收了，土地呈现的是它本来的灰色。鲁城的城墙显得破旧，多处墙皮剥落，露出里面黄色的夯土。西门城楼也显得十分陈旧，粗壮的柱子失去原来那种原木色，变成灰黑色，好像十几年都不曾修缮过。

孔子一行到了鲁城西门。

鲁国不准搞欢迎仪式。这时，鲁城西门外零散地站着一些人，他们是之前回鲁的冉求、子贡、有若、樊迟，以及当初没有跟孔子离开的颜路、曾点、孔鲤等人，不过，人数更多的是弟子们的父母、兄弟、姐妹等亲人。

等候的人群向孔子行礼，孔子向大家还礼。孔子让身后的弟子上前，向等候的乡亲行礼，等候的人还礼。等候的人围拢到孔子身边，孔子跟他们互致问候。

人们簇拥着孔子进城。守城门的甲士向孔子行礼。孔子一一还礼。

进城后，路过孔子曾住过一段时间的大夫府院，见大门紧闭，砍柴人冉求告诉先生，君上把这府院赐给了别人。

走到孔子阙里老屋，孔子让各位乡亲、各位弟子都回去，又让子贡、冉求给外地弟子安排住宿。

人们散去后，孔子跟儿子孔鲤进屋。

这老屋比孔子离开时更破败了，夯土墙上的墙皮都快掉光了，墙角和屋顶有几处做了修补，让屋子勉强还能遮风挡雨。家中的物件基本没变化，还是那几样，也还是摆放在原来的位置。这让孔子有一种错觉，好像昨天才离开这个家。

家里住着孔鲤和他媳妇。这一年孔鲤四十八岁，结婚多年，还没子女。

孔子见屋子一侧妻子亓官氏的牌位，鼻子一酸，向牌位行了个大礼，眼眶潮湿，滚出两粒泪珠。这些年的在外漂泊，让妻子受苦了，甚至到她离开人世时，都没能守在她身边。孔子心中很不平静。

孔子让孔鲤带自己去妻子亓官氏的墓地，这样，孔家三人出门，向城外走去。

二、用政令和刑罚来限制百姓，百姓只会为避免受罚而不违反，却不会出于羞耻去遵守

孔子回鲁城的第二天，正卿季康子派人将孔子请到自家府院。

季康子这年三十六岁，他与孔子并不熟，当年孔子离开鲁国时，他仅仅二十四岁。这会儿，季康子对孔子很尊敬，寒暄之后，他说："孔大夫，人们都说您很有学问，我有一些问题，想听听您的看法，可以吗？"

孔子点头。

于是，季康子问治国理政的良策。

孔子答道："为政的'政'字就是端正的意思。您本人带头端正，谁敢不端正呢？"

【原文】季康子问政于孔子，孔子对曰："政者，正也。子帅以正，孰敢不正？"（《论语·颜渊篇第十二》）

季康子又问：“如果杀掉不遵循礼法的，让更多的人来遵守礼法，怎么样？”

孔子答道：“您治理一国，为什么要靠杀戮？您做得高尚，百姓就会变得高尚。掌权者的品德好比风，百姓的品德好比草。风向哪边吹，草向哪边倒。”

季康子疑惑。

孔子重复一遍：“掌权者的品德好比风，百姓的品德好比草。风向哪边吹，草向哪边倒。”

季康子好像有点儿明白。

【原文】季康子问政于孔子曰：“如杀无道以就有道，何如？”孔子对曰：“子为政，焉用杀？子欲善而民善矣。君子之德风，小人之德草，草上之风必偃。”（《论语·颜渊篇第十二》）

孔子说：“用政令去约束人们，用刑罚来限制他们，百姓只会为避免受罚而不违反，却不会出于羞耻去遵守。”

季康子听着。

孔子又说：“用道德引导他们，用礼法来规范他们，百姓就会有出于羞耻地去遵守政令刑罚，并心甘情愿。”

【原文】子曰：“道之以政，齐之以刑，民免而无耻。道之以德，齐之以礼，有耻且格。”（《论语·为政篇第二》）

季康子问：“要使人民严肃认真，忠诚而努力干活，该怎样去做呢？”

孔子说：“您用庄重的态度对待老百姓，他们就会尊敬您；您对父母孝顺、对子弟慈祥，百姓就会忠诚于您；您选用善良的人，又教育能力差的人，百姓就会互相勉励，加倍努力了。”

季康子没有点头，好像对这个说法并不赞同。

【原文】季康子问：“使民敬、忠以劝，如之何？”子曰：“临之以庄，则敬；孝慈，则忠；举善而教不能，则劝。”（《论

语·为政篇第二》）

孔子又说：“掌权者若遇事依礼而行，就容易指使百姓了。”

【原文】子曰：“上好礼，则民易使也。”（《论语·宪问篇第十四》）

季康子很头疼现在鲁国偷盗太多，请孔子说说消除的办法。

孔子说：“如果您自己不贪求太多的钱财，就是奖赏百姓偷盗，他们也不会干。”

季康子面有一丝不快。

【原文】季康子患盗，问与孔子。孔子对曰：“苟子之不欲，虽赏之不窃。”（《论语·颜渊篇第十二》）

季康子又问道：“可以让子路、子贡和冉求这三人做官吗？”

孔子答说：“子路果敢决断，子贡通情达理，冉求多才多艺，让他们做官有何不好？”

季康子停止发问，他对这场谈话并不完全满意。

【原文】季康子问：“仲由可使从政也与？”子曰：“由也果，于从政乎何有？”曰：“赐也可使从政也与？”曰：“赐也达，于从政乎何有？”曰：“求也可使从政也与？”曰：“求也艺，于从政乎何有？”（《论语·雍也篇第六》）

三、哀公又问孔子：是智者长寿，还是仁者长寿？

孔子回鲁城的第三天，鲁君召见孔子。

这天，鲁国公宫的书房，鲁哀公与孔子寒暄。

鲁哀公时年五十四岁，他与孔子也不熟悉，当年孔子离开鲁国时，国君是他的父亲鲁定公，鲁哀公礼貌地问道：“孔大夫，寡人听到了很多关于你的传说，知道你是个很了不起的人。所以寡人一直很想见你，听听你的看法。”

孔子听着。

鲁哀公说：“寡人心里有很多问题，可以略问一二吗？”

孔子欠身，表示洗耳恭听。

鲁哀公问：“请问儒者的行为是什么样的？”

孔子说：“儒者的衣冠周正，行为谨慎，对大事推让好像很傲慢，对小事推让好像很虚伪。做大事时神态慎重像心怀畏惧，做小事时小心谨慎像不敢去做。”

哀公听着。

孔子说：“儒者讲话一定诚信，行为必定中正。在路途不与人争好走的路，冬夏之季不与人争冬暖夏凉的地方。”

哀公没说话。

孔子说：“儒者宝贵的不是金玉而是忠信，不谋求占有土地而把仁义当作土地，不求积蓄很多财富而把学问广博作为财富。”

孔子说：“儒者不因贫贱而灰心丧气，不因富贵而得意忘形。因此叫作‘儒’。现今人们对‘儒’这个名称的理解是虚妄不实的，经常被人称作‘儒’来相互讥讽。”

鲁哀公听到这些话后，觉得以后自己言语要更守信，行为要更严肃，说：“直到寡人死，再不敢拿儒者开玩笑了。”

【原文】哀公曰：“敢问儒行？”

…………

孔子曰：“儒有衣冠中，动作慎，其大让如慢，小让如伪，大则如威，小则如愧……

“言必先信，行必中正，道途不争险易之利，冬夏不争阴阳之和……

“儒有不宝金玉，而忠信以为宝；不祈土地，立义以为土地；不祈多积，多文以为富。……

“儒有不陨获于贫贱，不充诎于富贵……故曰儒。今众人之命儒也妄，常以儒相诟病。”

哀公馆之，闻此言也，言加信，行加义：“终没吾世，不敢以儒为戏。”（《孔子家语·儒行解第五》）

鲁哀公问孔子：“腰间系着大带子，戴着礼帽，这样的穿戴有益于仁者的品德吗？”

孔子变了脸色，回答说：“君上怎么这样问呢？穿着麻布丧服，拄着哭丧棒的人，心中不会想着音乐，不是他的耳朵不想听，而是他穿的服装使他这样。”

鲁哀公没有打断孔子的话。

孔子又说：“穿着礼服戴着礼帽的人，脸上没有轻慢的神色，不是他本性庄重严肃，而是他穿的服装使他这样。穿着铠甲，拿着武器的人，没有后退怯懦之气，不是他身体健壮勇猛，而是他穿的服装使他这样。因此，在下认为看看这些情况，君上就知道服装有益还是无益了。”

【原文】哀公问曰：“绅委章甫，有益于仁乎？”

孔子作色而对曰：“君胡然焉！衰麻苴杖者，志不存乎乐。非耳弗闻，服使然也；黼黻衮冕者，容不袭慢，非性矜庄，服使然也；介胄执戈者，无退懦之气，非体纯猛，服使然也。且臣闻之，好肆不守折，而长者不为市。窃夫其有益与无益，君子所以知。”（《孔子家语·好生第十》）

鲁哀公问孔子：“人的命和性是怎么回事呢？”

孔子回答说：“从天地之道而来的就是生命，根据属性不同形成男女就是两性……”

鲁哀公听得很认真。

孔子接着说：“男子，是担当天下大任而让万物生长的人，知道什么可做、可说、可行，这就是一般男人的品德。女子，是顺从男子的教导而按此道理去做的人，因此没有自作主张的道理，只有三从的责任。年幼时服从父兄，出嫁后服从丈夫，丈夫死后服从儿子，没有改嫁的理由。家内的命令不由妇女发出，她们的事只是供应饮食酒菜而已。在家门外不要被人非议，不到规定以外的地方去奔丧。事情不能擅自做主，有事不能独自出行，三思后再行动，验证后再说话。白天不在庭院中游逛，夜里走路要举着灯火。这就是一般妇女的品德。”

鲁哀公没说话。

孔子继续说：“妇人有七种情况可以被休弃：不孝顺父母的、没有儿子的、有淫乱邪僻行为的、爱嫉妒的、有难治之病的、多口多舌的、有偷盗行为的。三种情况不可以被休弃：休弃后无家可归的、为公婆服过三年丧的、夫家先贫贱后富贵的。”

鲁哀公觉得有一定道理。

【原文】鲁哀公问于孔子曰：“人之命与性何谓也？”

孔子对曰：“分于道，谓之命；形于一，谓之性……

“男子者，任天道而长万物者也。知可为，知不可为；知可言，知不可言；知可行，知不可行者也。是故审其伦而明其别，谓之知，所以效匹夫之听也。女子者，顺男子之教而长其理者也。是故无专制之义，而有三从之道：幼从父兄，既嫁从夫，死从子，言无再醮之端，教令不出于闺门，事在供酒食而已，无阃外之非义也，不越境而奔丧，事无擅为，行无独成，参知而后动，可验而后言，昼不游庭，夜行以火，所以效匹妇之德也。”

孔子遂言曰：“妇有七出、三不去；七出者：不顺父母者，无子者，婬僻者，嫉妬者，恶疾者，多口舌者，窃盗者。三不去者：谓有所取无所归一也，与共更三年之丧二也，先贫贱后富贵三也。凡此圣人所以顺男女之际，重婚姻之始也。”（《孔子家语·本命解第二十六》）

哀公向孔子请教说："几位大夫都劝寡人，要寡人很好地敬重老年人，这是为什么？"

孔子回答道："从前有虞氏重视道德也重视老人，夏后氏重视爵位也敬重老人，商朝人重视富有也尊重老人，周朝人重视亲人也尊重老人。虞夏商周这四个朝代，是天下兴盛的王朝，没有遗忘老年人。"

哀公听着。

孔子继续说："老人被天下尊重已经很久了，仅次于侍奉自己的双亲。因此，在朝廷中爵位相同的，是年长者位置高，朝臣七十岁可以拄着拐杖上朝，国君先摆放座位让他坐下，再请教问题。八十岁可以不上朝，国君要请教问题是到他家里去。这样敬老的风气就在朝廷上传开了。行路时，不要和老年人并肩，不是错开就是跟随其后，不让头发花白的老人挑担子或负重走在路上，这样敬老的风气就在路上传开了。乡村中的住户如果根据年龄论尊卑先后，那么老而穷的人生活就不会困难，乡村中就不会恃强凌弱，以多欺寡。这样敬老的风气就在乡村中传开了。

哀公觉得这说得有点儿道理。

孔子接着说："在古代年到五十就不再担当田猎和力役的差事，分配猎物还要优待老人。这样敬老的风气就在狩猎中传开了。在军队中级别相同的更敬重年长者，这样敬老的风气就在军队中传开了。民众都感受敬老的重要，这样民众宁死也不会去冒犯。"

哀公说："说得好。不过，尽管寡人听了，寡人却不一定能做到。"

【原文】哀公问于孔子曰："二三大夫皆劝寡人使隆敬于高年，何也？"

…………

孔子曰："昔者有虞氏贵德而尚齿，夏后氏贵爵而尚齿，殷人贵富而尚齿，周人贵亲而尚齿，虞夏殷周，天下之盛王也，未有遗年者焉。

“年者贵于天下久矣，次于事亲。是故朝廷同爵而尚齿，七十杖于朝，君问则席。八十则不仕朝，君问则就之，而悌达乎朝廷矣；其行也肩而不并，不错则随。斑白者不以其任于道路，而悌达乎道路矣；居乡以齿而老穷不匮，强不犯弱，众不暴寡，而悌达乎州巷矣；

“古之道，五十不为甸役，颁禽隆之长者，而悌达乎搜狩矣；军旅什伍，同爵则尚齿，而悌达乎军旅矣。夫圣王之教，孝悌发诸朝廷，行于道路，至于州巷，放于搜狩，循于军旅，则众感以义，死而弗敢犯。”

公曰：“善哉，寡人虽闻之，弗能成。”（《孔子家语·正论解第四十一》）

哀公又问孔子：“是智者长寿，还是仁者长寿？”

孔子回答道：“是的。人有三种死不是命定，而是自找的。一是起居不定时，饮食没有节制，过度安逸或劳碌，就会百病丛生而死。二是以下犯上，冒犯君王，贪得无厌并不择手段的人，会触犯刑律而死。三是以少数攻击多数，自己弱小却要去挑衅强大，自不量力，又时常愤怒得不合常理，会在战争或动乱中被杀掉。这三者不是命中注定的，是自己找来的。

哀公听着。

孔子说：“然而，那些智者仁者，做人做事有节制，干或不干事都合乎道义，喜怒恰当，不违背美好的天性，他们能够长寿，不是应该的吗？”

【原文】哀公问于孔子曰：“智者寿乎？仁者寿乎？”孔子对曰：“然，人有三死，而非其命也，行己自取也。夫寝处不时，饮食不节，逸劳过度者，疾共杀之；居下位而上干其君，嗜欲无厌而求不止者，刑共杀之；以少犯众，以弱侮强，忿怒不类，动不量力者，兵共杀之。此三者，死非命也，人自取之。若夫智士仁人，将身有节，动静以义，喜怒以时，无害其性，虽得寿焉，不亦可

乎？”（《孔子家语·五仪解第七》）

哀公又问孔子：“寡人听说在房子东边增盖房屋不祥，真有这样的事吗？”

孔子说：“不祥的事有五种：损人利己，这是自身不祥；抛弃老人而只爱子女，这是家之不祥；放弃贤人而任用不小人，这是国之不祥；老者不教育后代，幼者不努力学习，这是风俗不祥；圣人隐居不出，愚蠢的人专权，这是天下不祥。不祥有这五种，而在房子东边增盖房屋的事不在其中。”

哀公觉得自己的问题有些蠢。

【原文】哀公问于孔子曰：“寡人闻东益不祥，信有之乎？”

孔子曰：“不祥有五，而东益不与焉。夫损人自益，身之不祥；弃老而取幼，家之不祥；释贤而任不肖，国之不祥；老者不教，幼者不学，俗之不祥；圣人伏匿，愚者擅权，天下不祥。不祥有五，东益不与焉。”（《孔子家语·正论解第四十一》）

哀公问孔子：“请问选取人才的方法。”

孔子回答道：“让他当几天官看看，还有，不要选取贪心、混乱、说话随便的人。”

哀公觉得这话有意思。

孔子又说：“让人拉弓才能找到有劲的，让马拉车才能找到有脚力的。”

哀公听孔子说下去。

孔子说：“选拔人才，必须先挑诚实谨慎，然后再挑精明多智。不诚实谨慎而精明多智的人就如豺狼一样不可亲近。”

【原文】哀公问于孔子曰：“请问取人之法。”

孔子对曰：“事任于官，无取捷捷，无取钳钳，无取啍啍。捷捷、贪也，钳钳、乱也，啍啍、诞也。故弓调而后求劲焉，马服

而后求良焉，士必悫而后求智能者焉。不悫而多能，譬之豺狼不可迩。”（《孔子家语·五仪解第七》）

哀公再问道：“请问做人的道理中最重要的是什么？”

孔子严肃地回答道：“君上能谈到这个问题，真是百姓的幸运了，所以在下敢不加推辞地回答这个问题。在治理民众的措施中，政事最重要。所谓政，就是正。国君做得正，那么百姓也就跟着做得正了。国君的所作所为，百姓是要跟着学的。国君做得不正，百姓跟他学什么呢？”

哀公问：“请问处理政事的具体办法？”

孔子回答说：“夫妇要有别，男女要相亲，君臣要讲信义。这三件事做好了，那么其他的事就可以做好了。”

哀公说：“寡人虽然没有才能，但还是希望知道实行这三件事的方法，可以说给寡人听听吗？”

孔子回答说：“天子和诸侯结婚的时候，他们要穿上冕服亲自去迎接新娘。亲自迎接，是表示敬慕的感情。”

哀公说：“寡人还想问问您，天子诸侯穿冕服亲自去迎亲，不是太隆重了吗？”

孔子脸色更加严肃地回答说：“婚姻是两个不同姓氏的和好，以延续祖宗的后嗣，而后嗣是天地、宗庙、社稷祭祀的主人。君上怎么能说太隆重了呢？”

孔子继续说：“从前夏商周三代圣明的君主治理政事，必定敬重他们的妻子，这是有道理的。妻子是祭祀宗祧的主体，儿子是传宗接代的人，能不敬重吗？”

哀公说：“寡人实在愚昧，幸亏您耐心地给寡人讲这些道理。寡人尽管听到了这些道理，将来还会有过错怎么办呢？”

孔子说：“君上能说出这样的话，真是鲁国臣民的福分啊！”

【原文】孔子侍坐于哀公，公曰：“敢问人道孰为大？”

孔子愀然作色而对曰："君之及此言也，百姓之惠也。固臣敢无辞而对：人道政为大。夫政者，正也。君为正，则百姓从而正矣。君之所为，百姓之所从。君不为正，百姓何所从乎！"

公曰："敢问为政如之何？"

孔子对曰："夫妇别，男女亲，君臣信。三者正，则庶物从之。"

公曰："寡人虽无能也，愿知所以行三者之道，可得闻乎？"

孔子对曰："……大婚至矣，冕而亲迎。亲迎者，敬之也……"

公曰："寡人愿有言也。然冕而亲迎，不已重乎？"

孔子愀然作色而对曰："合二姓之好，以继先圣之后，以为天下宗庙社稷之主，君何谓已重焉？"

…………

孔子遂言曰："昔三代明王，必敬妻子也，盖有道焉。妻也者，亲之主也。子也者，亲之后也。敢不敬与？"

…………

公曰："寡人且愚冥，幸烦子志之于心也。……寡人既闻如此言也，无如后罪何？"

孔子对曰："君之及此言，是臣之福也。"（《孔子家语·大婚解第四》）

哀公问道："听说你总是说那个遵循礼法的道很重要，这是为什么？"

孔子说："天下都遵循礼法，朝政大权就不会在大夫之手。天下都遵循礼法，百姓就不会议论纷纷。"

哀公没说什么。

【原文】天下有道，则政不在大夫；天下有道，则庶人不议。（《论语·季氏篇第十六》）

哀公继续问道："寡人想听你评论一下鲁国的人才，如果寡人用他们治理鲁国，请问如何选拔？"

孔子回答说："生活在当今的时代，倾慕古代的道德礼仪；依现今的习俗而生活，穿着古代的礼服。这样的人舍弃道德礼仪而为非作歹，不是很少见吗？"

哀公问："那么戴着殷代的帽子，穿着鞋头上有装饰的鞋子，腰上系着大带子并把笏板插在带子里的人，都是贤人吗？"

孔子说："那倒不一定。在下刚才说的话，并不是这个意思。那些穿着古代礼服，戴着礼帽乘马车去参加祭祀的人，他们的志向不在于食荤；穿着用粗麻布做的丧服，穿着草鞋拄着丧杖，平时只是喝粥的人，来参加丧礼，志向不在于酒肉。生活在当今的时代，却倾慕古代的道德礼仪；依现代的习俗生活，却穿着古代的礼服参加重大活动，在下说的是这一类人。"

哀公说："好啊！要不是你，寡人的心智就得不到启发。寡人从小生在深宫之内，由妇人抚养长大，不知道悲伤和忧愁，不知道劳苦和心酸，不知道惧怕和危险。"

【原文】哀公问于孔子曰："寡人欲论鲁国之士，与之为治，敢问如何取之？"

孔子对曰："生今之世，志古之道；居今之俗，服古之服。舍此而为非者，不亦鲜乎？"

曰："然则章甫絇履，绅带搢笏者，贤人也。"

孔子曰："不必然也。丘之所言，非此之谓也。夫端衣玄裳，冕而乘轩者，则志不在于食荤；斩衰菅菲，杖而歠粥者，则志不在酒肉。生今之世，志古之道；居今之俗，服古之服，谓此类也。"

…………

公曰："善哉！非子之贤，则寡人不得闻此言也。虽然，寡人生于深宫之内，长于妇人之手，未尝知哀，未尝知忧，未尝知

劳，未尝知惧，未尝知危……”（《孔子家语·五仪解第七》）

哀公问孔子：“一国的存亡祸福，的确是由天命决定的，不是人力所能左右的吗？”

孔子回答说：“一国的存亡祸福都是由人自己决定的，天灾地祸都不能改变一国的命运。”

哀公说：“好！你说的话，有什么事实根据吗？”

孔子说：“从前，殷纣王时代，在国都的城墙边，有一只小鸟生出一只大鸟，占卜者说：‘凡是以小生大，一国必将更强大，声名必将大振。’于是，殷纣王凭借小鸟生大鸟的好兆头，不好好治理一国，残暴至极，朝中大臣也无法挽救，外敌攻入，商朝因此灭亡。这就是以自己的肆意妄为违背天时，奇异的福兆反而变成灾祸的事例。”

哀公没打断孔子。

孔子说：“还有，在殷纣王的先祖殷王太戊时代，社会道德败坏，一国法纪紊乱，以致出现反常的树木，朝堂上长出桑毂（音股），七天就长得两手合抱之粗。占卜者说：‘桑毂野木不应生长在朝堂上，难道殷朝要灭亡吗？’太戊非常恐惧，小心地提高自己的德行，学习先王治国的方法，探究养民的措施，三年之后，远方部族仰慕殷朝的仁义，派使者朝见的有十六个部族之多。这就是以自己的谨慎修养改变天时，祸兆反变为福的事例。”

哀公听着。

孔子说：“所以说，天灾地祸的凶兆是上天来警告国君的，怪诞噩梦是上天来教训臣子的。凶兆胜不过善政，噩梦也胜不过善行。能明白这个道理，就是治国的最高境界，只有贤明的国君才能做到。”

鲁哀公说：“如果寡人的学识不是如此浅陋，就恐怕听不到你这样的教诲了。”

【原文】哀公问于孔子曰：“夫国家之存亡祸福，信有天命，非唯人也？”

孔子对曰：“存亡祸福，皆己而已，天灾地妖，不能加也。”

公曰：“善！吾子言之，岂有其事乎？”

孔子曰：“昔者殷王帝辛之世，有雀生大鸟于城隅焉，占之曰：‘凡以小生大，则国家必王而名必昌。’于是帝辛介雀之德，不修国政，亢暴无极，朝臣莫救，外寇乃至，殷国以亡。此即以己逆天时，诡福反为祸者也。

“又其先世殷王太戊之时，道缺法圮，以致夭蘖，桑谷于朝，七日大拱。占之者曰：‘桑谷，野木而不合生朝，意者国亡乎？’太戊恐骇，侧身修行，思先王之政，明养民之道、三年之后，远方慕义，重译至者，十有六国。此即以己逆天时，得祸为福者也。

“故天灾地妖所以儆人主者也；寤梦徵怪所以儆人臣者也。灾妖不胜善政，寤梦不胜善行。能知此者，至治之极。唯明王达此。”

公曰：“寡人不鄙固此，亦不得闻君子之教也。”（《孔子家语·五仪解第七》）

哀公问孔子说：“寡人想让鲁国做到尽管小但仍能守住边境，强国攻打不进来，有什么办法吗？”

孔子说：“让君上的朝廷讲礼法，君臣上下相亲相敬，那么天下百姓都想成为您的子民，谁敢攻打君上呢？假如违背这种做法，连鲁国的百姓背叛君上都像回家一样急切，天下百姓都成为君上的仇敌，君上与谁一起坚守抵御呢？”

哀公说：“你说得很好。”于是，很快废除了禁止百姓上山砍柴狩猎和到河流湖泊捕鱼的禁令，减轻关卡和集市的税收，以使百姓得到恩惠。

【原文】哀公问于孔子曰：“寡人欲吾国小而能守，大则攻，其道如何？”

孔子对曰：“使君朝廷有礼，上下和亲，天下百姓皆君之民，将谁攻之？苟违此道，民畔如归，皆君之雠也，将与谁其守？”

公曰：“善哉！”于是废山泽之禁，弛关市之税，以惠百姓。（《孔子家语·五仪解第七》）

四、颜回带儿子向孔子拜师

颜回回到家，街坊邻居过来看他，有人问道：“你为什么要跟你先生离开鲁国这么多年？”也有人说：“你离开妻子儿子这么多年，你不后悔？”还有人说：“你先生那个做人的道理就那么高深吗？”

颜回感叹着说：“先生的做人之道，越抬头看，越觉得高；越用力钻研，越觉得深。看看，似乎在前面，再看看，忽然又到后面去了。”

邻居们安静地听着。

颜回又说：“虽然这样高深和不容易捉摸，可是先生善于一步一步地诱导我们，用各种文献来丰富我的知识，又用一定的礼节来约束我的行为，使我想停止学习都不可能，直到我用尽了我的全力。”

邻居们没人说话。

颜回说：“好像有一个十分高大的东西立在我前面，虽然我想要追随上去，却没有前进的路径。”

邻居们并没听懂，但是对颜回，也对孔子又多了一分敬佩。

【原文】颜渊喟然叹曰：“仰之弥高，钻之弥坚。瞻之在前，忽焉在后。夫子循循然善诱人，博我以文，约我以礼，欲罢不能。即竭吾才，如有所立卓尔，虽欲从之，末由也已。”（《论

语·子罕篇第九》）

第二天一大早，颜回换了衣服，洗完脸，让他儿子颜歆（音欣）换了件干净衣服，把脸洗干净，跟他一起出门。当年离开鲁城时，颜歆六岁，现在十八岁了。

两个人走在他家那条陋巷里，邻居有的停住脚步，有的停下手中的活儿，有的在墙角站起来，有的在院门口伸出半个身子，都看着他俩。父子二人这么精神地走在一起实属罕见。

有人问："颜歆，怎么早，你跟你爸去干啥？"

又有人问："颜回，两个人收拾这么利索，家里有喜事呀？"

颜歆答道："去向孔子拜师。"

有人说："颜歆，你爷爷、你爸爸做了孔子的弟子，现在你又要做孔子的弟子，你们老颜家厉害呀！"

颜歆觉得这是老颜家的荣耀。

颜回也是这么想的，跟随孔子，是他家做的最对的事。

颜回家到孔子家很近，二人很快到了。

孔子对颜歆拜师特别高兴，这样，颜歆成了先生的弟子。

颜歆，这年十八岁，小孔子五十岁。

五、孝敬父母，最难的就是不给父母脸色看

孔子回鲁城十来天后，这天，在孔子家破旧茅屋里，孔子在写竹简，颜回在一侧陪伴。

轻蔑者原宪进来，说他听说鲁国将领孟之反在前一次鲁军与齐军作战时表现非常英勇。

孔子说："孟之反不夸耀自己，在那次抵御齐国的战斗中，鲁军一度失利，在军队溃退了，他主动殿后掩护全军，将进一个城

邑的城门，人家催他快走，他却一边鞭打着马匹，一边说道：‘不是我一定要去殿后，是我的马不肯走快点呀。’”

孔子的意思是这样的人很君子，原宪很认同，觉得确实很值得自己学习。

【原文】子曰：“孟之反不伐，奔而殿，将入门，策其马曰：‘非敢后也，马不进也。’”（《论语·雍也篇第六》）

轻蔑者原宪对孔子说：“先生，我还听说了一件事，想跟您核实一下，可以吗？”

孔子没有反对。

原宪听说一个叫季子然的正卿家的亲戚问先生对两个弟子的评价。当时，季子然问：“子路和冉求可以算是出色的臣子吗？”

当时您回答说：“我以为你是问别人，原来是问子路和冉求呀。所谓出色的臣子是能够用周公之道来事奉君主，如果这样不行，他宁肯辞职不干。现在子路和冉求这两个人，可以说是这样的臣子。”

季子然问：“那么他们会一切都听从上面吗？”

您又说：“杀父亲、杀君主的事，他们却不会跟着干的。”

原宪问：“先生，你这样说过他俩吗？”

孔子听了，脸上没有表情。

原宪问：“先生，您说过这样的话，是吗？”

孔子没有否认。

原宪对先生多了一分敬佩。

【原文】季子然问：“仲由、冉求可谓大臣与？”子曰：“吾以子为异之问，曾由与求之问。所谓大臣者，以道事君，不可则止。今由与求也，可谓具臣矣。”曰：“然则从之者与？”子曰：“弑父与君，亦不从也。”（《论语·先进篇第十一》）

几天后，孔子外出，车夫樊迟给孔子驾车，诗文子夏和南方人言偃走在车厢一侧。

孔子说："昨天，司空孟懿子大人向我问孝道，我答复说，不要违背礼节。"

樊迟问道："这是什么意思？"

孔子说："所谓孝道，就是父母活着，依规定的礼节侍奉他们；去世了，依规定的礼节埋葬他们，祭祀他们。"

樊迟感觉很受益。

【原文】孟懿子问孝，子曰："无违。"樊迟御，子告之曰："孟孙问孝于我，我对曰'无违'。"樊迟曰："何谓也？"子曰："生，事之以礼；死，葬之以礼，祭之以礼。"（《论语·为政篇第二》）

诗文子夏又问如何做算是孝敬父母。

孔子和缓地说："最难的就是不给父母脸色看。"

子夏觉得说得好。

孔子又看着子夏说："父母有事情，儿女替父母做，家里有好的酒饭，先让父母吃，难道这就是孝了吗？"

子夏觉得先生说得太好了。

【原文】子夏问孝。子曰："色难。有事，弟子服其劳；有酒食，先生馔，曾是以为孝乎？"（《论语·为政篇第二》）

南方人言偃又问为什么供给父母好酒饭不能算孝敬。

孔子说："如今有些人所谓的孝，就是喂养父母。然而，犬马你都要饲养。如果无尊敬，那么喂养父母与饲养犬马又有什么区别呢？"

言偃觉得终于彻底搞懂这个"孝"字了。

【原文】子游问孝。子曰："今之孝者，是谓能养。至于犬马，皆能有养；不敬，何以别乎？"（《论语·为政篇第二》）

第二天早上，爱提问的子张到孔子家陪读书。在院子门口，见一个后生在伸头缩脑地向孔子院子里探望。

爱提问的子张问道："喂，你在干什么？"

后生说："没干什么。我是来找孔子的。"

子张问："你是谁？找先生有什么事？"

来人说："我叫澹（音毯）台灭明，鲁国武城人，想找先生拜师。"

子张看看这个人，这个人大嘴龅牙、斜脸歪鼻，相貌丑陋。心想，这样的人也能成先生的弟子？

不过，子张还是把这个后生带进屋子。子张一边向孔子介绍这个人，一边仔细观察先生的反应。

先生脸上没有任何表情。

先生身边的原宪也对这人的长相很吃惊。

子张认为先生不该收这么丑的弟子，这不是破坏孔门弟子的形象吗？对后生说："今天我们先生没空，你先回去，过几天再来吧！"

来人听出来这是打发自己走，恳求道："我是真心来拜师的，我会好好学……"

子张让他别说话，拉他的胳膊往外走。

原宪没阻止。

孔子有些犹豫，但是，最终还是没有阻止。

来人非常失望，无奈地出去了。

六、要想让自己在世上行得通，就要做到快乐到来时，高兴而不骄傲

时间过去两个月。

这天，子贡从外地办完事回鲁城，在路上碰到孔子。子贡见

鲁国这么长时间都没有重用先生，很着急，说："先生，您回鲁国也有一段时间了，可是鲁国没有重用您，您看，是不是找正卿说说？"

孔子没说话，继续往前走。

子贡说："您如果做了官，您的生活就不会这么窘迫，不是吗？"

孔子没有接话，转身默默地离开，走了几步，用低沉的声音缓慢地说："吃粗粮，喝凉水，弯着胳膊作枕头睡，乐趣也就在这里了。那些不义的财富和尊贵，对我来讲，就像是天上的浮云。"

这声音是那么苍凉，又那么用力。

孔子没回头，那高大的身躯继续往前走。

子贡呆在那里。

【原文】子曰："饭疏食饮水，曲肱（音公）而枕之，乐亦在其中矣。不义而富且贵，于我如浮云。"（《论语·述而篇第七》）

第二天，孔蔑走进孔子的破茅屋。

孔蔑，姓孔，名忠，字子蔑，是孔子哥哥孟皮的儿子，这年四十多岁，他父亲已去世。孔蔑一直待在鲁国，没有跟孔子四处漂泊。

孔蔑说："先生，可以向您请教吗？"

孔子没反对。

孔蔑问："有没有一种方法，让自己在世上行得通？"

孔子说："一个人知道了不去做，不如不知道；亲近别人又不信任别人，不如不亲近。"

孔蔑知道这是批评自己，说："先生，这方面我会改，一定改。敢问其次。"

孔子说："要想让自己在世上行得通，就要做到快乐到来时，高兴而不骄傲；灾难到来时，思考对策而不忧愁。"

孔蔑说："就这么一点吗？"

孔子说："学习自己不会做的事情，弥补自己不具备的能力。"

孔蔑认真听着。

孔子接着说："不要因为自己没能力做就怀疑别人有这个能力，不要向别人炫耀自己那点儿本事。"

孔蔑没有说话。

孔子说："每天说话，不要给自己留下忧虑；每天做事，不要给自己留下祸患。这一点恐怕只有智者才能做到。"

孔蔑感觉很受益，一再向孔子表示感谢，离开了。

【原文】孔蔑问行己之道。

子曰："知而弗为，莫如勿知；亲而弗信，莫如勿亲。乐之方至，乐而勿骄；患之将至，思而勿忧。"

孔蔑曰："行己乎？"

子曰："攻其所不能，补其所不备。毋以其所不能疑人，毋以其所能骄人。终日言，无遗己之忧，终日行，不遗己患，唯智者有之。"（《孔子家语·子路初见第十九》）

七、哀公问：寡人听说有一个忘性大的人，搬家忘记了自己的妻子，有这种人吗？

孔蔑走后第二天，鲁哀公又召见孔子。宫人把孔子带到宫中的一个高台上，鲁哀公在那里等他，让他落座。

哀公赏赐桃子和黍米给孔子，说："请吃吧。"

孔子先吃黍米，而后才吃桃子，哀公身边的人都捂着嘴笑。

哀公说："黍米是用来擦桃子的，不是吃的。"

孔子回答道："在下知道。但黍米是五谷中最好的东西，在郊庙祭祀祖先时作为上等供品。而果品有六种，桃子是最差的一种，人们不拿桃子祭祀，不把桃子摆在郊庙的供桌上。”

哀公不再笑话孔子。

孔子说：“在下听说，君子用低贱的东西擦拭珍贵的东西，没听说用珍贵的东西来擦拭低贱的东西。现在要用五谷中最好的黍米去擦拭果品中最下等的桃子，这是用高贵擦拭低贱。在下认为这是有害于教化，又有害于仁义，所以不敢这样做。”

哀公佩服地说：“你说得不错！”

【原文】孔子侍坐于哀公，赐之桃与黍焉。哀公曰：“请食。”孔子先食黍而后食桃，左右皆掩口而笑。

公曰：“黍者所以雪拭桃，非为食之也。”

孔子对曰：“丘知之矣，然夫黍者，五谷之长，郊礼宗庙以为上盛，属有六而桃为下，祭祀不用，不登郊庙，丘闻之君子以贱雪贵，不闻以贵雪贱，今以五谷之长，雪之下者，是从上雪下，臣以为妨于教，害于义，故不敢。”公曰：“善哉。”（《孔子家语·子路初见第十九》）

鲁哀公转换话题，向孔子问道：“从前舜帝戴什么帽子？”

孔子不回答。

鲁哀公说：“寡人问你问题，你却不说话，这是为什么呢？”

孔子严肃地回答道：“因为君上问问题时不先问重要的，所以在下正在思考如何回答好。”

鲁哀公说：“什么是重要的？”

孔子说：“舜帝作为君主，他的为政的原则是爱惜生命而厌恶杀戮，他用人的原则是以有才能的人替换无才能的人。他的仁德像天地一样广大而又清净无欲，他的教化像四季一样使万物变化。所以，四海之内的人都接受了他的教化，甚至动物植物也如此，凤凰飞来，麒麟跑来，鸟兽都被他的仁德感化。这没有别的原因，就是他爱惜生命的缘故。”

鲁哀公说："孔大夫，你这说得不是很好吗？"

孔子依然严肃地答道："君上不问这些为政之道而问戴什么帽子，所以在下才迟迟不做回答。"

哀公心中有一丝羞愧。

【原文】鲁哀公问于孔子曰："昔者舜冠何冠乎？"孔子不对。公曰："寡人有问于子，而子无言，何也？"对曰："以君之问不先其大者，故方思所以为对。"公曰："其大何乎？"

孔子曰："舜之为君也，其政好生而恶杀，其任授贤而替不肖。德若天地而静虚，化若四时而变物。是以四海承风，畅于异类，凤翔麟至，鸟兽驯德。无他，好生故也。君舍此道而冠冕是问，是以缓对。"（《孔子家语·好生第十》）

哀公又问孔子说："寡人听说有一个忘性大的人，搬了家忘记了自己的妻子，有这种人吗？"

孔子回答道："这还不是忘性最大的，更厉害的是把自己都忘记了。"

哀公说："可以说给寡人听听吗？"

孔子说："从前夏桀贵为天子，富有天下，却忘记了他圣明先祖的治国之道，破坏了先祖设立的典章制度，废除了世代的祭祀活动，放纵享受，沉湎于酒色。奸臣阿谀奉承，迎合夏桀的心意；忠臣闭口不敢说话，逃避罪责不敢建言。因此，天下人杀了夏桀，夺走了他的国。"

哀公望着孔子，眼中有些疑惑。

孔子说："这才是忘性大的人呀。"

这又让哀公有一点儿羞愧。

【原文】哀公问于孔子曰："寡人闻忘之甚者，徙而忘其妻，有诸？"孔子对曰："此犹未甚者也，甚者乃忘其身。"

公曰："可得而闻乎？"孔子曰："昔者夏桀贵为天子，富有四海，忘其圣祖之道，坏其典法，废其世祀，荒于淫乐，耽湎于

酒；佞臣谄谀，窥导其心；忠士折口，逃罪不言。天下诛桀而有其国，此谓忘其身之甚矣。”（《孔子家语·贤君第十三》）

哀公换了话题，向孔子询问治国之事。

孔子回答道：“要说治理一国最急迫的事，没有比让百姓富裕和长寿更急迫的了。”

哀公问道：“怎么能做到呢？”

孔子说：“减少劳役，减轻赋税，百姓就会富裕；实施礼仪教化，远离罪恶疾病，民众就会长寿。”

哀公说：“寡人想按你说的话去做，又担心寡人和寡人的朝廷变穷。”

孔子说：“《诗经》上说：‘平易近人的国君，是百姓的父母。’这世上还没有儿女富裕而父母变穷的事。”

哀公对这个说法不完全接受。

【原文】哀公问政于孔子，孔子对曰：“政之急者，莫大乎使民富且寿也。”公曰：“为之奈何？”孔子曰：“省力役，薄赋敛，则民富矣；敦礼教，远罪疾，则民寿矣。”

公曰：“寡人欲行夫子之言，恐吾国贫矣。”孔子曰：“《诗》云：‘恺悌君子，民之父母。’未有子富而父母贫者也。”（《孔子家语·贤君第十三》）

停顿一下，鲁哀公又问孔子：“当今诸侯国的国君，谁最贤明啊？”

孔子回答说：“在下还没有看到谁是最贤明，如果一定要选一个，也许是卫灵公吧。”

哀公说：“寡人听说他家中男女长幼没有分别，而您把他说成贤人，为什么呢？”

孔子说：“在下是说他在朝廷所做的事，而不是说他家中的事。”

哀公问："朝廷的事怎么样呢？"

孔子回答说："卫灵公的弟弟公子渠牟，他的智慧足以治理拥有千辆兵车的大国，他的诚信足以守卫这个侯国，灵公喜欢他而任用他。又有个叫林国的士人，发现贤能的人必定推荐君上，如果那人被罢了官，林国还要把自己的俸禄分给他，因此在灵公的国没有放任游荡的士人。灵公认为林国很贤明因而很尊敬他。"

哀公仔细听着。

孔子又说："还有个叫庆足的士人，卫国有大事，就必定出来帮助治理；卫国无事，就辞去官职而让其他的贤人被容纳。灵公喜欢而且尊敬他。还有个大夫叫史鳍，因为自己的主张得不到实行而离开卫国。灵公在郊外住了三天，不弹奏琴瑟，一定要等到史鳍回国，等史鳍回国后灵公才敢回宫。在下是因这些事选他的，尽管他家中有那些事情，说他是贤人，不也可以吗？"

哀公不知如何反驳。

【原文】哀公问于孔子曰："当今之君，孰为最贤？"孔子对曰："丘未之见也，抑有卫灵公乎？"

公曰："吾闻其闺门之内无别，而子次之贤，何也？"孔子曰："臣语其朝廷行事，不论其私家之际也。"

公曰："其事何如？"孔子对曰："灵公之弟，曰公子渠牟，其智足以治千乘，其信足以守之，灵公爱而任之。又有士曰林国者，见贤必进之，而退与分其禄，是以灵公无游放之士，灵公贤而尊之。又有士曰庆足者，卫国有大事，则必起而治之；国无事，则退而容贤，灵公悦而敬之。又有大夫史鳍，以道去卫。而灵公郊舍三日，琴瑟不御，必待史鳍之入而后敢入。臣以此取之，虽次之贤，不亦可乎？"（《孔子家语·贤君第十三》）

哀公又问于孔子说："礼法为何重要？君子在谈到礼法的时候，为什么态度是那样的恭敬？"

孔子回答说："在下听说，人活这一辈子，最要紧的就是礼法。没有礼法，就无法按照一定的规矩敬奉天地之间的鬼神；没有礼法，就无法辨明君臣、上下、长幼的地位；没有礼法，就无法区别男女、父子、兄弟之间的亲属关系，以及姻亲、朋友之间交情的厚薄；因此，君子在谈到礼法的时候，就态度十分恭敬。然后才尽其所能来教导百姓，使他们不失时节地按礼法行事。”

哀公微微点头。

【原文】哀公问于孔子曰：“大礼何如？君子之言礼，何其尊也？”

孔子曰：“丘闻之：民之所由生，礼为大。非礼无以节事天地之神也，非礼无以辨君臣上下长幼之位也，非礼无以别男女父子兄弟之亲、昏姻疏数之交也；君子以此之为尊敬然。然后以其所能教百姓，不废其会节。”（《礼记·哀公问第二十七》）

哀公又说：“有一次寡人问你弟子有若一句话，他做了回答。我想知道你怎么看他的话。”哀公说了当时的对话。

哀公问有若：“遭了饥荒，朝廷花销用度困难，怎么办？”

有若回答：“为什么不将税赋改为抽十分之一的呢？”

哀公说：“现在抽十分之二，寡人还不够，抽十分之一怎么能够呢？”

有若说：“如果百姓的用度够，君上怎么会不够呢？如果百姓的用度不够，君上怎么又会够呢？”

哀公问孔子：“孔大夫，你怎么看。”

孔子没说话。脸上的表情好像是：这么浅显的道理，您都不明白吗？

哀公看出孔子的意思，略为不悦。

【原文】哀公问于有若曰：“年饥，用不足，如之何？”有若对曰：“盍（音何）彻乎？”曰：“二，吾犹不足，如之何其彻也？”对曰：“百姓足，君孰与不足？百姓不足，君孰与足？”（《论语·颜渊篇第十二》）

哀公又问："怎样才能使百姓服从呢？"

孔子对曰："把正直的人提拔起来，放在奸诈的人之上，百姓就服从了；若是把奸诈的人提拔起来，放在正直的人之上，百姓就会不服从。"

哀公对孔子的说法，很是不认同了。

交谈到这里，哀公心中已有对孔子的一丝反感，心想正卿说的是对的，对于孔子，只能用他的弟子，不能用他本人。

【原文】哀公问曰："何为则民服？"孔子对曰："举直错诸枉，则民服；举枉错诸直，则民不服。"（《论语·为政篇第二》）

八、宓子贱出任单父宰，言偃出任武城宰，是第八、第九个做官的孔门弟子

鲁哀公召见孔子的一个月后的一天，琴瑟宓子贱在街头见公西华在和巫马施争论。

公西华说："我认为做事应该听取别人的意见。"

巫马施说："做人就是要坚持自己的想法，怎么会去听取别人的意见呢？"

公西华说："巫马施，自己的想法当然很重要，可是，一个人再厉害，他的聪明也是有限的。不听取别人的意见，怎么能让自己不犯错？"

两人互不相让。

琴瑟宓子贱说："两位，让我说两句，让我……"等他们闭口了，说，"我觉得二位说得都有道理，不过，我还是比较赞成要听别人的意见……"

两个人又要争吵，见宓子贱表情严肃，忍住没出声。

宓子贱继续说："是这样，我讲一个故事。"他说，当年晋军统帅栾书率兵救援郑国，进犯郑国的楚军见晋军来了，连忙撤退，栾书想乘机追击楚军，可是，栾书的部下反对，他们说楚军只是撤退，并不是败逃，如果追击，恐遭埋伏。栾书听取了他们意见，没有追击。"

巫马施问道："这么做对吗？"

宓子贱说："对的，后来证明栾书部下的意见非常正确，楚军确有埋伏，一旦追杀必将惨败，栾书听取他们意见太英明了，后面人们称栾书这叫'从善如流'。"

巫马施不知该如何反驳，直喘粗气。

这时，小颜回颜歆跑过来，说："子贱兄，您在这呀？让我好一通找，赶快去先生家，朝廷来人，让你做官。"

宓子贱万分怀疑地说："让我做官？这怎么可能？"

小颜回颜歆着急地说："真的，我不骗你。还有，也让言偃兄去做官，公皙哀去找他了。"

巫马施说："子贱兄，怎么不可能？你赶快去吧。"

宓子贱跟颜歆走了。

这边，在城外庄稼地头的杨树下，南方人言偃和曹恤以及公孙龙刚干完活儿，坐地上聊天。

曹恤说："言偃兄，你再跟我俩说说在先生心中最完美的世道是什么样子。"

公孙龙说："对，你说说。"

南方人言偃说："在人人遵循礼法的时候，大家都讲求诚信，相处和睦。因此人们不仅赡养自己的亲人和抚育自己的子女，还使其他老年人能安享晚年，使壮年人能为社会效力，使孩子健康成长，并且，还使老而无妻的人、老而无夫的人、幼而无父的人、老而无子的人、残疾人都有人供养。"

曹恤说："还有吗？"

言偃说："男子有事做，女子有归宿。对于财货，人们珍惜，不会把它随意丢弃，并捡到后不私藏。人们为百姓之事竭尽全力，不是为了私利。这样一来，奸邪之谋就不会出现，盗窃和作乱之事就不会发生。到了这个时候，家家大门都不用上锁。"

曹恤说："那真是太好了？这就是大同世界？"

言偃点头。

公孙龙问道："那如何才能实现呢？"

曹恤说："刚才言偃兄说了，人人遵循礼法就能实现。"

公皙哀跑来，气喘吁吁地说："言偃兄，赶快去先生家，朝廷来人了，要让你做官。"

言偃很意外，一再问是怎么回事。

公孙龙和曹恤让他别问了，赶快回去吧。

言偃跟公皙哀往城里跑去。

【原文】孔子曰："大道之行也，天下为公，选贤与能，讲信修睦，故人不独亲其亲，不独子其子，使老有所终，壮有所用，幼有所长，矜（同'鳏'），寡，孤，独，废疾者，皆有所养。男有分，女有归。货恶其弃于地也，不必藏于己；力恶其不出于身也，不必为己。是故谋闭而不兴，盗窃乱贼而不作，故外户而不闭，是谓大同。"（《礼记·礼运第九》）

两人领了国君诏书，琴瑟宓子贱为单父（今山东省菏泽市单县）宰，南方人言偃为武城（今山东省临沂市平邑县）宰。

这年宓子贱三十八岁，言偃三十四岁，是第八、第九个做官的孔门弟子。孔子这年六十八岁。

不过，这时宓子贱、言偃却非常惶恐，晚上，两个人一起去找孔子请教。

孔子和轻蔑者原宪在书案前写东西。

宓子贱说："先生，武城在鲁城东边，单父在鲁城西边，这一东一西，到了鲁国的两端……"

南方人言偃觉得宓子贱没说到点子上，连忙说："先生，宓子贱的意思不是嫌我们要去的太远，他是担心他去的武城靠近齐国，责任重大，现在齐国一再进犯我鲁国，他是担心干不好。而我去的单父靠近卫国，尽管没有武城那么大的压力，但也是靠近边境。是这样，我们都不曾做过官，现在去治理一方，非常担心对不起器重自己的国君，对不起当地百姓。"

孔子没有说话，头都没抬。

轻蔑者原宪向他俩摆摆手，意思是：你们出去吧。

宓子贱和言偃觉得自己有点唐突了，两人轻手轻脚退出孔子的屋子。

接着，宓子贱、言偃到颜回家。

宓子贱说："颜回兄，刚才我俩去先生家，向先生请教如何做好官，先生没说话，没给一点儿指点，我俩心里没底，你在弟子中学得最好，你指点我俩一下吧！"

颜回见推脱不掉，说："是这样，有一次我私下向先生请教治理一国的办法，先生说过一句话，我就把这句话送你们吧。"

两个人很高兴。

颜回说那句话是："用夏朝的历法，坐殷朝的车子，戴周朝的礼帽，音乐就用《韶》乐。舍弃郑国的乐曲，斥退小人。"

两个人听了明白了一些。宓子贱问道："可是，为何要舍弃郑国的乐曲，斥退小人呢？"

颜回答道："郑国的乐曲颓废淫色，小人危险。"

两个人明白了，一再感谢，与颜回告别。

【原文】颜渊问为邦，子曰："行夏之时，乘殷之辂，服周之冕，乐则《韶》《舞》；放郑声，远佞人。郑声淫，佞人殆。"（《论语·卫灵公篇第十五》）

第二天，在南门外，孔子带众弟子给二人送行。

琴瑟宓子贱说："先生可以送我们几句话吗？"

孔子没说话。

南方人言偃也请求了一次。

孔子还是没说话，看了颜回一眼。

颜回马上明白先生是什么意思了，对宓子贱和言偃说："二位，昨晚你们来找我时，我说过了，没有了。"

南方人言偃恳求道："还是再说一句吧！"

颜回看不说不行了，想了想，说："你们还记得当年子路兄去蒲邑上任时，先生送他的那句话吗？我想那句话送给你们也挺合适。"

两个人互相看看。

颜回说："谦逊恭敬，就可以驾驭勇武之人；宽厚正直，就可以使大家亲近；恭敬严肃，就可以对得起君上了。"

宓子贱和言偃说："想起来了，想起来了。谢谢先生，谢谢先生！"

孔子没有表情，然后朝通往远方的路抬了一下下巴，示意该上路了。

宓子贱和言偃跟先生和其他孔门弟子挥手，上路了。

【原文】子路为蒲大夫，辞孔子。孔子曰："蒲多壮士，又难治。然吾语汝：恭以敬，可以执勇；宽以正，可以比众；恭正以静，可以报上。"（《史记·仲尼弟子列传》）

九、孔蔑出任单父管礼部的官，是第十个做官的孔门弟子

宓子贱和言偃离开鲁城的半个月后的一天，冉求来见孔子。见院子里有颜回、贱民冉雍、孝顺的闵子骞三人在帮先生干活儿。冉求和他们打招呼后进屋。

冉求向先生问候之后，说："先生，弟子有个小事想请教。"

孔子没有反对。

冉求说："是这样，正卿大人想在他家的封地实施田赋，即按田亩征税，来提高赋税，您怎么看？"

孔子说："我不懂这事。"然后不再说话。

冉求又问了三次，最后说："您是鲁国的老者，我们都等着听您的意见去办事，为什么您不说话呢？"

孔子生气地说："掌权者推行政事，要根据礼来衡量，施舍要力求丰厚，事情要做得适当，赋敛要尽量微薄。如果从这方面说，季孙家的收入已足够了。"

冉求不敢说话。

孔子又说："如果不根据礼来衡量，而贪婪则是没有满足的，即使按田亩征税，季孙家还会觉得收入不够。并且，季孙家如果想知道自己办事是否合于法度，那么周公的典章就在那里。如果要不按周公的典章办事，又何必征求我的意见呢？"

冉求没说话。

【原文】季孙欲以田赋，使冉有访诸仲尼。仲尼曰："丘不识也。"三发，卒曰："子为国老，待子而行，若之何子之不言也？"仲尼不对。

而私于冉有曰："君子之行也，度于礼，施取其厚，事举其中，敛从其薄。如是则以丘亦足矣。若不度于礼，而贪冒无厌，则虽以田赋，将又不足。且子季孙若欲行而法，则周公之典在。若欲苟而行，又何访焉？"《左传·哀公十一年》

孔子上下打量砍柴人冉求，那意思是：你还是我的弟子吗？

冉求说："我不是不喜欢先生您的做人之道，是我的能力不够呀。"

孔子面带愠色说："能力不够的人，是走到中途才停下来，现在你是一步没走！”

【原文】冉求曰：“非不说子之道，力不足也。”子曰：“力不足者，中道而废，今女画。”（《论语·雍也篇第六》）

冉求见先生愤怒，只好离开。

屋外的颜回、冉雍、闵子骞等人进屋。

孔子觉得季孙家比鲁国首任国君周公还有钱，冉求还替他搜刮，增加财富，实在可恶。孔子对进来的弟子道：“冉求不再是我的弟子，弟子们，你们可以大张旗鼓地去攻击他！”

此后，冉求不敢来见先生。

季康子听说这件事，坚定了想法，无论如何不用孔丘。

【原文】季氏富于周公，而求也为之聚敛而附益之。子曰：“非吾徒也，小子鸣鼓而攻之可也。”（《论语·先进篇第十一》）

一个月后，到鲁哀公十二年三月，季康子在他封地实施按田亩征税的制度。

贱民冉雍听说，愤愤不平地来找孔子，告诉孔子这件事。

孔子说：“仁德之人在凶荒年景，拉车要用最差的马，祭祀用牲畜的规格要比平时降等级。”这是在指责季康子不仁。

【原文】孔子说：“凶年则乘驽马。祀以下牲。”（《礼记·杂记下第二十一》）

第13章　这天黄昏，在沂水边聚集了很多人

一、总是检讨自己的缺点，不攻击对方的缺点，不是就可以消除对方的怨恨吗？

五月，吴王夫差与鲁哀公在两国交界的橐（音驼）皋（今安徽省巢湖市）会面，太宰嚭提出修改已签订的盟约，鲁哀公不愿意，当场没表态，回到自己的营帐，跟正卿季康子说："吴国太无信用，签订的盟约怎么可以修改呢？它去攻打别国，要我们再出一千兵车，这不是欺负人吗？"

季康子说："君上，不如派子贡说服太宰嚭放弃这个要求。"

子贡受命去吴国营帐，对太宰嚭说："太宰大人，盟约是用来约定行为的，所以大家都是用诚心来约束它，用神明来保佑它。我们国君认为如果有了盟约，就不能更改了。如果可以更改，盟约又有什么用处呢？"

太宰嚭，说："不行，一定要修改。"

子贡说："你说一定要修改，那么可否理解为之后还可以修改。试问，这个盟约可以管多久呢？哪一天再修改呢？盟约变成这个样子，签订盟约还有什么意义呢？"

太宰嚭不知道该如何回答。这样，最后没有修改盟约。

这天，车夫樊迟过来陪同孔子到舞雩（音鱼）台下散步。

樊迟问道："先生，请问如何才能提高自己的品德，消除别人对自己无形的怨恨，辨别什么是糊涂事？"

孔子说："问得好！先付出，后索取，不是提高品德了吗？"

樊迟认真听着。

孔子又说："批判自己的坏处，不批判别人的坏处，不是就可以消除无形的怨恨吗？"

樊迟觉得有道理。

孔子接着说："因为一时的愤怒，便忘记自己的身份，甚至忘记爹娘，不是糊涂吗？"

樊迟觉得受益匪浅。

【原文】樊迟从游于舞雩之下，曰："敢问崇德、修慝、辨惑。"子曰："善哉问！先事后得，非崇德与？攻其恶，无攻人之恶，非修慝与？一朝之忿，忘其身，以及其亲，非惑与？"（《论语·颜渊篇第十二》）

车夫樊迟问孔子怎样才算聪明。

孔子说："把心思放在使百姓走向仁义，恭敬地对待鬼神，但并不依赖鬼神，可以说是聪明了。"

樊迟又问怎样才算仁德。

孔子说："仁德的人先于别人去解决困难，又在别人之后获得好处，这一先一后可以说就是仁德了。"

樊迟连连点头。

【原文】樊迟问知，子曰："务民之义，敬鬼神而远之，可谓知矣。"问仁，曰："仁者先难而后获，可谓仁矣。"（《论语·雍也篇第六》）

二、公祖句兹、秦祖等众多后生拜师

子贡回到鲁城，去看先生。

一进院子，子贡吓一跳，院子里站满了人，黑压压的一片。子贡以为自己走错地方了，要退出去，如果不是听到轻蔑者原宪叫他，他真退出去了。

子贡问原宪："这么多人？出什么事了？"

原宪说："没事。他们是来拜师的。在这等先生呢。"

子贡不敢相信地问道："拜师，这么多人？"

原宪说："是，最近来拜师的挺多，这只是一部分。"

子贡说："原来如此。"又问，"先生在屋里吗？"见原宪点头，他告别原宪，去屋里见先生了。

这段时间来拜师的众多后生中表现突出的有公祖句兹、秦祖、陈子禽、漆雕哆、漆雕徒父、壤驷赤、商泽、石作蜀、任不齐、后处、秦冉、公夏首、奚容箴、公肩定、颜祖、鄡单等人。

三、子贡说：先生有四点绝好，不胡乱猜测，不说绝对的话，不固执，不独断专行

很快到了秋天，在吴国的郧（音云）地，吴君与鲁君、卫君、宋君结盟，子贡陪同鲁哀公到此。结盟结束后相互辞别，准备离开郧地。没有想到，吴国人突然围住了卫出公的住处。

子贡去见太宰嚭，问道："听说你们留下卫君，为什么？"

太宰嚭说："我们国君本想好好招待卫君，但是他来晚了，我们国君觉得还没好好招待一下，所以要把他留下。"

子贡说："卫君来的时候一定和他的臣子商量，他们有的赞成他来，有的反对，因此才来迟了。那些赞成来的人，是你们的支持者。那反对的人，是你们的仇敌。如果囚禁卫君，这是毁弃朋友而抬高了仇敌，这样一来，想毁掉你们的势力就将占上风了。而且，在贵国召集的会盟上囚禁卫君，谁能不害怕？毁弃朋友而抬高了仇敌，并让诸侯害怕，如此这般，恐怕难以称霸吧！"

太宰嚭听了无言以对，就释放了卫出公。

第二天，太宰嚭在营帐召见子贡。

太宰嚭说："通过卫出公这件事，我发现你挺有才华，是个厉害的人才。听说你这些本事是跟孔子学的，我对孔子这个人很好奇，你能跟我详细说说吗？"

于是，子贡一一介绍。

子贡说："先生教育弟子用四种内容：学古代文献、做事、忠实、诚信。"

太宰听着。

【原文】子以四教：文，行，忠，信。（《论语·述而篇第七》）

子贡还说："先生绝无四种毛病：不胡乱猜测，不说绝对的话，不固执，不独断专行。"

太宰觉得有意思。

【原文】子绝四：毋意、毋必、毋固、毋我。（《论语·子罕篇第九》）

子贡接着说："他斋戒沐浴的时候，一定有浴衣，用上好的麻布做的。斋戒的时候，一定改变平常的饮食；居住也一定换地方，不与妻同房。"

太宰听得很认真。

【原文】齐，必有明衣，布。齐必变食，居必迁坐。（《论语·乡党篇第十》）

子贡说："粮食不排斥做得精，鱼和肉不排斥切得细。粮食霉变，鱼和肉腐烂，都不吃。食物颜色不正常不吃、气味难闻不吃、烹调不当不吃、庄稼瓜果不成熟不吃、不成熟牲畜的肉不吃、桌上没有一点儿调味酱不吃。席上肉虽然多，吃它不超过主食。只是他喝酒不限量，不过，却不至喝醉。用不当的价格买来的酒和肉干不吃。到吃完饭，桌上的姜都不撤除，但吃得不多。”

太宰对这些小事也挺有兴趣。

【原文】食不厌精，脍不厌细。食饐而餲，鱼馁而肉败，不食；色恶，不食；臭恶，不食；失饪，不食；不时，不食；割不正，不食；不得其酱，不食。肉虽多，不使胜食气。唯酒无量，不及乱。沽酒市脯，不食。不撤姜食，不多食。（《论语·乡党篇第十》）

子贡说：“吃饭的时候不交谈，睡觉的时候不说话。”

太宰没打断子贡。

【原文】食不语，寝不言。（《论语·乡党篇第十》）

子贡说：“坐席摆的方向不合礼制，不坐。”

【原文】席不正，不坐。（《论语·乡党篇第十》）

子贡说：“先生的朋友死了，没有亲人来敛埋，他说：‘丧事由我来办吧。’”

太宰轻轻点头。

【原文】朋友死，无所归，曰：“于我殡。”（《论语·乡党篇第十》）

子贡说：“先生在死了亲属的人旁边吃饭，不曾吃饱过。”又说，“先生若这一天为吊丧哭泣过，就不再唱歌。”

太宰对此很认可。

【原文】子食于有丧者之侧，未尝饱也。（《论语·述而篇第七》）

【原文】子于是日哭，则不歌。（《论语·述而篇第七》）

子贡又说："先生在乡里，温恭谦逊，好像不会说话的一般。他在宗庙里和朝廷上，说话极明白，不含糊，只是说得很少。"

太宰没说话。

【原文】孔子于乡党，恂恂如也，似不能言者；其在宗庙朝廷，便便言，唯谨尔。（《论语·乡党篇第十》）

子贡继续说："先生温和而严厉，威严而不凶猛，庄严而安详。"

太宰轻轻地点头。

【原文】子温而厉，威而不猛，恭而安。（《论语·述而篇第七》）

子贡说："先生很少谈到功利、命运和仁德。"

【原文】子罕言利与命与仁。（《论语·子罕篇第九》）

子贡说："先生的马棚失火。先生退朝回来，说：'伤人了吗？'不问马的情况。"

太宰听着。

【原文】厩焚，子退朝，曰："伤人乎？"不问马。（《论语·乡党篇第十》）

子贡说："先生钓鱼，不用大绳网捕鱼；先生射鸟，用带生丝的箭射鸟，不射归巢的鸟。"

【原文】子钓而不纲，弋不射宿。（《论语·述而篇第七》）

子贡说："先生说：'早晨得知自己的做人之道在天下实

行，当晚死了，也不可惜。’”

太宰觉得子贡说得不错，让他对孔子多了一点了解。

【原文】子曰：“朝闻道，夕死可矣。”（《论语·里仁篇第四》）

四、晏婴节俭，但是做他的下属就很难做

子贡从郧地回鲁城，来见孔子，说了太宰向他打听先生的事。

子贡说：“太宰最后问道：‘孔大夫是位圣人吧？否则，他怎么会有这么多才艺呢？’我回答道：‘确实如此，可能上天就是要让他成为圣人。’”

孔子听了，说：“太宰知道我的经历吗？我小时候穷苦，所以学会了不少低贱的技艺。真正的圣人会有这样多的技巧吗？不会的。”

【原文】太宰问于子贡曰：“夫子圣者与，何其多能也？”子贡曰：“固天纵之将圣，又多能也。”子闻之，曰：“太宰知我乎？吾少也贱，故多能鄙事。君子多乎哉？不多也。”（《论语·子罕篇第九》）

子贡觉得先生太谦虚了。

孔子又说：“书本上的学问，大约我同别人差不多。在现实生活中做一个君子，那我还没有做到。”

【原文】子曰：“文，莫吾犹人也。躬行君子，则吾未之有得。”（《论语·述而篇第七》）

子贡很了解先生，他永远是这样谦虚的。子贡改换话题，向先生了解爱提问的子张和诗文子夏的学习情况。

子贡问孔子："子张和子夏二人谁更强一些呢？"

孔子回答说："子张有点儿过头了，子夏还有点儿没达到。"

子贡说："那么是子张强一些吗？"

孔子说："过头和没达到是一样的。"

【原文】子贡问："师与商也孰贤？"子曰："师也过，商也不及。"曰："然则师愈与？"子曰："过犹不及。"（《论语·先进篇第十一》）

子贡又问先生对高柴、曾参、子张、子路的看法。

孔子说："高柴愚笨，曾参迟钝，子张偏激，子路鲁莽。"

子贡知道先生对弟子的要求也是很高的。

【原文】柴也愚，参也鲁，师也辟，由也喭。（《论语·先进篇第十一》）

子贡又转换话题，说了一下自己最近读历史的情况，问先生对几个历史人物的评价。

子贡问孔子说："管仲的毛病在于太奢侈，晏婴的毛病在于太节俭。这二人都有不足之处，比较一下谁更好呢？"晏婴，齐国国相，辅政齐灵公，庄公、景公三任国君，长达五十余年，为人非常节俭。

孔子说："管仲盛食物的器具雕刻花纹，系帽的带子使用朱红色，大门前建影壁，堂上设置放酒杯的土台，宫室的斗拱上画山和云彩的图案，楹柱上画有水草花卉的彩绘。他固然是位贤能的大夫，但要做他的君上是很困难的。"

子贡听着。

孔子又说："晏婴祭祀他的先祖，只用一个小猪肘子，一件狐皮衣服穿了三十年。他固然是位贤明的大夫，但要做他的下属就很困难了。作为君子，对上不应该僭越君上，对下不应该让属下太大压力。"

【原文】子贡问曰："管仲失于奢，晏子（晏婴）失于俭，与其俱失矣，二者孰贤？"

孔子曰："管仲镂簋而朱纮，旅树而反坫，山节藻棁，贤大夫也，而难为上。晏平仲（晏婴）祀其先祖而豚肩不掩豆，一狐裘三十年，贤大夫也，而难为下。君子上不僭下，下不逼上。"（《孔子家语·曲礼子贡问第四十二》）

子贡问孔子说："您对子产和晏婴，可以说推崇到了极点。请问您赞赏他们的哪些方面呢？"

孔子说："子产对于民众是位仁爱的治理者，学问广博；晏婴对于国君是位忠心的臣子，行为谦恭聪敏。所以我都把他们当作兄长来事奉，而且愈来愈喜爱和尊敬。"

【原文】子贡问于孔子曰："夫子之于子产、晏子（晏婴），可为至矣。敢问二大夫之所为目，夫子之所以与之者。"（《孔子家语·辨政》）

孔子曰："夫子产于民为惠主，于学为博物；晏子于君为忠臣，而行为恭敏。故吾皆以兄事之，而加爱敬。"（《孔子家语·辨政第十四》）

这时，机灵鬼宰予兴冲冲地进来，告诉先生一件事：刚才他碰到君上了，君上问他："做土神的牌位应该用什么树木？"他答道："夏代用松木，殷代用柏木，周代用栗木。用栗木的意思是使百姓战栗。"

子贡抢话指责说："用栗木做牌位是件错事。掌权者不应当使百姓战栗。"接着，斥责宰予不仁。

孔子拦住子贡道："做过的错事别再提了，办完的错事别再阻止了，过去的错事别再追究了。"

子贡不说话了。

【原文】哀公问社于宰我。宰我对曰："夏后氏以松，殷人

以柏，周人以栗，曰使民战栗。”子闻之，曰：“成事不说，遂事不谏，既往不咎。”（《论语·八佾篇第三》）

五、宰予出任齐国右相，是第十一个做官的孔门弟子

齐简公还是公子时，因内乱流亡到鲁国，那时，机灵鬼宰予跟他联系很多，受到他的信任。两年前，齐悼公死，他回齐国即位，为齐简公，现在他想用宰予。

这天，机灵鬼宰予在城墙上跟小颜回颜歆聊天，宰予坐在箭口，颜歆在他身边。

宰予吹牛：“跟先生周游列国那确实不容易，哪里都不欢迎我们，我们只能这里待一段时间，到哪里再待一段时间。这么跑来跑去，也看不到希望。我告诉你，弟子里面从来没有动摇的没有几个人，你父亲是一个，我是一个……”

颜歆说：“是吗？子路叔应该不会动摇吧？”

“怎么不会？你不了解情况。我告诉你，在陈蔡绝粮时，他就动摇过……”

子张走到城墙下，对宰予喊：“宰予，你在这儿？我们到处找你。你快去先生家，齐国使者到先生家找你，有大事。”

宰予高兴地说：“真的？太好了。”说完站起来往城墙下跑，颜歆跟着他跑。跑到子张身边，宰予问：“什么大事？”

子张说：“齐国要聘你做官。”

宰予说：“真的？太好了！”撇下颜歆，向孔子家跑去。

第二天，宰予告别孔子和孔门弟子，去了齐国。

宰予这年四十岁，是第十一个做官的孔门弟子。孔子这年六十九岁。

六、子夏出任莒父宰，是第十二个做官的孔门弟子

宰予走了半个月后的一天，原宪、子夏、曾参、巫马施、公西华在城外庄稼地干活儿。

司马牛跑来，气喘吁吁地说："子夏，先生让你快回去。"

诗文子夏问有什么事，这么着急？

司马牛说："朝廷的人到先生家找你，要任命你为莒（音举）父宰。"莒父（今山东省日照市莒县），是鲁国东边的一个邑。

子夏大吃一惊，简直不敢相信自己的耳朵，这是真的？

其他弟子也很高兴，催他快回去吧。

子夏跟司马牛往城里走去。

第二天，孔子带弟子们在东门外给子夏送行。

子夏说："先生，我没想到自己会去做官，心里特别没底，为了让我做好这个官，您也送我一句话吧！"

孔子想了想，说："不要图快，不要顾小利。图快，反而不能达到目的；顾小利，就办不成大事。"

子夏记下。向先生和弟子们告辞，转身上路。

这年子夏三十七岁，是第十二个做官的孔门弟子。孔子这年六十九岁。

【原文】子夏为莒父宰，问政，子曰："无欲速，无见小利。欲速则不达；见小利则大事不成。"（《论语·子路篇第十三》）

送走子夏，孔子回到家继续读史书，颜回和原宪在一旁陪伴。

孔子的侄女婿南宫括进屋子说："先生，我忽然想到一个问题，可以请您指教吗？"

孔子扭头看看他，没有反对。

南宫括说："羿擅长射箭，奡（音傲）擅长水战，都没有

得到好死。禹和稷自己下地种田，却得到了天下。怎样解释这些历史？”

孔子没有答复。

南宫括退了出去。孔子对颜回和原宪说：“这个人，真是个君子！这个人，真是崇尚仁德！”

【原文】南宫适（南宫括）问于孔子曰：“羿善射，奡荡舟，俱不得其死然；禹、稷躬稼而有天下。”夫子不答。南宫适出，子曰：“君子哉若人！尚德哉若人！”（《论语·宪问篇第十四》）

接着，司马牛进来，问道：“先生，我也想问一个问题，可以吗？”

孔子没有反对。

司马牛问：“如何做才能算是仁者？”

孔子知道司马牛是个话多而急躁的人，觉得应该提醒他一下，说：“仁者，他说话迟缓。”

司马牛问道：“说话迟缓，就是仁者吗？”

孔子说：“每个事做起来都不容易，说话能不迟缓吗？”

司马牛似乎有点明白，告辞出去了。

【原文】司马牛问仁，子曰：“仁者，其言也讱（音认）。”曰：“其言也讱，斯谓之仁已乎？”子曰：“为之难，言之得无讱乎？”（《论语·颜渊篇第十二》）

院子里南宫括、司马牛、巫马施几个弟子在议论着。憨憨的有若和曾参进来，在一旁听他们的议论。

这时，孔子从屋里走出来。

弟子们连忙向孔子行礼。

孝子曾参说：“先生，听说您给了他们新的教诲，也给我一句，可以吗？”

孔子看看他，缓慢地说：“曾参啊，我讲的道始终都是一个中心。”

曾参说：“是的。”

孔子走出院子。弟子们问曾参：“先生说的是什么意思？”

曾参说：“先生说他讲的道，就是忠诚与宽恕的那个中心。”

弟子们似乎明白了。

孔子又回屋里。

【原文】子曰：“参乎！吾道一以贯之。”曾子曰：“唯。”子出，门人问曰：“何谓也？”曾子曰：“夫子之道，忠恕而已矣。”（《论语·里仁篇第四》）

司马牛继续他们关于仁德的话题，问有若：“有若兄，你又是如何理解仁德的？”

憨憨的有若说：“一个人孝顺爹娘敬重兄长，却喜欢触犯上级，这是很少的；不喜欢触犯上级，却喜欢造反，这种人从来没有过。”

司马牛听着。

有若又说：“君子将仁德作为根本，就明白为政之道。”

司马牛一边听一边想。

有若继续说：“孝顺爹娘和顺从兄长，这不就是仁德的核心吗？”

司马牛觉得说的很不错。

【原文】有子（有若）曰：“其为人也孝弟，而好犯上者，鲜矣；不好犯上而好作乱者，未之有也。君子务本，本立而道生。孝弟也者，其为仁之本与！”（《论语·学而篇第一》）

七、冉求带儿子拜师

两个月后，公元前483年，即哀公十二年冬，孔鲤的儿子孔伋出生。

孔鲤去河里给媳妇抓鱼，死于河里，殁年四十九岁。弟子帮忙办理了孔鲤的后事

晚年丧子，孔子非常悲痛。他们家也似乎一下子垮了，破茅屋里只剩爷爷、儿媳和孙子。

弟子都来陪伴先生，这给孔子带来很大的安慰。

这天，好砍柴人冉求带一个后生到孔子家，来向孔子拜师，这是他儿子冉孺。

尽管一年前孔子斥责过冉求，冉求并不记恨先生，这会儿他把儿子送来拜师，表明他知道先生说的是对的，并认为儿子跟随先生才会有出息。

孔子对冉求很冷淡，冉求说的话，他都没有回复。但是，他没有拒绝冉求儿子的拜师。他把冉孺叫到自己面前，拉住冉孺的手，问了一下他的情况。这样，冉孺成了孔门弟子。

冉孺，这年十七岁，小孔子五十二岁。

八、一个脸黑黑的弟子问：人活着是否就是为了富有？

寒冷冬天过去了，又到了温暖的春天。

这天黄昏，在沂水边聚集了很多人，黑压压的一片，这是来听孔子讲学的弟子。小砍柴人冉孺拜师后，又有几十个后生来拜师，这拜师的势头越来越猛。

河边弟子们见颜回和原宪陪孔子过来，让开一条路，让孔子他们走进去。

孔子坐下后，开始讲学。

司马牛率先发问：“先生，请问怎样做才能成为一个君子。”

孔子思索片刻，说：“君子不忧愁，不恐惧。”

司马牛问道：“不忧愁，不恐惧，这样就可以叫作君子了吗？”

孔子说：“做到自己问心无愧的人，有什么可以忧愁和恐惧的呢？”

司马牛有点儿蒙。

【原文】司马牛问君子，子曰：“君子不忧不惧。”

曰：“不忧不惧，斯谓之君子已乎？”子曰：“内省不疚，夫何忧何惧？”（《论语·颜渊篇第十二》）

爱提问的子张问：“先生，请您再说说仁。”

孔子说：“一个人能在天下按五种品德做人做事，就是仁了。”

子张说：“请问是哪五种？”

孔子说：“庄重、宽厚、诚实、勤敏、惠人。”

子张说：“请您再具体说说。”

孔子说：“庄重就不会受侮辱，宽厚就会得到拥护，诚实就会受到重用，勤敏就会获得成功，给人恩惠就能使用人。”

子张记下了。

【原文】子张问仁于孔子，孔子曰：“能行五者于天下为仁矣。”请问之，曰：“恭、宽、信、敏、惠。恭则不侮，宽则得众，信则人任焉，敏则有功，惠则足以使人。”（《论语·阳货篇第十七》）

一个高个子弟子提问：“先生，可以评价一下卫国的史鱼和蘧伯玉大夫吗？”

颜回伸头去看这个帅气弟子。

孔子说：“史鱼真是正直啊！卫国遵循礼法时，他的言行像箭一样直；卫国不遵循礼法时，他的言行也像箭一样直。”

高个子弟子认真听着。

孔子说："蘧伯玉也真是一位君子啊！卫国遵循礼法，就出来做官，卫国不遵循礼法就辞掉官职，把自己的主张藏在心里。"

高个子弟子一再点头。

【原文】子曰："直哉史鱼！邦有道如矢，邦无道如矢。君子哉蘧伯玉！邦有道则仕，邦无道则可卷而怀之。"（《论语·卫灵公篇第十五》）

一个脸黑黑的弟子问："先生，请问人活着是否就是为了富有？"

很多弟子扭头去看坐在后排的这个弟子。

孔子缓慢地说："齐景公有马四千匹，死了以后，百姓没有称颂他的。"

脸黑黑的新弟子认真听着。

孔子又说："伯夷、叔齐两个人饿死在首阳山下，大家到现在还称颂他俩。"

脸黑黑的新弟子感觉羞愧。

【原文】齐景公有马千驷，死之日，民无德而称焉；伯夷、叔齐饿于首阳之下，民到于今称之。（《论语·季氏篇第十六》）

九、闵子骞出任费邑宰，是第十三个做官的孔门弟子

这天，孝顺的闵子骞和孝子曾参到郊外砍柴回来，刚进城，见迎面走来一个穿官服的人，对方说："二位，请留步！"

闵子骞问道："有事吗？"

领头的对闵子骞说："您是闵子骞？是这样，我是正卿的家臣。"

闵子骞有点儿意外，说："你认识我？找我有事吗？"

“您是冉求大人的同门弟子，鄙人自然认识。是这样，正卿大人请您到他府上去一趟。”

“正卿大人召见我？为什么？”

来人笑笑，说：“听说是好事，要请您做费邑宰。”

“请我去做费邑宰？不可能吧？我没有这个本事。请您回去替我推辞掉吧。”

“您还是先去正卿府上吧。”

闵子骞说：“请替我推辞吧！如果再来召我，那我一定跑到汶水之北的齐国去了。”

来人见闵子骞执意不去，只好回去。

闵子骞和曾参到孔子家，把这个情况告诉院子里的孔子。孔子没说话，那样子似乎不赞成他推辞，后来，闵子骞听从孔子的意见，去正卿府接受了任命。

【原文】季氏使闵子骞为费宰，闵子骞曰：“善为我辞焉、如有复我者，则吾必在汶上矣。”（《论语·雍也篇第六》）

几天后，在东门外的护城河边，孔子带众多弟子为孝顺的闵子骞送行，有几十人，其中有不少是新拜师的弟子。

闵子骞看着先生，恭敬地说：“先生，我真的是心里没底，您也送我一句话吧！”

孔子没说话。

闵子骞又说：“到费邑，我该如何做？请先生指教！”

孔子思考片刻，说：“用仁德和刑罚。仁德和刑罚是治理民众的工具，就好像驾驭马用勒口和缰绳一样。”

这年闵子骞五十五岁，是第十三个做官的孔门弟子。孔子这年七十岁。

【原文】闵子骞为费宰，问政于孔子。子曰：“以德以法。夫德法者，御民之具，犹御马之有衔勒也。”（《孔子家语·执辔第二十五》）

第14章　这天下午，一行人进入武城

一、子路说：现在我才知道，我再想孝敬父母，已不可能了

孝顺的闵子骞走后不几天，子贡在路上碰到一个叫陈子禽的新弟子，对方叫住他，问道："子贡兄，可以问你个问题吗？"

子贡答道："你有什么问题？只要我能回答的，一定回答。"

陈子禽说："先生一到哪一国，必然听得到那一国为政上一般人听不到的事，这是他请求别人告诉他的，还是别人主动告诉他的？"

子贡说："是先生请求别人告诉他。先生是用温和、善良、严肃、节俭、谦逊的态度请求别人说说。"

陈子禽说："可是很多人请求别人说说，别人也不说。"

子贡说："是吗？难道先生请求的方式与别人有很大不同吗？"

【原文】子禽问于子贡曰："夫子至于是邦也，必闻其政，求之与，抑与之与？"子贡曰："夫子温、良、恭、俭、让以得之。夫子之求之也，其诸异乎人之求之与？"（《论语·学而篇第一》）

陈子禽又问："先生的这些学问很难学吧？"

子贡说："先生讲授的诗和书的知识，我们听了就能学到；先生讲授的人性和天道的理论，我们听了却不一定能学到。"

陈子禽记下这些话。

子贡见他没有问题了，走开。

【原文】子贡曰："夫子之文章，可得而闻也；夫子之言性与天道，不可得而闻也。"（《论语·公冶长篇第五》）

子路任蒲邑宰取得的政绩，也传到鲁国。正卿季康子特别想得到这个人才，他派人去召子路到自己家干。子路见了使者，心里颇不平静。

子路回想起十六年前，就是鲁定公十二年，老正卿季桓子聘自己做家臣宰，后来因"毁三都"，撤销自己的职务。现在第二次去他家做官，怕不是个好事，于是，婉拒了召请。

季康子没想到子路居然会拒绝自己，立即另外派个使者去召请，心想你越是不来，我越是要叫你来。第二个使者去了，还是被婉拒。季康子又派出第三个使者，继续召请。

当季康子的第三个使者到蒲邑时，子路不再拒绝了。同意做家臣左宰，与家臣右宰冉求一起管理正卿家经济、军事事务。是的，当时鲁国的军队有一半驻扎在正卿封地里，由正卿控制。

这天，子路回到鲁城，旋即到孔子的茅屋看望先生。屋子里只有先生一个人。

孔子见子路来了，眉目舒展少许，二人有两年多没见面了，子路问长问短，很关心先生。

聊了一会儿，孔子问子路这段时间有没有什么收获。

子路想了想，说："过去我侍奉双亲的时候，吃粗劣的饭菜，还曾为父母到百里之外去背粟米。"

孔子听着。

子路继续说："双亲去世之后，我在中都任职，曾南去楚国，跟随我的车子多达百辆，运的粮食多达万钟，我坐在厚厚的锦褥上，吃着丰盛的美食。这时，我才知道，我再想吃粗劣的饭菜，为父母背粟米，已不可能了。"

子路有些难过，又说："这时我才发现，父母的寿命短暂得如白驹过隙一样。”

孔子说：“子路，你侍奉父母，可以说父母活着时竭尽了孝心，父母死后竭尽了思念。”

【原文】子路见于孔子，曰：“……昔者由也，事二亲之时，常食藜藿之实，为亲负米百里之外。亲殁之后，南游于楚，从车百乘，积粟万钟，累茵而坐，列鼎而食。愿欲食藜藿，为亲负米，不可复得也。二亲之寿，忽若过隙。”

孔子曰：“由也事亲，可谓生事尽力，死事尽思者也。”（《孔子家语·致思第八》）

二、冉雍的儿子拜师

回鲁国后，孔子开始依据鲁国史官的记录编写《春秋》。通过用褒贬的词汇，使好人得到称赞，使恶人得到谴责。他想用这种“春秋笔法”，让后世的乱臣贼子都有所畏惧。

这天，孔子写到晋国的历史，对身边的颜回感叹起来。

这段历史是，晋国大夫赵盾，因堂弟赵穿杀了晋文公而逃亡，可是赵盾没越过国境又返回来了。

史官董狐在史书上写了“赵盾弑君”，赵盾听说后，对董狐说我不是凶手。

董狐说：“你怎么不是凶手呢？如果你不是凶手，你逃走干嘛？还有，如果你不是凶手，你应该讨伐凶手，而你根本没讨伐凶手。”

赵盾说：“唉！《诗经》说：‘由于我的怀念，自己招来忧患。’这说的就是我了。”

孔子叹息说：“史官董狐，书写史实不隐讳，把赵盾自我辩护的话都记录了。赵盾，真是贤良大夫，因为守法没有强迫史官改写而蒙受恶名。”

颜回安静地听着。

【原文】孔子览《晋志》，晋赵穿杀灵公，赵盾亡，未及山而还。史书："赵盾弑君。"盾曰："不然。"史曰："子为正卿，亡不出境，返不讨贼，非子而谁？"盾曰："呜呼！'我之怀矣，自诒伊戚'，其我之谓乎？"

孔子叹曰："董狐，古之良史也，书法不隐；赵宣子，古之良大夫也，为法受恶。"（《孔子家语·正论解第四十一》）

孔子兴致颇高，又说了"昭子杀竖牛"的事。

叔孙昭子是现在鲁国司马叔孙武叔的爷爷，为庶出，他有个叫竖牛的兄弟，是他的父亲与寡妇所生，竖牛长大后控制了叔孙家，饿死父亲，杀死两个嫡出的兄弟，拥立叔孙昭子为家主，昭子继位后，对家人说："竖牛祸害叔孙氏，使祸乱一个接一个，杀害嫡子拥立庶子，又用边邑土地向我行贿以求免去死罪，没有比他的罪行再大的了，必须马上把他杀掉。"于是杀竖牛。

孔子说："昭子不认为竖牛拥立自己是功劳，是因为不可以这么做，古代贤人周任有这样的话：'执政者不奖赏对自己有功之人，不惩罚对自己有私怨之人。'《诗经》说：'君子德行正直，四方诸侯顺从。'昭子就是这样的人。"

【原文】叔孙穆子避难奔齐，宿于庚宗之邑。庚宗寡妇通焉，而生牛。穆子反鲁，以牛为内竖，相家。牛谗叔孙二人，杀之。叔孙有病，牛不通其馈，不食而死。牛遂辅叔孙庶子昭而立之。

昭子既立，朝其家众曰："竖牛祸叔孙氏，使乱大从，杀嫡立庶，又披其邑，以求舍罪。罪莫大焉！必速杀之。"遂杀竖牛。

孔子曰："叔孙昭子之不劳，不可能也。周任有言曰：'为政者不赏私劳，不罚私怨。'《诗》云：'有觉德行，四国顺之。'昭子有焉！"（《孔子家语·正论解第四十一》）

这天，子贡进先生院子，见轻蔑者原宪在和一个小后生说话，觉得这个小后生有几分面熟，但是一时想不起来在哪里见过。

轻蔑者原宪对子贡说：“来看先生？先生在屋里。”

子贡盯着这个小后生看，问原宪：“这是谁？我好像在哪里见过。”

原宪对这个人说：“这是子贡兄。”

小后生清脆地叫了一声“子贡兄”！行了很优雅的礼。

子贡还了礼。

原宪解释道：“可能你没见过，你看他面熟，是因他是冉雍的儿子，叫冉季。”

“原来是冉雍的儿子。原宪，那不对了，怎么能叫兄呢？分明是叔叔，冉季，叫子贡叔！”

小后生改口叫：“子贡叔！”

原宪说：“不对，现在先生收他为弟子，怎么能叫叔呢？孔门弟子都是兄弟，还是应该叫兄的。”

子贡说：“先生收了他？那对，以后叫子贡兄吧。”

子贡进屋去看先生。

冉季，这年十七岁，小孔子五十四岁。

三、原宪问武城宰言偃：武城人都很喜欢弹琴吗？

阳春三月，春风和煦，阳光温暖，河边柳树舞动的树枝上发出嫩绿的新芽，那些槐树、榆树、杨树也发出新芽。河水是那么清澈，悄无声息地流淌着，没有翻起一点儿浪花。埋在地里的庄稼也冒出头，灰色的田野里有一垄一垄的绿色，让人觉得大地生机盎然，充满活力。

一辆马车带着一行人走在鲁城东门外的大路上。这是孔子和他的弟子。

这段时间，有几个弟子一再请求孔子带他们去看看在外地做官的同门弟子。到这时，言偃、子夏做官两年，宓子贱做官三年。闵子骞做官一年。孔子经不住一再央求，同意了。

这天下午，一行人进入武城（今山东省临沂市平邑县）南门，车上坐的是孔子，牵马的是武城宰言偃，就是南方人言偃，车后跟着的是孔门弟子颜回、原宪、曾参、公西华、子张、巫马施、公冶长、南宫括，以及“新三少”，即小颜回颜歆、小贱民冉季、小砍柴人冉孺。

言偃这个南方才子，一边恭敬地牵着马，一边小心翼翼地回答孔子的提问。

孔子问了武城的面积、人口、庄稼、税赋等情况。

言偃详细地回答。

这时，孔子听到旁边有弹琴唱歌的声音。

轻蔑者原宪问：“这都是谁在弹琴？”

南方人言偃说：“是城里的百姓。”

原宪很迷惑，问道：“武城人都很喜欢弹琴吗？”

言偃回答道：“不是的。是这样，近来武城发生几起家庭纠纷，儿女不孝，兄弟相争，夫妻不和，我用礼乐教化他们，让他们通过学习弹琴唱歌来明白做人之道。”

孔子听了难得微微一笑，说：“杀鸡焉用牛刀？”

言偃说：“先生，以前我听您说过：‘掌权者学做人之道就会爱护别人，百姓学做人之道就会听从政令。’”

孔子闻之色变，严肃地说：“弟子们，言偃说得对，刚才我只是开个玩笑。”

【原文】子之武城，闻弦歌之声。夫子莞尔而笑，曰：“割鸡焉用牛刀？”

子游对曰：“昔者偃也闻诸夫子曰：‘君子学道则爱人，小人学道则易使也。’”

子曰：“二三子！偃之言是也！前言戏之耳。”（《论语·阳货篇第十七》）

四、澹台灭明拜师

进了邑宰府衙，一行人坐下。

聊了一番武城的情况后，孔子问言偃："你在这里得到了什么人才没有？"

言偃回答说："府衙里有一个叫子羽的人，走路不走捷径，没有公事从不到我屋子里来。"

【原文】子游为武城宰，子曰："女得人焉尔乎？"曰："有澹台灭明者，行不由径，非公事，未尝至于偃之室也。"（《论语·雍也篇第六》）

孔子让言偃把此人叫来。

不一会儿，府衙里的人带一个人进来，这人相貌丑陋。孔子见了愣了一下，这不就是曾来拜师的那个后生吗？那好像是三年前，对，就是哀公十一年，他到自己家请求拜师。爱提问的子张和轻蔑者原宪也认出这个人。

这个人叫澹台灭明。

孔子没有想到这么丑陋的人居然有这么好的品性，很是自责。他历来主张有教无类，不管什么人来学习都不拒绝，可是在此人这里，却犯错。这是他在收弟子上犯的仅有的一次过错。于是，收这个人做了弟子。

澹台灭明，复姓澹台，名灭明，字子羽，鲁国武城人。这年二十二岁，小孔子四十九岁。

五、君子总是严格要求自己，小人总是严格要求别人

孔子一行在武城住了三天后，离开武城，去莒父（今山东省日照市莒县）看望子夏。这时孔门弟子多了一个人，就是刚拜师的澹台灭明。

在路上，孝子曾参说："先生，我忽然想到一个问题，可以请您指教一下吗？"

孔子没反对。

曾参说："君子有担心的事吗？"

孔子想了想，说："君子担心死后他的名字不为人们称赞。"

弟子们觉得先生说得很好。

【原文】子曰："君子疾没世而名不称焉。"（《论语·卫灵公篇第十五》）

爱提问的子张说："先生，我也想问一个问题。"见孔子没反对，说，"读书人要怎么做，才可以称为事事行得通？"

孔子问道："你所说的事事行得通是什么意思？"

子张答道："在国君朝廷做官名声很大，在大夫家做官也名声很大。"

孔子说："这叫名声，不是事事行得通。事事行得通的人，是品性正直，遇事讲理，善于分析别人的言语，善于观察别人的神色，会尊重别人的想法。这样的人，在朝廷做官一定事事行得通，在大夫家做官也一定事事行得通。"

子张认真听着。

孔子接着说："至于一些所谓名声大的人，表面上似乎爱好仁德，实际上不是，可是自己竟以仁者自居而不加疑惑。这种人，在朝廷会骗取名声，在大夫家也一定会骗取名声。"

子张仔细琢磨先生的话。

【原文】子张问："士何如斯可谓之达矣？"子曰："何哉尔所谓达者？"子张对曰："在邦必闻，在家必闻。"子曰："是闻也，非达也。夫达也者，质直而好义，察言而观色，虑以下人。在邦必达，在家必达。夫闻也者，色取仁而行违，居之不疑。在邦必闻，在家必闻。"（《论语·颜渊篇第十二》）

小贱民冉季说："先生，我来学习就是想成为君子那样高尚的人，请您说说君子与小人有哪些不同？"

孔子说："君子关心道德，小人关心细小的利益；君子关心律法，小人关心恩惠。"

【原文】子曰："君子怀德，小人怀土；君子怀刑，小人怀惠。"（《论语·里仁篇第四》）

子张又问："先生，难道关心细小的利益不对吗？"

孔子没看子张，说道："一个读书人若关心细小的利益，那就不配做读书人。"

子张不说话了。

【原文】子曰："士而怀居，不足以为士矣。"（《论语·宪问篇第十四》）

孔子女婿公冶长说："先生，我也有个问题。"

孔子没反对。

公冶长说："君子与小人还有什么不同？"

孔子说："君子总是严格要求自己，小人总是严格要求别人。"

弟子们觉得这话说得太好了，纷纷记下。

【原文】子曰："君子求诸己，小人求诸人。"（《论语·卫灵公篇第十五》）

公冶长说："还有吗？"

孔子说："君子庄重而不与别人相争，合群而不拉帮结伙。"

公冶长赶忙记下。

【原文】子曰："君子矜而不争，群而不党。"（《论语·卫灵公篇第十五》）

公冶长说："还有吗？"

孔子说："君子不因一个人说得好听便提拔他，又不因一个人被贬而否定他先前说的好话。"

弟子们又觉得特别好。

【原文】子曰："君子不以言举人，不以人废言。"（《论语·卫灵公篇第十五》）

轻蔑者原宪问："先生，君子会与人相争吗？"

孔子说："君子没有什么可争的事情。如果有所争，一定是比射箭吧，但射箭时君子是相互作揖后上台射箭，射完走下台来，作揖喝酒。那样的相争也是很君子的。"

原宪连忙记下。

【原文】子曰："君子无所争，必也射乎！揖让而升，下而饮。其争也君子。"（《论语·八佾篇第三》）

小砍柴人冉孺说："先生，我可以问个问题吗？"

孔子看看，神情温和。

小砍柴人冉孺说："射箭是比力气大，还是比射的准？"

孔子说："比射箭，不是比是否射穿牛皮，因为各人的力气大小不一样，这是古时的规矩。"

【原文】子曰："射不主皮，为力不同科，古之道也。"（《论语·八佾篇第三》）

六、子夏把孔子一行带进莒父城

孔子一行到莒父。

诗文子夏带两个甲士在城门口迎接。孔子一行走近，子夏上上前向先生行礼，向同门弟子行礼，然后，牵住孔子的马，带大家进城。

孔子问了莒父的面积、人口、庄稼、税赋等情况。

子夏一一作答。

孔子对子夏的回答很满意，一再点头。在城外时，孔子看到的农田、沟渠、庄稼状态很不错，挺满意；进城之后，看房屋、街巷、行人的状态也很不错，也挺满意，认为子夏干得不错。

到了邑宰府衙，子夏招待一行人坐下。

子夏问孔子："先生，我在莒父干得不好，请您指正。"

孔子摇头。

子夏说："先生，我真的干得不好，您务必指正几句。"

孔子不说话。

子夏又请求，颜回阻止道："子夏兄弟，先生对你的政绩基本满意，希望和你谈谈其他事情。"

子夏明白了，连忙说："谈什么？谈学习可以吗？"见孔子点头，说，"那我说说我近来学习的心得？"接着说，"我觉得在改善德行上，一个人如果做得很好，就如同学习过。"

孔子朝子夏微微点头。

子夏说："一个人对妻子重品德不重容貌，侍奉爹娘能尽心竭力。事奉君上能豁出生命；同朋友交往说话诚实守信。这种人，就是没学习过，我一定说他已经学习过了。"

孔子没有表态，弟子们都觉得好。

【原文】子夏曰："贤贤易色；事父母，能竭其力；事君，

能致其身；与朋友交，言而有信。虽曰未学，吾必谓之学矣。”（《论语·学而篇第一》）

弟子们让子夏继续说。

子夏说：“广泛地学习，坚守自己志趣；恳切地发问，多考虑当前的问题，仁德就在这中间了。”

弟子们再说好。

孔子还是没有表态，这就是认可了。

【原文】子夏曰：“博学而笃志，切问而近思，仁在其中矣。”（《论语·子张篇第十九》）

子夏又说：“每天学到一些过去所不知道的东西，每月都不能忘记已经学会的东西，这就可以叫作好学了。”

孔子向子夏投去赞许的目光。

弟子们都说这说得太好了。

【原文】子夏曰：“日知其所亡，月无忘其所能，可谓好学也已矣。”（《论语·子张篇第十九》）

第15章　在自家茅屋里

一、子产不毁乡校，别人说子产不仁，我是不相信的

时间过得很快，到了这年冬季。

这天傍晚，孔子在家里给新来的弟子讲学，“新三少”、澹台灭明在座。刚要开讲，子路、子张、巫马施匆忙进来坐下。

小颜回颜歆问道：“先生，我们可以听您谈谈历史人物吗？”

孔子神情肃穆，这是让颜歆继续说。

小颜回颜歆说：“我想听听先生对管仲的看法，可以吗？”

孔子略微思考，说：“管仲的器量狭小得很呀！”

颜歆问道：“管仲节俭吗？”

孔子道：“管仲收取了集市上大量税金，他手下的人员一人一职，从不兼差，如何能说是节俭呢？”

颜歆又问：“那么管仲是知礼的人吗？”

孔子缓慢地说：“国君宫门前立了一个照壁，管仲在自己家门口也立了个照壁，国君宴请他国君主用的那种摆放酒杯的器具，是诸侯才有资格用的，管仲设宴也用那样器具。如果说他懂知礼，那还有谁不知礼呢？”

【原文】子曰：“管仲之器小哉！”或曰：“管仲俭乎？”曰：“管氏有三归，官事不摄。焉得俭？”“然则管仲知礼乎？”曰：“邦君树塞门，管氏亦树塞门；邦君为两君之好，有反坫（音店）。管氏亦有反坫，管氏而知礼，孰不知礼？”（《论语·八佾篇第三》）

小贱民冉季问："先生，我听说一个叫商阳的事，可以问问吗？"

小贱民冉季说的是楚国讨伐吴国时，楚国一个叫商阳的武士和楚国公子陈弃疾奉命追击吴军。追赶上了，陈弃疾说："这是王上交代任务，您可以执弓了。"商阳拿起弓。陈弃疾说："您该射箭了。"商阳射了一箭，射死了一个敌人，就把弓放入了弓袋。追上了敌兵，陈弃疾又让他执弓射箭，射死一人，接着，听陈弃疾的话他又射死一人。每射死一人，商阳都遮住眼睛不敢观看。然后，商阳让驾车人停止追赶，对陈弃疾说："我朝见国君时没有座位，举行宴会时我也不能参加，我这么低的官位杀死三个敌人，也足以复命了。"

冉季问道："先生，您怎么看商阳这个人？"

孔子说："杀人之中也是有礼节的。"

猛汉子路不认同这种说法，说："做人臣的礼节，担当国君的大事，唯有竭尽全力去做，死而后已。您为什么赞赏商阳呢？"

孔子说："对，你说得很对。不过，我只取他有不忍杀人之心而已。"

【原文】楚伐吴，工尹商阳与陈弃疾追吴师，及之，弃疾曰："王事也，子手弓而可。"商阳手弓，弃疾曰："子射诸。"射之，毙一人，其弓。又及，弃疾谓之，又及，弃疾复谓之，毙二人。每毙一人，辄掩其目，止其御曰："吾朝不坐，燕不与，杀三人亦足以反命矣。"

孔子曰："杀人之中，又有礼焉。"

子路怫然进曰："人臣之节，当君大事，唯力所及，死而后已，夫子何善此？"

子曰："然，如汝言也。吾取其有不忍杀人之心而已。"（《孔子家语·曲礼子贡问第四十二》）

澹台灭明问道："先生，很多人说郑国子产很贤良，请说说您的看法。”

巫马施抢话道：“我觉得子产确实是个贤良之人，他不毁乡校，这就很贤良。”

巫马施说的是多年前著名的“子产不毁乡校”一事。

子产当郑国正卿时，郑国乡村出现农人学习的乡校，郑国农人到乡校聚会聊天，议论郑国政策的好坏。郑国大夫然明对子产说：“有人说应该把乡校毁掉，您觉得怎么样？”子产说：“为什么毁掉？那些人干完活儿到乡校聚聚聊天，议论一下政策好坏。他们喜欢的，我们就推行；他们讨厌的，我们就改正。他们是我们先生。为什么要毁掉我们先生聚会的地方？我听说过用做善事来减少怨恨，没听说过用权势来防止怨恨。用权势能防止怨恨吗？当然可以。但是，这就如同防止河水溃决一样，河水大决口造成的损害，伤害的人必然很多，我们是挽救不了的，不如开个小口导流，就是说，不如让我们听取这些议论后把它当作治病的良药。”然明说：“我从现在明白了您确实是可以成就大事的人，我确实没有才能。如果郑国真能按您说的干下去，郑国就有了依靠，怎么才是我们这样的两三位大臣有了依靠呢？”

猛汉子路、爱提问的子张都认为巫马施说得对。

子张对澹台灭明笑笑，那笑容是说这么简单的事，没必要问先生，先生还能说出什么新花样？

没人答理子张，弟子们安静下来，看着先生。

孔子缓缓地说：“子产有合乎君子之道的四种行为：他的容颜态度庄严恭敬，他对君上负责认真，他给人民实惠，他役使人民不过分。”

【原文】子谓子产：“有君子之道四焉：其行己也恭，其事上也敬，其养民也惠，其使民也义。”（《论语·公冶长篇第五》）

弟子们又议论起来，觉得先生对子产的评价很有水平。

孔子接着说：“从这个事上看，别人说子产不仁，我不相信。”

弟子们不说话了。

【原文】仲尼闻是语也，曰：“以是观之，人谓子产不仁，吾不信也。”（《左传·襄公三十一年》）

小砍柴人冉孺说：“先生，我可以问个问题吗？”见先生没反对，说，“前天互乡那个地方的一个小孩来求见，您居然见了。而这个地方的人一直不愿意跟您说话，我不理解先生为何要这样。”

孔子答道：“我是肯定他的进步，不是肯定他的倒退。何必做得太过分呢？人家改正了错误以求进步，我们肯定他改正错误，不要死记住他的过去不放。”

小砍柴人冉孺感觉很受教。

【原文】互乡难与言，童子见，门人惑。子曰：“与其进也，不与其退也，唯何甚？人洁己以进，与其洁也，不保其往也。”（《论语·述而篇第七》）

爱提问的子张听孔子这么说，问道：“拿恩德来回报怨恨，怎么样？”

孔子说：“那又拿什么来回报恩德呢？应该拿公平正直来回报怨恨，拿恩德来回报恩德。”

子张连忙记下。

【原文】或曰：“以德报怨，何如？”子曰：“何以报德？以直报怨，以德报德。”（《论语·宪问篇第十四》）

小砍柴人冉孺又问：“很多弟子说做人要考虑长远，可是我不这么看，我觉得考虑长远的并无意义，先生，我这么想对吗？”

孔子说：“一个人不考虑长远大事，必定会被眼前小事忧扰。”

冉孺愣了一下。

弟子们都感觉先生说得太好了。

【原文】子曰：“人无远虑，必有近忧。”（《论语·卫灵公篇第十五》）

二、危险了不去解救，跌倒了不去搀扶，谁要这样的人来辅助自己？

正卿季康子想攻打颛臾（音砖余，今山东省临沂市费县西北），让砍柴人冉求和猛汉子路一起找孔子问一下是否可以。

这让冉求很为难，上次找先生征求对实施田赋的意见，碰过壁。不过，冉求还是与子路一起去了。

冉求和子路到孔子家，冉求说：“正卿大人欲发兵攻打颛臾。”

孔子闻之色变，说：“冉求，这不就是你们的过错吗？颛臾是当年周天子命它常年祭祀蒙山的小国，又在我们鲁国的国土里面，是向鲁国俯首称臣的下属，你正卿家为什么要去攻打人家呢？”

冉求说：“是正卿大人想去攻打，我和子路只是臣下。”

孔子说：“冉求，古代贤人周任有句话说：‘有能力就干你的职务，没能力就别干。’危险了不去解救，跌倒了不去搀扶，谁要这样的人去辅助自己吗？而且你的话也错了。老虎和兕（音四）牛从笼子里跑出来，是老虎和兕牛的过错吗？龟甲和玉器在匣子里毁坏了，是龟甲和玉器的过错吗？”

冉求争辩道：“现在颛臾城墙坚固，而且与季孙家的费邑接壤。如果现在不把它夺取过来，将来一定会成为季孙家子孙的忧患。”

孔子说：“冉求，高尚之人讨厌那种不承认自己贪心还去另找借口的人。”

冉求没说话，子路也没说话。

孔子接着说：“我听说，对于一个国君或大夫，他的封地不怕财富少，而怕财富不均；不怕贫穷，而怕不安定。然而一旦财富均，人安定了，他的封地也就无作乱的危险了。”

冉求和子路听着。

孔子又说：“管理好的封地应该做到这样，远方的人若不愿意来，便用仁义礼乐来吸引他们。已经来了，就让他们安心。如今子路和冉求你二人辅佐季康子大人，远方之人不愿来他的费邑也不去吸引，鲁国土地被他国霸占也不去夺回来，反而想在国境内用兵。我恐怕季孙家的忧患不在颛臾，而在他家里。”

冉求和子路感到羞愧。

两个人回去把先生的话告诉季康子，季康子放弃了攻打颛臾。

【原文】季氏将伐颛臾，冉有（冉求）、季路（子路）见于孔子，曰：“季氏将有事于颛臾。”

孔子曰：“求，无乃尔是过与？夫颛臾，昔者先王以为东蒙主，且在邦域之中矣，是社稷之臣也。何以伐为？”

冉有曰：“夫子欲之，吾二臣者皆不欲也。”

孔子曰：“求，周任有言曰：‘陈力就列，不能者止。’危而不持，颠而不扶，则将焉用彼相矣？且尔言过矣，虎兕出于柙，龟玉毁于椟中，是谁之过与？”

冉有曰：“今夫颛臾固而近于费，今不取，后世必为子孙忧。”

孔子曰：“求，君子疾夫舍曰欲之而必为之辞。丘也闻，有国有家者，不患寡而患不均，不患贫而患不安。盖均无贫，和无寡，安无倾。夫如是，故远人不服则修文德以来之，既来之，则安之。今由与求也相夫子，远人不服而不能来也，邦分崩离析而不能守也，而谋动干戈于邦内。吾恐季孙之忧不在颛臾，而在萧墙之内也。”（《论语·季氏篇第十六》）

三、孔子的斥责，让子路和冉求倍感羞愧，两人都辞去季氏家臣职务

子路被先生斥责后，向季康子辞职，回卫国。

子路动身前，来找颜回，说："我要走了，你有什么话送我呢？"

颜回说："我听说，要离开故国，应该先到祖坟上哭一番再动身；返回故国，就不必哭了，只要到坟上转一圈就可以入城。"

于是，子路先回老家，去父母的坟上哭了，才去卫国。

【原文】子路去鲁，谓颜渊曰："何以赠我？"曰："吾闻之也：去国，则哭于墓而后行；反其国，不哭，展墓而入。"（《礼记·檀弓下第四》）

几天后，曾点去世，终年六十四岁，这时曾参二十四岁。这是去世的第三个孔门弟子。

弟子们帮忙办理丧礼，孔子吊唁，老泪纵横。

曾参哭得非常伤心，很多年后，曾参对孔子的孙子孔伋说："孔伋！我父亲刚死的时候，我不吃不喝达七天之久。"

【原文】曾子谓子思（孔伋）曰："伋！吾执亲之丧也，水浆不入于口者七日。"（《礼记·檀弓上第三》）

这天，好心人冉求托人带话给孔子，说他离开季孙家了，他痛感愧对先生，打算到外地游学。孔子让人叫冉求来见一面，来人去叫，很快回来说冉求已经离开鲁城了。孔子听说，半天没说话，他觉得自己对冉求有点儿太严厉了。

四、玉石不经雕琢，就不能变成好的器物

砍柴人冉求离开鲁城的几天后，“新三少”带曹恤、伯虔、公孙龙、叔仲会等新弟子来孔子家，他们是来向先生讨教的。陪伴在孔子身边的颜回和原宪让他们在屋里坐下。

小颜回颜歆对孔子说：“先生，您能再给我们说说礼吗？”

孔子想了一下，缓慢地说：“礼，以冠礼为始，以婚礼为根本，以丧礼和祭礼最为隆重，以朝礼和聘礼最能体现尊敬，以射礼、乡饮酒礼最能体现和谐，这就是礼的主要内容。”

【原文】夫礼始于冠，本于昏，重于丧祭，尊于朝聘，和于射乡——此礼之大体也。（《礼记·昏义第四十四》）

小砍柴人冉孺问道：“先生，您一再说礼很重要，这是为什么？”

孔子说：“天下的礼有这么五项作用：一是让人们缅怀初始，二是让人们不忘祖宗，三是让人们公平分配财物，四是树立道义，五是提倡谦让。把这五项合起来，就构成了治理天下之礼。用此礼治理天下，即使还有一些怪异邪恶的坏事，但是不能治住的也微乎其微。”

【原文】天下之礼，致反始也，致鬼神也，致和用也，致义也，致让也。……合此五者，以治天下之礼也，虽有奇邪，而不治者则微矣。（《礼记·祭义第二十四》）

小贱民冉季问道：“先生，您也一再说学习很重要，这是为什么呢？”

孔子转身看看原宪，说：“玉石不经雕琢，就不能变成好的器物；人不经过学习，就不会明白道理。”

轻蔑者原宪说：“先生，您说得太好了！”

年轻的弟子也觉得先生说得太好了。

【原文】玉不琢，不成器；人不学，不知道。（《礼记·学

记第十八》）

孔子又说："尽管有美食佳肴，不吃不知道它的美味；尽管有高深的道理，不学也不会了解它的好处。所以，通过学习才能知道自己的不足，通过教人才能发现自己的困惑。知道自己的不足，然后才能反省自己；发现自己的困惑，然后才能发愤图强。"

弟子们仔细琢磨着先生的话。

小颜回颜歆问道："先生，您还没说到教，是不是教也很重要呢？"

孔子接着说："所以说，教与学是相互促进的。《说命》说：'教与学。各获益一半。'说的就是这个意思吧！"

小砍柴人冉孺说："先生谦虚了，不管怎么说，教都更重要。"

【原文】虽有嘉肴，弗食不知其旨也；虽有至道，弗学不知其善也。故学然后知不足，教然后知困。知不足，然后能自反也，知困，然后能自强也。故曰：教学相长也。《兑命》曰："斅学半。"其此之谓乎？（《礼记·学记第十八》）

孔子想了一下，说："凡学习之道，最难的就是尊敬老师。老师受到尊敬，然后道理才会受到尊重。道理受到尊重，然后人们才知道敬重学问。"

小颜回颜歆连连点头。

孔子继续说："因此有两种情况国君不应把臣子当作臣子看待的：一种是当臣子在祭祀扮作死者接受祭拜时，国君不应以臣子相待；另一种是当臣子担任自己老师时，国君不应以臣子相待。还有，根据礼制，老师虽被天子召见，也应免去朝见天子的礼节，这样做，才能表示对老师的尊敬。"

弟子们都觉得这番话特别好。

【原文】凡学之道：严师为难。师严然后道尊，道尊然后民知敬学。是故君之所不臣于其臣者二：当其为尸，则弗臣也；当其为师，则弗臣也。大学之礼，虽诏于天子无北面，所以尊师也。（《礼记·学记第十八》）

孔子说："会学习的人，能使老师费力不大而效果好，并能感激老师；不会学习的人，即使老师很勤苦而自己收效甚少，还要埋怨老师。"

小颜回颜歆说："说得太好了！"

孔子又说："会提问的人，像木工砍木头，先从容易的地方着手，再砍坚硬的节疤一样，这样，木头就容易砍伐；不会提问题的人却与此相反。会回答问题的人，像撞钟一样，对方的问题小，就轻轻用力让钟声小，对方的问题大，就用大力气让钟声大，让对方把问题从容地说，一直到说完；不会回答问题的人与此相反。这都是推进学习的方法。"

孔子说完，站起来，低头向屋外走去。这就是说他不想再说话了。

【原文】善学者，师逸而功倍，又从而庸之。不善学者，师勤而功半，又从而怨之。善问者如攻坚木，先其易者，后其节目，及其久也，相说以解。不善问者反此。善待问者如撞钟，叩之以小者则小鸣，叩之以大者则大鸣，待其从容，然后尽其声。不善答问者反此。此皆进学之道也。（《礼记·学记第十八》）

五、冉雍出任季氏家臣宰，是第十四个做官的孔门弟子

几天后，正卿季康子在路上碰到孔子，从马车上下来，向孔子行礼，孔子还礼。寒暄几句后，季康子问贱民冉雍这个人如何。

孔子答道："冉雍这个人，可以让他当官去主政一方。"

【原文】子曰："雍也可使南面。"（《论语·雍也篇

第六》）

季康子说："有人说冉雍这个人有仁德，却没有口才。"

孔子道："何必要口才呢？伶牙俐齿地同人家辩驳，常常被人讨厌。我不知道冉雍是不是很有仁德了，即使如此，他又何必要有口才呢？"

【原文】或曰："雍也仁而不佞（音拧）。"子曰："焉用佞？御人以口给，屡憎于人。不知其仁，焉用佞？"（《论语·公冶长篇第五》）

季康子说："人们说冉雍出生卑贱，他家里很穷。"

孔子说："耕牛产下牛犊，有那么好看的皮毛和牛角，尽管人们认为耕牛下贱，不配做祭品，但是拿这么漂亮的牛犊做祭品，山川之神会拒绝吗？"

【原文】子谓仲弓曰："犁牛之子骍且角，虽欲勿用，山川其舍诸？"（《论语·雍也篇第六》）

很快，季康子派人通知贱民冉雍，聘他为家臣宰。

冉雍很犹豫，觉得自己能力不足。他到孔子家，跟孔子说了这件事，孔子支持他去。

冉雍向孔子请教为政的方法。

孔子说："你先让手下家臣各司其责，不计较他们的小过失，然后提拔优秀的人才。"

冉雍再问："怎样才能知道优秀人才，进而予以提拔呢？"

孔子说："用你知道的做人道理去提拔。你不知道的那些道理，又有谁会去用呢？"

冉雍连连点头。

【原文】仲弓为季氏宰，问政，子曰："先有司，赦小过，举贤才。"曰："焉知贤才而举之？"曰："举尔所知。尔所不

知，人其舍诸？”（《论语·子路篇第十三》）

贱民冉雍又问道：“我听说有严酷的刑罚就不须要用政令了，夏桀、商汤的时代就是这样；有完善的政令就不须要用刑罚了，周成王、周康王的时代就是这样。这是真的吗？”

孔子说：“圣人治理教化民众，必须是刑罚和政令相互配合使用。最好的办法是：首先在刑罚和政令之上用道德来教化民众，并用礼来统一思想；其次才是用政令。用刑罚来教导民众，就是用刑罚来禁止他们，目的是不用刑罚。而那些经过教化还不改变，经过教导又不听从，损害义理又败坏风俗的人，只好用刑罚来惩处。”

冉雍认真听着。

孔子接着说：“用五刑来治理民众也必须符合天道，执行刑罚时对罪行轻的也不能赦免。形，就是已成事实不可改变。一旦定形就不可改变，所以官员要尽心地审理案件。”

冉雍努力记下。

【原文】仲弓问于孔子曰：“雍闻至刑无所用政，至政无所用刑。至刑无所用政，桀纣之世是也；至政无所用刑，成康之世是也。信乎？”

孔子曰：“圣人之治化也，必刑政相参焉。太上以德教民，而以礼齐之，其次以政焉。导民以刑，禁之刑，不刑也。化之弗变，导之弗从，伤义以败俗，于是乎用刑矣。颛五刑必即天伦，行刑罚则轻无赦。刑，侀也；侀，成也。壹成而不可更，故君子尽心焉。”（《孔子家语·刑政第三十一》）

贱民冉雍又问做官如何做可称为仁德。

孔子说：“出门办事如同接待贵宾，派遣百姓劳役如同承办重大祭祀一般小心。”

冉雍觉得说得好。

孔子又说：“自己不愿意做的事情，不要强加在别人身上。”

这个话，冉雍听先生对子贡说过。但是，这会儿再听，又明白了更深一层的含义。

孔子说："在国君那干不要有怨言，在大夫家干也不要有怨言。"

冉雍仲弓说："我虽然不聪明，但是我一定会遵照您这些话来做。"

于是，冉雍有了信心，去正卿家上任了。

这年冉雍四十一岁。这是出来做官的第十二个孔门弟子。孔子这年七十岁。

【原文】仲弓问仁，子曰："出门如见大宾，使民如承大祭。己所不欲，勿施于人。在邦无怨，在家无怨。"仲弓曰："雍虽不敏，请事斯语矣。"（《论语·颜渊篇第十二》）

六、司马牛去宋国做官，是第十五个做官的孔门弟子

下午，司马牛接到他哥哥司马桓魋信简。上次司马牛随孔子在宋国遭遇"伐檀砸孔"后，司马牛一直没跟哥哥联系，算一算，这有十二年了。当然，尽管没联系，彼此都关注对方。他哥哥知道他一直跟随孔子，这会儿是在鲁国。他也知道近来哥哥在宋国的势力不如原来，反对哥哥的宋国大夫是越来越多，哥哥的日子有点儿不好过。他哥哥来信简，邀请他到宋国做官。

司马牛知道这是哥哥让自己去帮他，考虑再三，最后他决定还是去，他心想，如果哥哥做仁德的事，自己就支持他，如果相反，自己就纠正他，尽自己的力量减少他的错误，这样也许比放任他，让他越来越错要好点儿。

他向孔子告辞，去宋国。

这年司马牛三十六岁，是做官的第十五个孔门弟子。孔子这年七十岁。

第16章　一行到费邑，见到西门迎接的闵子骞

一、原宪问道：先生，您觉得历史上的大人物，谁最贤明？

谁都没想到，贱民冉雍去季康子家干了三个月就辞职了。

很多人不理解，冉雍为何放弃这高官厚禄，而这可是很多人眼红的职位，并且，冉雍的生活状况一直很不好，家里一贫如洗，如果留在那个职位上，他能过富人的生活，这到底是为什么？

冉雍来见孔子，没有解释自己为何不干了，只是说还想跟先生学习。

孔子没有问，那意思是：你真是不喜欢干就不干，没关系。

贱民冉雍回来的第二天，孔子带弟子去费邑看闵子骞的政绩。去的弟子基本上还是去武城的那几个，即颜回、原宪、曾参、公西华、子张、巫马施、公冶长、南宫括，以及“新三少”。

路上，弟子们又开始向孔子请教。

小颜回颜歆说：“先生，我有个问题想请教。”见孔子没有拒绝，说，“是这样，您认为子产是个什么样的人？”这个子产，弟子和先生谈过几次了。

孔子说：“是对郑国人有恩的人。”

小颜回颜歆又问：“您认为子西是个什么样的人？”他说的是楚国令尹，辅佐楚昭王的那个子西。

孔子用轻视的口气说：“他呀！他呀！”

颜歆接着问：“您认为管仲是个什么样的人？”

孔子说："人才啊。他剥夺了齐国大夫伯氏家骈邑那三百户封地，弄得伯氏只能吃粗茶淡饭，但是因他做得公正，伯氏至死没有怨言。"

颜歆努力记下。

【原文】或问子产，子曰："惠人也。"问子西，曰："彼哉，彼哉！"问管仲，曰："人也。夺伯氏骈邑三百，饭疏食，没齿无怨言。"（《论语·宪问篇第十四》）

爱提问的子张说："先生，我也有个问题。"看看孔子的脸色，然后说，"子文几次做楚国令尹，没有显出高兴的样子，几次被免职，也没有显出怨恨的样子。他每一次被免职一定把自己经手的事务全部告诉新令尹。您看这个人怎么样？"

他说的子文，叫芈子文，是楚国令尹，著名的贤良大夫。

孔子说："可算得上是忠了。"

子张问："算得上仁了吗？"

孔子答道："不知道。这怎么能算得仁呢？"

子张又问："鲁襄公二十五年，齐国大夫陈文子因崔杼（音柱）杀害齐庄公，舍弃四十匹马离开齐国。他到了一国，说这里同崔杼掌权的齐国差不多，离开。又到一国，又说这里同崔杼掌权的齐国差不多，又离开。这个人怎么样？"

孔子答道："可算得上清白了。"

子张问："算不算仁呢？"

孔子说："不知道。这怎么能算得仁呢？"

【原文】子张问曰："令尹子文三仕为令尹，无喜色，三已之无愠色，旧令尹之政必以告新令尹，何如？"子曰："忠矣。"曰："仁矣乎？"曰："未知，焉得仁？"

"崔子弑齐君，陈文子有马十乘，弃而违之。至于他邦，则曰：'犹吾大夫崔子也。'违之。之一邦，则又曰：'犹吾大夫崔子也。'违之，何如？"子曰："清矣。"曰："仁矣乎？"曰：

“未知，焉得仁？”（《论语·公冶长篇第五》）

轻蔑者原宪问道：“先生，您觉得历史上的大人物，谁最贤明？”

孔子说：“尧帝作为一个君主，真伟大啊！高不可攀啊！人们说只有天最大，只有尧帝能学习天。他的恩泽真是无处不到啊，老百姓真不知道怎么称赞他才好！他的功绩实在太崇高了，他的礼仪制度也是光辉夺目！”

【原文】子曰：“大哉尧之为君也！巍巍乎，唯天为大，唯尧则之。荡荡乎，民无能名焉。巍巍乎其有成功也，焕乎其有文章！”（《论语·泰伯篇第八》）

原宪问：“那么舜帝和禹帝呢？”

孔子说：“舜帝和禹帝也是多么崇高啊！他们拥有天下，却整年为百姓勤劳，一点儿也不为自己。”

【原文】子曰：“巍巍乎！舜、禹之有天下也而不与焉。”（《论语·泰伯篇第八》）

原宪说：“先生，可以说说禹帝吗？”

孔子说：“对于禹帝，我实在没什么可挑剔的。他饮食很简单却把祭品办得极丰盛；他日常衣服很简朴，却把祭服做得极华美；他自己住的宫室很低矮，而用尽财力为百姓修治水利。对于禹帝，我确实没什么可挑剔的了。”

【原文】子曰：“禹，吾无间然矣。菲饮食而致孝乎鬼神，恶衣服而致美乎黻（音福）冕，卑宫室而尽力乎沟洫（音续）。禹，吾无间然矣。”（《论语·泰伯篇第八》）

原宪问：“还有其他贤明的人吗？”

孔子说：“泰伯可以说是品德非常高尚的人了，他父亲古公亶（音胆）父要把周氏族头领的位传给他，他一再请父亲传给弟弟季历，最后让弟弟季历继位。这样贤良的人，老百姓都找不到合适的词句来称赞他。”

泰伯，是古公亶父的长子。古公亶父是周氏族人头领，他有三个儿子：老大泰伯、老二仲雍、老三季历。古公亶父欲传位给老大泰伯，泰伯几次让给老三季历。后来，老三季历即位后，老大泰伯和老二仲雍迁居江东，共同开创吴国。老大泰伯为吴国第一代国君，老二仲雍为吴国第二代国君。

老三季历的儿子就是周文王。周文王的儿子是逼死殷纣王，灭商朝，建立周朝的周武王。

【原文】子曰：“泰伯，其可谓至德也已矣。三以天下让，民无得而称焉。”（《论语·泰伯篇第八》）

原宪又问：“殷纣王作恶，他的长兄微子离开他，他的叔叔箕（音鸡）子被贬为奴隶，他另外一个叔叔比干因谏劝而被杀。微子、箕子和比干如何？”

孔子答道：“这是殷朝末年的三位仁人啊！”

弟子们都觉得先生说得好。

【原文】微子去之，箕子为之奴，比干谏而死。孔子曰：“殷有三仁焉。”（《论语·微子篇第十八》）

二、闵子骞反对重建粮仓

到费邑，孔子见这里土地、沟渠、庄稼的情况与莒父、武城差不多，都挺好的。到了一片树林边，就让大家停下来休息。孔子让小贱民冉季去打听一下这里百姓对邑宰的评价。

很快，冉季回来了，说他听到的一个事。说的是，季康子要重建费邑的粮仓，闵子骞说：“这个老样子不是挺好吗？何必重建呢？”最后没有重建，节省很多钱财和劳役。

孔子听了，说：“闵子骞这个人平日不大开口，一开口就说到要害上。”

【原文】鲁人为长府，闵子骞曰：“仍旧贯如之何？何必改作？”子曰：“夫人不言，言必有中。”（《论语·先进篇第十一》）

孔子一行到费邑，见到西门迎接的闵子骞，跟着闵子骞进城，到府衙坐下，休息一会儿后，闲聊中说到季康子要重建粮仓的事，小砍柴人冉孺对孔子说：“先生，咱们去这仓库看看，如何？”

大家都觉得这个提议好，孔子也没反对。这样，闵子骞带大家去那个粮仓。

这粮仓是三四层房子那么高的东西，圆形的，直径有五六步，是墙体夯土打造的，上面是圆锥形的茅草屋顶。闵子骞说这里存放费邑收割的粮食，也存放外地收割的粮食，有新粮也有陈粮。

巫马施说：“这粮仓都比国君的还大。”

闵子骞说：“他们家养了鲁国一半儿的军队，肯定要有这么大粮仓。”

孔子对闵子骞很满意。

三、学善良人之道，如果不踩着好人脚印走，也就难以学到家

孔子一行在费邑住两天，就去单父。

这天路过泗水泉林，这里有众多的泉眼，纷纷往上冒水，据说这是泗水河的源头。

孔子带弟子们来看这泉水，众多泉水汇合成一股，顺着小河

往下走，蜿蜒延伸出去。

孔子站在岸边看了很久，感叹道："时光消逝就像这河水一样啊，日夜不停。"

后来弟子称这里为"子在川上处"。

【原文】子在川上曰："逝者如斯夫！不舍昼夜。"（《论语·子罕篇第九》）

爱提问的子张说："先生，我想到一个问题，可以向您请教吗？"

孔子看看他。

子张问："怎么做才能成善良人？"

孔子说："学善良人之道，如果不踩着善人脚印走，也是难以学到家的。"

子张不说话了。

【原文】子张问善人之道，子曰："不践迹，亦不入于室。"（《论语·先进篇第十一》）

澹台灭明说："先生，我也有个问题，可以向您请教吗？"

孔子看看他，神情是赞许的。

澹台灭明说："先生，您懂这么多道理，这是天生的吗？"

孔子说："我不是天生就明白这么多道理的人，只是我喜欢了解历史人物和事情，勤奋敏捷地去求来的。"

澹台灭明赶紧记下来。

【原文】子曰："我非生而知之者，好古，敏以求之者也。"（《论语·述而篇第七》）

澹台灭明又问："先生，您能跟我们说说鬼神是什么吗？"

轻蔑者原宪说："先生不谈论妖怪、邪力、迷乱、鬼神的事。"

澹台灭明不敢再问。

【原文】子不语怪、力、乱、神。（《论语·述而篇第七》）

小贱民冉季说："先生，我有个问题，可以说吗？"

孔子看看他，示意他说。

冉季说："先生，您喜欢收哪类弟子？"

孔子答道："人人我都教化，从来不是只教化哪类人。"

冉季明白了。

不过，孔子往澹台灭明那看了一眼，似乎是在向澹台灭明致歉。

【原文】子曰："有教无类。"（《论语·卫灵公篇第十五》）

小贱民冉季又问："我们如何做，才能成为您的好弟子呢？"

孔子说："我的弟子在父母跟前，就孝顺父母；走出父母房子，便敬爱兄长；寡言少语，诚实可信，博爱大众，亲近有仁德的人。这样躬行实践之后，有剩余力量，就再去学习文献。"

冉季明白了。

【原文】子曰："弟子入则孝，出则弟，谨而信，泛爱众，而亲仁，行有余力，则以学文。"（《论语·学而篇第一》）

四、每当史官记录，宓子贱就让人拉他俩的胳膊肘

孔子一行到了单父，见这里的道路、土地、田垄、庄稼、树木、河道、沟渠似乎比武城、莒父、费邑的情况还好，令孔子有些意外。

到单父城门口，见琴瑟宓子贱和孔子的侄子孔蔑带甲士在那恭候。

宓子贱和孔蔑把孔子一行迎进城去。

孔子一边听宓子贱介绍单父情况，一边观察城里街道房屋情况，见街道修整过，很少有破烂的地方，房屋倒塌得很少，路上行人神情快乐，很多人还跟宓子贱打招呼。孔子心里很高兴。

到府衙坐下，孔子想起宓子贱刚上任时发生的一件事。

说的是，宓子贱在向鲁君辞行时，恳请鲁君派身边亲近的两位史官和他一同赴任。

到任后，宓子贱让两位史官记录，可是每当他俩写字时，就让人拉他俩的胳膊肘，他俩总是写不好，宓子贱对他们很不满意。两位史官请求宓于贱让他们回到鲁君身边。

宓于贱说："你们字写得不好，回去好好努力吧。"

两位史官回去后，对鲁哀公说："我们写字时，宓子贱让人拉我们的胳膊肘，字写得不好宓子贱又责怪我们，当地的官吏都嘲笑我们，我们在那待不下去了，只有回来。"

哀公就此事问孔子。孔子说："宓子贱这个人是位君子。他的才能足以辅佐君王，现在让他去管理单父，有点儿委屈了。我想，他是用这个办法试一下，向您进谏吧。"

哀公醒悟了，感叹地说："这是我的不贤明造成的，这段时间，我多次干扰宓子贱的政务而责备他做得不好。如果没有发生这两位史官的事，我还真不知道自已哪里做错了。还有，如果没有你这番话，我也难以醒悟。"

于是，哀公派使者去告诉宓子贱说："从今以后，单父的政事我都不管了，都归你管。只要有利于百姓的措施，你就自己决定吧，五年向我汇报一下情况就可以了。"

宓子贱恭敬地接受了鲁君的诏命。

【原文】孔子弟子有宓子贱者，仕于鲁为单父宰，恐鲁君听谗言，使己不得行其政，于是辞行，故请君之近史二人与之俱至官，宓子戒其邑吏，令二史书，方书辄掣其肘，书不善，则从而怒之，二史患之，辞请归鲁。

宓子曰："子之书甚不善，子勉而归矣。"

二史归报于君曰："宓子使臣书而掣肘，书恶而又怒臣，邑吏皆笑之，此臣所以去之而来也。"

鲁君以问孔子。子曰："宓不齐，君子也，其才任霸王之佐，屈节治单父，将以自试也，意者以此为谏乎？"

公寤，太息而叹曰："此寡人之不肖，寡人乱宓子之政，而责其善者，非矣，微二史，寡人无以知其过，微夫子，寡人无以自寤。"遽发所爱之使告宓子曰："自今已往，单父非吾有也，从子之制，有便于民者，子决为之，五年一言其要。"

宓子敬奉诏……（《孔子家语·屈节解第三十七》）

孔子让宓子贱说说治理单父的办法。宓子贱讲了一个小事。

宓子贱到单父上任，路过一个叫阳昼的贤士家，去请教阳昼，宓子贱问："贤士，您有什么话送给我吗？"

阳昼说："我小时贫贱，后来也没做过什么事，不懂得治理老百姓的方法。不过，我有两个钓鱼的经验，请允许我将这送给你。"

宓子贱问："是什么钓鱼经验？"

阳昼说："当你挂饵投线后，迎面上来咬住鱼钩的鱼，叫阳桥鱼，这种鱼肉瘦味道不美。另外有一种时隐时现，好像咬钩又不咬钩的鱼，叫鲂鱼，这种鱼肉肥并味道美。"

宓子贱说："说得太好了。"

宓子贱快要到单父，见那些穿官服坐马车之人成群地来迎接自己。宓子贱对自己的车夫说："快走！快走！那阳昼说的阳桥鱼来了。"到了单父以后，宓子贱远离那些人，请来地方上老者、德高望重者和贤能者一起治理单父。

【原文】子贱为单父宰，过于阳昼曰："子亦有以送仆乎？"阳昼曰："吾少也贱，不知治民之术，有钓道二焉，请以送子。"子贱曰："钓道奈何？"

阳昼曰："夫扱纶错饵，迎而吸之者，阳桥也，其为鱼薄而不美；若存若亡，若食若不食者，鲂也，其为鱼也博而厚味。"宓子贱曰："善。"

于是未至单父，冠盖迎之者交接于道，子贱曰："车驱之，车驱之。夫阳昼之所谓阳桥者至矣。"于是至单父请其耆老尊贤者而与之共治单父。（《说苑》）

接着，宓子贱讲了第二件小事。

宓子贱上任后，齐国人进攻鲁国，取道单父，单父一些德高望重的老人请求宓子贱说："麦子已经熟了，现今齐国敌兵就要到来，人们来不及收自己家的麦子，请放民出城，让百姓都去收城郭附近的麦子，谁收的归谁。这样可以增加城里粮食，又不让敌人占便宜。"

再三请求，而宓子贱不允许。不久齐军到城外收获了麦子。

季康子听说这事大怒，派人去指责宓子贱说："老百姓寒天耕地暑天锄草，却没有得到粮食，岂不让人心寒吗？你如果不知道这件事还可原谅，单父老人告诉你而你却不听，你这不是为民着想。"

宓子贱听到这话，恭敬地对来人说："今年没有麦子，明年还可以。如果让不耕种的人获得粮食，就会使民众乐于有敌寇入侵。况且得到单父一年的麦子，对于鲁国来说不会更加强大；失去这一年的麦子，鲁国也不会更加弱小。如果让民有自取别人成果之心，这样做留下的弊病数世也不会愈合。"

来人回去把这些话告诉正卿。正卿听后，羞愧地说："如果有个地缝我就钻下去，我哪还有脸见宓子贱呢？"

【原文】齐人攻鲁，道由单父，单父之老请曰："麦已熟矣，今齐寇至，不及人人自收其麦，请放民出，皆获传郭之麦，可以益粮，且不资于寇。"三请而宓子不听。

俄而齐寇逮于麦，季孙闻之怒，使人以让宓子曰："民寒耕热耘，曾不得食，岂不哀哉？不知犹可，以告者而子不听，非所以为民也。”

宓子蹴然曰：“今兹无麦，明年可树，若使不耕者获，是使民乐有寇，且得单父一岁之麦，于鲁不加强，丧之不加弱，若使民有自取之心，其创必数世不息。”

季孙闻之，赧然而愧曰：“地若可入，吾岂忍见宓子哉。”（《孔子家语·屈节解第三十七》）

巫马施插话，说：“我也知道一个宓子贱的事。”

接着，巫马施说了这么件事，宓子贱到单父将满三年，孔子让巫马施到单父了解宓子贱为政情况。巫马施脱去自己衣服，换上破旧衣服，进入单父地界。看到夜里用网捕鱼的人，捕到鱼就放回去，巫马施就问：“凡是捕鱼的人是为得到鱼，你为什么把捕到的鱼又放了呢？”

打渔人说：“那些大的鱼名叫鯈（音绸），我们的邑宰大人让人保护它，以便产鱼籽。那些小的鱼者名叫鱦（音硬），我们的邑宰大人想让它长大。因此我捕到这两种鱼就放回河里，只留下其他鱼。”

巫马施回来，把这件事告诉了孔子，说：“宓子贱有德政，他让民众在夜间劳作，也好像有严刑约束一样。请问宓子贱是用什么方法做到的？”

孔子当时说：“我曾经和他说：‘你对一方面真诚，就让人知道你对另一方面处罚严厉。’宓子贱对这两种鱼真诚，就让人知道他对违令捕捞者处罚严厉，这样单父百姓不再捕捞这两种鱼，即使在晚上也如此。”

这个故事有弟子听过。

第一次听的弟子，暗自称奇。

【原文】三年，孔子使巫马期远观政焉。巫马期阴免衣，衣弊裘，衣衣上知字下于既反入单父界，见夜渔者得鱼辄舍之。舍音舍巫马期问焉，曰：“凡渔者为得，何以得鱼即舍之？”

渔者曰："鱼之大者名为鲭，吾大夫爱之，其小者名为鱦，吾大夫欲长之，是以得二者，辄舍之。"

巫马期返，以告孔子曰："宓子之德，至使民闇行，若有严刑于旁，敢问宓子何行而得于是。"

孔子曰："吾尝与之言曰：'诚于此者刑乎彼。'宓子行此术于单父也。"（《孔子家语·屈节解第三十七》）

巫马施接着说。

那次，巫马施到府衙，见宓子贱治理单父，每天在堂上静坐弹琴，就治理得很好。他觉得如果换成自己，必须披星戴月，昼夜不闲，亲自处理各种政务，才能把单父也治理好。

巫马施向宓子询问其中的缘故。宓子说："我的做法叫作用人，你的做法叫作用力。用力的人当然辛苦，用人的人自然轻松。"

巫马施认为宓子贱这达到国君的管理水平了。一个人能四肢轻松，耳目清净，心气平和地把城邑里的这些官吏管理好，是真本事，而宓子贱只是用了几招。

这个故事孔子也听过。

弟子们都很佩服宓子贱。

【原文】宓子贱治单父，弹鸣琴，身不下堂，而单父治。巫马期以星出，以星入，日夜不居，以身亲之，而单父亦治。

巫马期问其故于宓子，宓子曰："我之谓任人，子之谓任力；任力者故劳，任人者故逸。"

宓子则君子矣。逸四肢，全耳目，平心气，而百官以治，义矣，任其数而已矣。（《吕氏春秋·开春论·察贤》）

五、那些说鲁国没有君子的人，没看见宓子贱就在这儿？

巫马施讲完，屋子里静下来。

孔子对宓子贱说：“你治理单父这个地方，民众很高兴。你是采用什么方法做到的呢？你跟我说说。”

宓子贱回答说：“我治理的办法是像父亲体恤儿子，又像儿子体恤父亲那样体恤百姓，而且总是用哀痛的心情办理丧事。”

孔子说：“好！这只是小礼节，这能使底层民众依附了，但是，恐怕还不只这些吧。”

宓子贱说：“在这里，我像对待父亲那样侍奉的有三个人，像兄长那样侍奉的有五个人，像朋友那样交往的有十一个人。”

孔子说：“像父亲那样侍奉这三个人，可以教民众孝道；像兄长那样侍奉五个人，可以教民众敬爱兄长；像朋友那样交往十一个人，可以提倡友善。这只是中等的礼节，一部分会依附了，恐怕还不只这些吧。”

宓子贱说：“在单父这个地方，比我贤能的有五个人，我都尊敬地和他们交往并向他们请教，他们都教我治理之道。”

孔子感叹地说：“治理好单父的大道理就在这里了。从前尧帝和舜帝治理天下，一定要访求贤人来辅助自己。那些贤人，是百种幸福的来源，如同主宰我们的神明。可惜你治理的地方太小了。”

【原文】孔子谓宓子贱曰：“子治单父，众悦，子何施而得之也？子语丘所以为之者。”

对曰：“不齐之治也，父恤其子，其子恤诸孤而哀丧纪。”

孔子曰：“善；小节也，小民附矣，犹未足也。”

曰：“不齐所父事者三人，所兄事者五人，所友事者十一人。”

孔子曰：“父事三人，可以教孝矣；兄事五人，可以教悌矣；友事十一人，可以举善矣。中节也，中人附矣；犹未足也。”

曰：“此地民有贤于不齐者五人，不齐事之而禀度焉，皆教不齐之道。”

孔子叹曰：“其大者乃于此乎有矣！昔尧、舜听天下，务求

贤以自辅。夫贤者，百福之宗也，神明之主也，惜乎不齐之以所治者小也。”（《孔子家语·辩政第十四》）

孔子转身看看站在一侧的侄儿孔蔑，问道：“你到此做官得到什么？失去什么？”

孔蔑说：“没有收获，却有三样损失：政务繁重总是匆匆忙忙，无时间治学，并学习了也不能够领悟到什么道理；薪俸太少只能吃较稠些的粥饭，不能救济亲戚，所以与族人亲戚日益疏远了；公务太忙，没时间参加朋友家的丧礼，和慰问朋友的疾病，朋友的交情也淡薄了。我所说的三样损失，就是指这些。”

孔子听了很不高兴，又问宓子贱同样的话。

宓子贱回答说：“到单父做官，没有什么损失，却有三样收获：原来学习的内容，今天得到机会来实践，并对学习的内容理解更深；所领取的薪俸，可以救济到亲戚，所以族人亲戚更加亲密；虽然公务挺忙，但还是挤时间参加朋友家的丧礼，和慰问朋友的疾病，让朋友交情更珍贵。”

孔子听了感慨地叹息了一声，对宓子贱说：“君子啊！就是你这样的人。那些说鲁国没有君子的人，没看见宓子贱就在这？”

【原文】孔子兄子有孔蔑者，与宓子贱偕仕。孔子往过孔蔑，而问之曰：“自汝之仕，何得何亡？”

对曰：“未有所得，而所亡者三，王事若龙，龙宜为誊前后相因也学焉得习，言之得习学也是学不得明也；俸禄少饘粥，不及亲戚，是以骨肉益疏也；公事多急，不得吊死问疾，是朋友之道阙也。其所亡者三，即谓此也。”

孔子不悦，往过子贱，问如孔蔑。

对曰：“自来仕者无所亡，其有所得者三，始诵之，今得而行之，是学益明也；俸禄所供，被及亲戚，是骨肉益亲也；虽有公事，而兼以吊死问疾，是朋友笃也。”

孔子喟然，谓子贱曰：“君子哉若人。若人犹言是人者也鲁

无君子者，则子贱焉取此。”（《孔子家语·子路初见第十九》）

六、孝道，就是终身不做有辱父母的事

孔子在单父住了几天，然后回鲁城。

在路上，弟子向他请教。孝子曾参说：“先生，能再跟我们说说孝道吗？”

孔子没拒绝，稍微思考一下，说：“君子在父母健在时要恭敬地奉养，父母去世后要恭敬地祭享，终身牢记不做有辱父母的事。君子有一辈子的丧事，这是指父母忌日。每逢父母忌日这一天不做其他事，这并不是说这一天做事不吉利，而是说这一天全部心思都在怀念父母上，无法分心去做其他事。”

弟子们静静地听着。

【原文】君子生则敬养，死则敬享，思终身弗辱也。君子有终身之丧，忌日之谓也。忌日不用，非不祥也。言夫日，志有所至，而不敢尽其私也。（《礼记·祭义第二十四》）

孔子又说：“孝子对父母亲的侍奉，在日常生活上要竭尽对父母的恭敬；在饮食上要保持和悦愉快的心情去服侍；父母生了病要带着忧虑的心情去照料；父母去世了，要竭尽悲哀之情料理后事；对先人的祭祀，要严肃对待，并礼法不乱。这五方面做得完备周到了，方可称为对父母尽到了子女的责任。”

曾参仔细地领会着。

孔子接着说：“在侍奉父母双亲上，身居高位的人不要骄傲蛮横，身居下层的人不要胡乱应付，受父母宠爱者不与父母相争。骄傲蛮横者势必要遭致灭亡，胡乱应付者势必要遭致刑法，与父母相争者势必要遭致讨伐。这骄、乱、争三项恶事不戒除，即便对父母天天用牛羊猪肉奉养，也还是不孝之人啊。”

曾参感觉说得特别好。

【原文】子曰："孝子之事亲也，居则致其敬，养则致其乐，病则致其忧，丧则致其哀，祭则致其严。五者备矣，然后能事亲。事亲者，居上不骄，为下不乱，在丑不争。居上而骄则亡，为下而乱则刑，在丑而争则兵。三者不除，虽日用三牲之养，犹为不孝也。"（《孝经·纪孝行章第十》）

小颜回颜歆说："先生，您再说说。"

孔子说："先王用来治理天下的原则有这么五条：教育大家都来尊重有德的人，尊重有地位的人，尊重老年人，尊敬年长的人，爱护孩童。这五条，就是先王能够安定天下的原因。"

颜歆等着先生继续说。

孔子接着说："尊重有德的人，这是为什么呢？因为有德的人接近圣贤之道。尊重有地位的人，是因为他们接近国君。尊重老年人，是因为他们近乎自己的双亲。尊敬年长的人，是因为他们近乎自己的兄长。爱护孩童，是因为他们近乎自己的子女。"

【原文】先王之所以治天下者五：贵有德，贵贵，贵老，敬长，慈幼。此五者，先王之所以定天下也。贵有德，何为也？为其近于道也。贵贵，为其近于君也。贵老，为其近于亲也。敬长，为其近于兄也。慈幼，为其近于子也。（《礼记·祭义第二十四》）

弟子们思考着。

孔子继续说："君子不把父母的过错记恨在心，但对于父母的美德却要牢记在怀。"

【原文】子云："君子弛其亲之过，而敬其美。"《礼记·坊记第三十》

弟子们觉得先生说得好。

孔子说："能够爱自己父母的人，就不会厌恶别人的父母，能够尊敬自己父母的人，也不会怠慢别人的父母。以爱和恭敬的心情尽心尽力地侍奉双亲，而将德行教化施之于黎民百姓，使天下百姓遵从效法，这就是天子的孝道呀！《尚书·甫刑》里说：‘天子一人有善行；万方民众都仰赖他。’”

弟子们静静听着。

【原文】子曰：“爱亲者，不敢恶于人；敬亲者，不敢慢于人。爱敬尽于事亲，而德教加于百姓，刑于四海。盖天子之孝也。《甫刑》云：‘一人有庆，兆民赖之。’”（《孝经·天子章第二》）

孔子接着说：“孝子父母去世，如果哭得不是声嘶力竭，则举止行为失去端庄，言语没有文采，穿上华美的衣服不会开心，听到美妙的音乐不会快乐，吃美味的食物也不觉得好吃。之所以如此，是因为失去父母实在悲伤。”

这些话，让弟子们很受益。

【原文】子曰：“孝子之丧亲也，哭不偯，礼无容，言不文，服美不安，闻乐不乐，食旨不甘，此哀戚之情也。”（《孝经·丧亲章第十八》）

七、尽孝就是能为父母的疾病忧愁

孔子刚回到鲁城就听说宰予死了。

事情是这样的。宰予到齐国任右相，当时的左相是田常。

田常害怕宰予抢权，在朝廷上屡次回头看宰予。齐国大夫诸御鞅对齐简公说：“田常、宰予不能并列，你还是选择一个好。”齐简公不听。

几天前，即鲁哀公十四年五月十三日，田常反叛，带兵攻打公宫，齐简公与夫人逃走。宰予被杀身亡，殁年四十二岁。

孔子没想到宰予会出遭此厄运，非常心痛。这是去世的第四个孔门弟子，前三个是：冉耕、漆雕开和曾点。尽管宰予有很多毛病，但是毕竟在孔子身边这么多年，孔子怎能不心痛呢？

宰予去世一个多月后，这天，孔子去乡下回来，原宪给先生驾车。

鲁国司空孟懿子的儿子孟武伯乘马车迎面过来，见孔子，停车行礼，与孔子寒暄几句以后，问道："孔大夫，听说您弟子颜回的生活很穷困，这是为什么？"

孔子不说话。

孟武伯又问一遍。

孔子说："颜回的学问和道德差不多了，可是常常穷得没有办法。端木赐不安本分，去贩运货物，猜测行情，竟每每猜对。"

孟武伯又问："那是不是您的弟子都应该向子贡学习？"

孔子没说话，要离开。

【原文】子曰："回也其庶乎，屡空。赐不受命而货殖焉，亿则屡中。"（《论语·先进篇第十一》）

孟武伯又向孔子请教如何做算是尽孝。

孔子说："尽孝就是能为父母的疾病忧愁。"

孟武伯感觉说得不错。

孔子让原宪驾车离开。

【原文】孟武伯问孝。子曰："父母唯其疾之忧。"（《论语·为政篇第二》）

孔子回到家，听说司马牛死了。

事情是这样的，前段时间，司马牛的哥哥司马桓魋因与宋国国君不满，占据宋国的曹邑发动叛乱，司马牛无奈也跟过去。宋景公发兵讨伐曹邑，桓魋兵败，带司马牛等人逃亡齐国。这时是田常把握齐国朝政，田常任命桓魋为齐国客卿。

前几天，司马牛从齐国去宋国帮哥哥桓魋办事，事情办完，回齐国，没想到路过鲁国时，暴病身亡，殁年三十七岁。

这是去世的第五个孔门弟子。

司马牛是一个很不错的弟子，学习认真，勤于思考，与弟子们相处和谐，但是，后来是他去帮他哥哥做事，十分不妥。从当年孔子一行到宋国遭遇的那几个事看，司马桓魋绝非仁德之人，早晚要做出犯上作乱的惊天大事，按理他应该远离他哥哥，而他却没拒绝邀请，弟子们对他是有些看法的，不过，孔子没有对此做任何评价。

弟子们的先生脸上布满忧伤之色。

前段时间，田常追兵在舒州（今江苏省徐州市）抓住仓皇出逃的齐简公与夫人。六月初五，田常在舒州杀了齐简公。

得到这个噩耗，孔子沐浴后上朝，对鲁哀公说："田常杀了齐国君主，请君上发兵讨伐。"

哀公说："鲁国被齐国削弱已经很久了，您想攻打他们，打算怎么打？"

孔子回答说："田常杀了他们的国君，百姓不服从他的有一半。以鲁国的百姓加上齐国不服从田常的一半百姓，鲁国是可以战胜田常的。"

哀公说："您去跟正卿大人说说吧。"

孔子退下去找正卿，请求发兵讨伐田常，被拒绝。

【原文】陈成子弑简公，孔子沐浴而朝，告于哀公曰："陈恒弑其君，请讨之。"公曰："告夫三子。"孔子曰："以吾从大夫之后，不敢不告也，君曰'告夫三子'者！"之三子告，不可。（《论语·宪问篇第十四》）

【原文】甲午，齐陈恒弑其君壬于舒州。孔丘三日齐，而请伐齐三。公曰："鲁为齐弱久矣，子之伐之，将若之何？"对曰："陈恒弑其君，民之不与者半。以鲁之众，加齐之半，可克也。"

公曰："子告季孙。"孔子辞。《左传·哀公十四年》

孔子回到家，见院子站满弟子，他们都对田常弑君非常气愤。

孔子在院子里坐下，对弟子们说："天下遵循礼法时，礼乐规矩和征战讨伐的政令都出自天子；天下不遵循礼法时，礼乐规矩和征战讨伐的政令都出自诸侯。"

弟子们安静地听着。

孔子又说："出自诸侯，大约传至十代很少有不失去的；出自大夫，传至五代很少有不失去的；大夫的家臣操纵了一国的政令，传至三代很少有不失去的。"

有弟子没听懂，想请进一步解释，被旁边的弟子阻止。

孔子继续说："天下遵循礼法，那么政令就不会出自大夫。天下遵循礼法，那么老百姓就不会议论纷纷。"

孔子这里说的"出自诸侯，大约传至十代很少有不失去的"。说的是齐桓公称霸，周朝政令出自齐国，历齐孝公、齐昭公、齐懿公、齐惠公、齐顷公、齐灵公、齐庄公、齐景公、齐悼公，到齐简公共计十代。

"出自大夫，传至五代很少有不失去的。"说的是鲁国正卿季友专政，鲁国政令出自季孙氏，从季文子、季武子、季平子、季桓子，到季康子为五代。

"大夫的家臣控制一国政令，很少能传至三代。"说的是鲁国正卿季孙家，被家臣宰阳虎控制，阳虎一代而败，不曾到过三代。

年轻的弟子不是很明白这些话，而公冶长、南宫括等老弟子则很明白，老弟子连连点头，觉得先生说得好。

【原文】孔子曰："天下有道，则礼乐征伐自天子出；天下无道，则礼乐征伐自诸侯出。自诸侯出，盖十世希不失矣；自大夫出，五世希不失矣；陪臣执国命，三世希不失矣。天下有道，则政不在大夫。天下有道，则庶人不议。"（《论语·季氏篇第十六》）

第17章　地下的寒气从席子下面透上来

一、听从父母的教导心中从无不满，规劝父母柔声细气，这样做可以称得上孝了

两个月后的一天，天气凉了不少，天空高远，远处的树林和村庄看得清清楚楚，仿佛近在咫尺。地里的庄稼也变成金黄，变成那种收割的颜色，变成那种让人心情愉悦的颜色。秋天是鲁城一年里最好的日子，微风带着一丝凉意，几个月的酷暑消散，让人神清气爽，通体舒服。

孔子带几个弟子在城墙外漫步。

巫马施说："先生，您一贯看重孝道，我想请您教导我们几句，好吗？"

孔子没有拒绝，朝前继续走着，过了一会儿，说："父母的年纪，绝不能忘记。同时，一方面因他们高寿而欢喜，另一方面因他们衰老而恐惧。"

子张抢话道："先生说得太好了！"

孔子没有表示。

【原文】子曰："父母之年，不可不知也。一则以喜，一则以惧。"（《论语·里仁篇第四》）

孝子曾参又问道："先生，如果父母有不对的地方，我们应当如何劝谏父母呢？"

爱提问的子张抢话，说："这还用问，太简单了，是不对的，就一定要指出来。"

轻蔑者原宪瞪子张一眼，让他别瞎说。

曾参小声问道：“先生，还是劝阻才对吧？”

孔子神情不变，也没有看任何一个弟子，继续走着，弟子们都安静下来，等孔子教导。

孔子缓缓地说：“侍奉父母，如果他们有不对的地方要委婉地劝止，看到自己的意见没被听从，仍然恭敬地不冒犯他们，尽管自己不满意，但不怨恨。”

冉季插话说：“委婉地劝止，不冒犯他们，不怨恨。说得多好！”

孔子没有说话。

子张有点儿惭愧。

【原文】子曰：“事父母几谏，见志不从，又敬不违，劳而不怨。”（《论语·里仁篇第四》）

小贱民冉季说：“先生，请您务必再教导我们一句。”

孔子没表态，继续走路。

弟子们都不说话，让先生思考。

又走了一会儿，孔子神情肃穆地说：“父母在世，不去很远的地方。”

冉季说：“先生，您的意思是：父母在世，不长久离开家，以便赡养他们。是吗？”

孔子看看冉季，没有表态。

孝子曾参说：“说得好。去很远的地方，长久远离家，怎么能赡养父母呢？”

爱提问的子张逆反地说：“先生，如果是这样，那好子女就不能去闯荡了，就一直守在家里？”

曾参说：“就是应当在家里赡养父母，孝敬最重要。先生，您说对不对？”

孔子扭头看看子张和曾参，又说：“父母在世，不长久离开家，如果要出远门，一定是去做有意义的事情。”

曾参说："对，做有意义的事，才可以离开家。这样，父母也会理解和支持的。"

原宪对曾参一再点头，感觉很受益。冉季也默默点头。

【原文】子曰："父母在，不远游，游必有方。"（《论语·里仁篇第四》）

小颜回颜歆问道："先生，孝顺还要做好什么呢？请您务必再教导一下。"

小贱民冉季附和着。

颜歆说："对，先生，请您再教导。"

孔子继续走。

弟子们没有等到先生说话，子张小声对颜回说："估计今天先生不会再说其他道理了。"

孔子说："当他父亲活着，看他做人的想法是否与父亲的教导一样；当他父亲死了，看他做人的行为。若是他做人长期没有违背父亲的教导，可以说做到孝了。"

颜歆说："一个人不应该违背父亲做人的教导，如果父亲不在了，无人约束了，做人大变样，确实不能说是孝。"

孔子还是没说话。

爱提问的子张说："这点很深刻，很深刻。"

孝子曾参也连连点头。

孔子没说话，弟子们也逐渐安静下来，一行人默默地往前走。

【原文】子曰："父在，观其志；父没，观其行；三年无改于父之道，可谓孝矣。"（《论语·学而篇第一》）

孔子说："听从父母的教导心中从无不满，规劝父母柔声细气，一点一点说，为父母操劳而从无怨言，能做到这样可以称得上孝了。《诗经》上说：'孝子之孝，永不匮乏。'"

弟子们安静地听着。

【原文】子云："从命不忿，微谏不倦，劳而不怨，可谓孝矣。《诗》云：'孝子不匮。'"（《礼记·坊记第三十》）

孔子又说："父母健在，做儿子的不敢自称老。平常要多讲究对父母如何孝顺，不要讲究做父母的应该怎样心疼自己。家门之内，只可引逗父母高兴，不可在父母面前唉声叹气。"

弟子们努力记下这番话。

【原文】子云："父母在，不称老，言孝不言慈；闺门之内，戏而不叹。"（《礼记·坊记第三十》）

第二天，孔子由巫马施驾车到舞雩（音鱼）台转转，回到院里，听原宪说有老朋友来看望自己，孔子进屋，见原壤两腿像"八"字一样张开坐在地上，等着自己。

原壤是孔子的发小，当年他母亲去世，是孔子去操办的棺木，但是，这些年跟孔子走动不多，也很少来听孔子讲学。

孔子看他这个样子，生气地说："你幼小时候不重礼，长大了也没说过几句有道理的话，这么老了还不死，真是害人的贼。"说完，用拐杖敲了敲他的小腿。

原宪觉得先生说得特别好。

原壤讨了个没趣，聊几句就走了。

【原文】原壤夷俟，子曰："幼而不孙弟，长而无述焉，老而不死，是为贼！"以杖叩其胫。（《论语·宪问篇第十四》）

二、颜回，是多么贤良啊！

当晚，颜回死了。这是公元前481年，即鲁哀公十四年八月。

颜回已经病了一段时间，近期病情加重，已经不能来陪先生读书，可是听到颜回死，孔子还是很意外，他和弟子们都没想到颜回会离开得这么快。

颜回殁年四十一岁。这是去世的第六个孔门弟子。

颜回是学习最认真的弟子。人们都说颜回二十九岁，头发就全白了。孔子对颜回也特别喜爱。

孔子到颜回家吊唁，哭道："咳！天老爷要我的命呀！天老爷要我的命呀！"

【原文】颜渊死。子曰："噫！天丧予！天丧予！"（《论语·先进篇第十一》）

孔子哭得特别伤心，说："自从我有了颜回，弟子们和我越来越亲近。"

【原文】孔子哭之恸，曰："自吾有回，门人益亲。"（《史记·仲尼弟子列传》）

陪伴孔子的弟子在一旁说："先生您太悲痛了！"

孔子说："真的太悲痛了吗？我不为这样的人悲伤，还为谁呢？"

【原文】颜渊死，子哭之恸，从者曰："子恸矣！"曰："有恸乎？非夫人之为恸而谁为？"（《论语·先进篇第十一》）

孔子说："颜回，是多么贤良啊！一小筐饭，一瓜瓢水，住在破巷子里，常人受不了这份穷而心中忧愁，颜回却没有改变志向并以此为乐。颜回是多么贤良呀！"

【原文】子曰："贤哉回也！一箪（音单）食，一瓢饮，在陋巷，人不堪其忧，回也不改其乐。贤哉，回也！"（《论语·雍也篇第六》）

孔子还说："贫穷却没有怨恨，很难；富贵却不骄傲，倒容易做到。”

【原文】子曰：“贫而无怨难，富而无骄易。”（《论语·宪问篇第十四》）

孔子接着说：“颜回呀，跟我学三个月内心就不违背仁德，后面的日子他只是跟随那个仁德而已。”

【原文】子曰：“回也，其心三月不违仁，其余则日月至焉而已矣。”（《论语·雍也篇第六》）

孔子说：“颜回不是来帮我做事的，而是来称赞我的，他对我说的话没有不喜欢的。”

【原文】子曰：“回也非助我者也，于吾言无所不说。”（《论语·先进篇第十一》）

孔子说：“听我讲学始终不懈怠的，大概只有颜回一个人吧！”

【原文】子曰：“语之而不惰者，其回也与！”（《论语·子罕篇第九》）

鲁哀公听说颜回病故，派人来吊唁。

几天后，哀公召见孔子，问：“你的弟子中，哪个最好学？”

孔子答道：“那个颜回最好学，不拿别人出气，也不再犯同样的过失。不幸短命死了，现在再没有这样的人了，再也没听过好学的人了。”

【原文】哀公问：“弟子孰为好学？”孔子对曰：“有颜回者好学，不迁怒，不贰过。不幸短命死矣，今也则亡，未闻好学者也。”（《论语·雍也篇第六》）

孔子又对哀公说："我整天给颜回讲学，他从来不提反对意见和疑问，像个挺笨的人。等他退回去自己琢磨一通后，却能发挥我讲的东西，可见颜回并不笨。"

【原文】子曰："吾与回言终日，不违，如愚。退而省其私，亦足以发，回也不愚。"（《论语·为政篇第二》）

孔子最后说："颜回可惜呀！这些年，我只见他不断往前学习，从没见他停留。"

【原文】子谓颜渊，曰："惜乎！吾见其进也，未见其止也。"（《论语·子罕篇第九》）

鲁哀公问："您的弟子是各自有自己的长处吗？"

孔子说："德行好的是：颜回、闵子骞、冉耕、冉雍。会说话的是：宰我、子贡。能办理政事的是：冉求，子路。熟悉古代文献的：言偃、子夏。"

鲁哀公没说话。

【原文】德行：颜渊，闵子骞，冉伯牛，仲弓。言语：宰我，子贡。政事：冉有，季路。文学：子游，子夏。（《论语·先进篇第十一》）

几天后，即鲁哀公十四年八月的一天，老司空孟懿子卒，终年六十八岁，他的儿子，时年四十二岁的孟武伯继位，成为孟孙氏第九代家主和鲁国新司空。

司空家封地成邑的一些人到鲁城奔丧，孟武伯不准他们进自家府院。成邑人脱去上衣和帽子在街上号哭，表示愿无偿为家主丧事干活儿，孟武伯不答应。成邑人认为新家主仇恨他们，非常害怕，不敢回成邑。

后来，孟武伯想在成邑养马以强大军队，成邑宰公孙宿不接受，说："先家主因怜惜成邑百姓贫困，不在这里养马。"

孟武伯发怒，认为这是公孙宿反叛作乱，率军队攻打成邑，命成邑人开门投降，成邑人不听从。孟武伯下令攻城，没能攻入，只有退兵回去。

接着，公孙宿率成邑投靠齐国。

三、见贤思齐，就是看见德行好的人便向他看齐

这天傍晚，在沂河边，这是夏天，有微风吹来，杨树叶子在风中发出哗哗的响声，白天的暑热逐渐散去，天地凉爽一点儿。

孔子在这里讲学，对面坐的是原宪、曾参、公西华、巫马施、澹台灭明、公冶长、南宫括、“新三少”，以及很多新弟子。

轻蔑者原宪问道：“先生，可以开始了吗？”颜回去世了，原宪接替了颜回的位置。

孔子点头。

公西华说：“先生，我有一个问题。我觉得正直的人在这个世界太吃亏，做人应该灵活一点儿。”

弟子们把目光集中到孔子脸上。

孔子缓缓地说：“人的生存是由于正直，而不正直的人也可以生存，那只是他侥幸地避免了灾祸。”

小贱民冉季说：“先生，你说得太好了。”

孔子没说话，抬头看看天空。这表示孔子认同这个说法。

公西华低下头。

【原文】子曰：“人之生也直，罔之生也幸而免。”（《论语·雍也篇第六》）

澹台灭明说：“先生，我有个问题，我们应当和什么样的人交朋友？就是说我们交往什么样的朋友能让我们受益？”

孔子缓慢说：“三种朋友有益，三种朋友有害。与正直的人

为友，与诚信的人为友，与见多识广的人为友，那是有益的。与装腔作势的人为友，与刻意讨好的人为友，与巧言善辩的人为友，那是有害的。”

澹台灭明说：“先生说得太好了，太好了！这段话，我终生不忘。”

【原文】孔子曰：“益者三友，损者三友。友直、友谅、友多闻，益矣；友便辟、友善柔、友便佞，损矣。”（《论语·季氏篇第十六》）

小砍柴人冉孺接着问道：“先生，您可以说说我们应追求什么样的快乐吗？就是说什么样的快乐是好的？”

孔子用眼光看了弟子们一圈，示意他们说说自己的想法。

巫马施说：“先生，我们都不知道，您就说吧！”

孔子说：“有益的快乐三种，有害的快乐三种。以得到礼乐的调教为快乐，以宣传别人的好处为快乐，以交了贤良的朋友为快乐，便有益了。以骄傲为快乐，以闲游浪荡为快乐，以酒宴荒淫为快乐，便有害了。”

巫马施、公西华连连点头。

【原文】孔子曰：“益者三乐，损者三乐。乐节礼乐、乐道人之善、乐多贤友，益矣；乐骄乐、乐佚游、乐宴乐，损矣。”（《论语·季氏篇第十六》）

孔子又说：“人是各种各样的，人的错误也是各种各样的。什么样的错误就是由什么样的人犯的。仔细考察某人所犯的错误，就可以知道他是什么样的人了。”

弟子们发出轻微的赞叹声。

【原文】子曰：“人之过也，各于其党。观过，斯知仁矣。”（《论语·里仁篇第四》）

孝子曾参说："先生，能说说您最近新想到的一句话吗？"

公冶长说："对，请您说说您近期收获的想法，拜托您务必说说。"

孔子没有反对，低头沉思，过了一会儿后，缓缓地说："看见道德和能力好的人便应该向他看齐，看见道德和能力不好的人，就应该反省自己是否有和他一样的不足。"

曾参一再低声重复这句话，琢磨其中的含义。

小砍柴人冉孺听明白了，有些激动，他嘴角抖动着说："见贤思齐，这是多好的一句话。先生，谢谢您，谢谢您！"

小颜回颜歆也觉得说得非常好。

【原文】子曰："见贤思齐焉，见不贤而内自省也。"（《论语·阳货篇第十七》）

小贱民冉季说："先生，请说第二句话。"

弟子们都不说话，看着孔子。

孔子肃穆而低缓地说："要以忠诚信用为做人根本，不要同与自己不同道的人交朋友。有了过错，就不要怕改正。"

弟子们琢磨着这句话，渐渐明白。

【原文】子曰："主忠信。毋友不如己者，过，则勿惮改。"（《论语·子罕篇第九》）

小贱民冉季说："先生，这是第二句话。请说第三句话。"

孝子曾参担心冉季冒犯孔子，小声问道："先生，有第三句话吗？"

孔子没有否定。

弟子们又安静下来，等孔子说。

孔子神情没有改变，低头想了一下，说："多责备自己而少责备别人，那别人的怨恨就远离你了。"

冉季自言自语地说："这是说，如果自己总是责备别人，别人对自己的怨恨就会多起来。这话有道理，很有道理！”

其他几个弟子也感觉很受启发。

【原文】子曰：“躬自厚而薄责于人，则远怨矣。”（《论语·卫灵公篇第十五》）

小贱民冉季说：“先生，还有吗？”

孔子说：“中庸这种道德，该是最高的了，大家已经是长久地缺乏它了。”

冉孺问道：“先生，您这中庸，说的是恰当，无过，也无不及的意思？”

曾参问道：“那只是中的意思吧？是不是还有平常和平淡的意思呢？”

孔子没有表态。

【原文】子曰：“中庸之为德也，其至矣乎！民鲜久矣。”（《论语·雍也篇第六》）

公西华说：“先生，您说得太好了，听您说得越多，越能感觉到您的圣明。”

巫马施、冉季也附和着。

孔子依然是神情不变，说：“讲到圣和仁，怎么敢当？我不过是学习不曾厌倦，教导别人不曾疲劳，就是如此而已。”

公西华说：“这正是我们弟子不能学到的。”

孔子没说话。

他们身边清澈的河水静静地流淌着，浅浅的波浪，细小的浪花，不眠不休地流向远方。

【原文】子曰：“若圣与仁，则吾岂敢？抑为之不厌，诲人不倦，则可谓云尔已矣。”公西华曰：“正唯弟子不能学也。”（《论语·述而篇第七》）

四、执行严酷刑罚又不结下仇怨，只有高柴吧

半个月后，到了鲁哀公十五年十二月的一天，孔子在家吃晚饭的时候，卫国来人报信，说子路死了。

事情是这样的：卫国正卿孔悝的母亲孔姬是太子蒯聩的姐姐，孔悝的父亲孔圉去世后，孔姬与高大漂亮的家臣浑良夫私通，为了让自己和浑良夫能长期生活在一起，她想到让弟弟蒯聩相助自己，派浑良夫前去联系蒯聩。

蒯聩此时在哪里呢？很早以前，他因得罪南子而逃出卫国，十三年前，即鲁哀公二年，卫灵公卒，南子立他的儿子为卫出公，而没立他，他极为不满，决心用武力夺取君位。接着，他在晋国支持下夺取帝丘郊外的戚地，这十几年一直住在那里，伺机回国夺取君位。

浑良夫告诉蒯聩，愿帮他夺取君位。

蒯聩非常高兴，对浑良夫说："如果你帮我回国夺位成功，我成全你俩，并赐你大夫身份，赦免你死罪三次。"浑良夫回去把这些话告诉了孔姬。

于是这年，即鲁哀公十五年闰十二月，浑良夫带蒯聩回到帝丘，躲到城里孔悝家的菜园子里。天黑以后，两个人乘车，用头巾挡住脸进孔悝家。这时，孔悝刚吃完饭，见孔姬手拿着戈走在前面，蒯聩和五个人身穿皮甲的人走在后面，孔悝大吃一惊。孔姬和蒯聩强迫孔悝配合他们夺取君位，孔悝不答应，他俩把孔悝押到高台上，让人看到。

这时，赞成蒯聩继位的大夫听说这个情况，趁机起事，攻打公宫。

子路回到卫国后做了孔悝的家臣宰，这时他在城外，听说孔悝家出事，乘车回城，进城后，碰上往城外跑的高柴，高柴说："君上逃走了，后面有人追杀孔悝的人，你别去了！"

子路说："我还是去一下。"

子路到孔悝家大门口，孔悝家的一个家臣在那里守门，说："危险，不要进去了。"子路说："你在这里领取孔家俸禄却躲避祸难，而我不是这样，我领取人家的俸禄，就一定要救人家于危难。"

子路进去，对高台上的蒯聩说："太子，您要夺位，这样逼孔大夫有何用？即使杀了他，也没用，还是会有人接替他的。"又说，"太子，您以为我没办法吗？如果我放火烧高台，烧到一半儿，您必然会放了孔大夫。"

蒯聩听到了，很害怕子路放火，让手下的两个猛士下台干掉子路。两个人与子路对打，几个回合后，用戈刺中子路，子路倒地，帽带也被斩断。子路说："君子死，帽子也不能除掉。"子路系好帽子的带子就死了。

子路殁年六十三岁。这是去世的第七个孔门弟子。

这天早上，孔子听说卫国发生内乱，按照他对子路的了解，感觉这一次子路是在劫难逃，便说："唉呀，仲由要死了！"

这下子，果真子路死了。

孔子对身边的原宪和曾参说："自从我有子路，恶言恶语的话再也听不到了。"

【原文】孔子闻卫乱，曰："嗟乎，由死矣！"已而果死。故孔子曰："自吾得由，恶言不闻于耳。（《史记·仲尼弟子列传》）

说罢，孔子起身到堂屋放声痛哭，原宪和曾参也跟出去痛哭。

哭了一阵，孔子让原宪去送送报信人，报信人临走时说："子路被剁成肉酱了。"

原宪送完报信人回到屋里，孔子指着桌子上的肉酱，说："把肉酱倒掉吧！"孔子想子路被剁成肉酱，不忍吃相似之物。

原宪去把肉酱倒了。

【原文】孔子哭子路于中庭。有人吊者，而夫子拜之。既哭，进使者而问故。使者曰："醢之矣。"遂命覆醢。谓孔子痛子路被醢于卫，不忍食其相似之物，故命弃之。（《礼记·檀弓上第三》）

这次卫国内乱，高柴没死。

有人来告诉孔子这个经过。事情是这样的，高柴属于孔悝的人，被赞成蒯聩继位的大夫带兵追杀，到城门口，城门已关闭，守门人逃走，只有一个独脚人站在那里。那人对高柴说："那边有个屋子。"高柴躲进屋子。

等追杀高柴的人走远后，那人说："士师大人，您还记得我吗？我就是那个被大人下令砍掉脚的罪人。"

高柴疑惑地问道："我下令砍了你的脚，刚才正是你报仇雪恨的时候，可是你却帮我逃命，这是为什么？"

那人说："砍掉我的脚是我犯了罪，大人按照惩处我的刑罚办理，这是无可奈何的事。但是，在判决时，大人先判别人后判我，是想让人想想是否还有免罪的理由，而我知道已经没有免罪的理由了。后来，在对我行刑时，大人脸色忧伤。我看到大人的脸色，心想那不是在怜惜我吗？我觉得大人是位真正的君子，是大人的仁德让大人有这样的脸色。大人，你明白吗？这就是我愿意救大人的原因。"

孔子听说这件事，对身边的弟子说："高柴做官做得多好啊！他执行刑法标准一致，心怀仁德又树立恩德。一般来说，刑法暴虐会与当事人结下仇怨，能为君上执行严刑峻法又不结下仇怨，只有高柴吧。"

弟子们觉得很受益。

【原文】季羔（高柴）为卫之士师，刖人之足，俄而卫有蒯聩之乱，季羔逃之，走郭门，刖者守门焉。谓季羔曰："彼有缺。"季羔曰："君子不逾。"又曰："彼有窦。"季羔曰："君子不隧。”又曰：“于此有室。”季羔乃入焉。

既而追者罢，季羔将去，谓刖者：“吾不能亏主之法而亲刖子之足矣，今吾在难，此正子之报怨之时，而逃我者三，何故哉？”

刖者曰：“断足固我之罪，无可奈何，曩者君治臣以法令。先人后臣，欲臣之免也，臣知狱决罪定。临当论刑，君愀然不乐，见君颜色，臣又知之，君岂私臣哉？天生君子，其道固然。此臣之所以悦君也。”

孔子闻之曰：“善哉为吏，其用法一也。思仁恕则树德，加严暴则树怨，公以行之，其子羔乎。”（《孔子家语·致思第八》）

五、君子不会为了一口饭而抛弃仁德

半个月后，孔子的身体状况发生了很大变化。几个弟子去世，似乎给他巨大的打击，他情绪时常低落，沉默的时候更多，身体似乎越来越差。

孔子走路都变得十分困难，已经出不了院门，白天天气好的时候，他能在院子里面走走。

这天，“新三少”来看望先生。原宪不在先生身边。

小颜回颜歆搀扶着先生在院子里缓慢走着，恳求道：“先生，您能再跟我们讲讲君子吗？”

孔子略为想了一下，说：“君子心胸宽广，小人长久忧愁。”

颜歆认真听着。

【原文】子曰：“君子坦荡荡，小人长戚戚。”（《论语·述而篇第七》）

孔子继续说："君子追求精神上通达，小人追求肉欲上痛快。"

三个人都听着。

【原文】子曰："君子上达，小人下达。"（《论语·宪问篇第十四》）

孔子说："朴实多于文采，就未免粗野；文采多于朴实，又未免花哨。文采和朴实，配合适当，这才是个君子。"

【原文】子曰："质胜文则野，文胜质则史。文质彬彬，然后君子。"（《论语·雍也篇第六》）

孔子说："富裕和显贵是人都想得到的，君子不用不正当的方法得到它；贫穷与低贱是人人都厌恶的，君子不用不正当的方法摆脱它。"

三个人听着。

孔子说："君子如果抛弃了仁德，又怎么能叫君子呢？君子不会为了一口饭而抛弃仁德，为其他事情也必然如此，在颠沛流离时也必然如此。"

【原文】子曰："富与贵，是人之所欲也；不以其道得之，不处也。贫与贱，是人之所恶也；不以其道得之，不去也。君子去仁，恶乎成名？君子无终食之间违仁，造次必于是，颠沛必于是。"（《论语·里仁篇第四》）

孔子说："信念坚定，勤奋学习，誓死守护我们的君子之道。"

三个人听得非常专心。

孔子说："不进入将打仗的一国，不居住政局动乱的一国。"

三个人不敢打断先生。

孔子说："一国遵循礼法，就出来做官；一国不遵循礼法，就隐居。一国遵循礼法，而自己贫贱，是耻辱；一国不遵循礼法，而自己富贵，也是耻辱。"

三个人感觉说得好。

【原文】子曰："笃信好学，守死善道。危邦不入，乱邦不居。天下有道则见，无道则隐。邦有道，贫且贱焉，耻也；邦无道，富且贵焉，耻也。"（《论语·泰伯篇第八》）

孔子说："千里马值得称赞的不是它的气力，而是它的品德。"

三个人听得非常认真。

【原文】子曰："骥不称其力，称其德也。"（《论语·宪问篇第十四》）

孔子又说："到了寒冬，才知道松柏树叶是最后凋落的。"

三个人没有人说话。

【原文】子曰："岁寒，然后知松柏之后凋也。"（《论语·子罕篇第九》）

六、句井疆、罕父黑等人拜师

第二天，子贡回来了。

在子路死前一个月，即鲁哀公十五年十一月，子贡作为副使，与正使鲁国大夫子服景伯一起出使齐国，去索要孟孙氏封地成邑。

掌管齐国朝政的田常当面拒绝。

子贡说："公孙宿是司马家的家臣，将家主的封地送给齐国，齐国不退还，这不是鼓励齐国大夫的家臣作乱吗？不是等于告诉大家都可以把家主的封地拿去送给他国吗？”

田常无言以对，同意退还。子贡完成使命。

公孙宿听说这个消息，仓皇从成邑逃到外地。

子贡到鲁城，就来看望先生，碰到孔子家的狗死了。

孔子让子贡拿出去埋掉，吩咐说：“我听说破旧的帷幔不丢弃是为了埋马，破旧的盖布不丢弃是为了埋狗。现在，我没有破旧的盖布，你埋狗的时候用张席子裹好了再埋，不要让它的头露在外面。”

子贡没想到先生对葬狗都这么重礼，就去带了两个新弟子，按先生说的办了。

【原文】孔子之守狗死，谓子贡曰：“吾闻弊帏不弃，为埋马也；弊盖不弃，为埋狗也。今吾贫，无盖。于其封也，与之席，无使其首陷于土焉。”（《孔子家语·曲礼子夏问第四十三》）

第二天下午，子贡没事，又去看先生，刚进先生茅草屋，轻蔑者原宪跟着进来，

原宪对斜靠在席上的孔子说：“这一批来拜师的，我把他们的住处都安排好了。”

孔子点点头。

子贡问原宪：“又有新来拜师的？”

原宪说：“是，刚才又来二十多个，这段时间来了几批，每批都是一二十个。”

子贡说：“能住下吗？”

之前子贡曾经出钱帮他们解决住宿和吃饭问题。

“是的，能住下，都挺好的。”

子贡说：“是的，还是要安排好，他们来了要过一段时间才能解决自己的生活问题。辛苦你啦！”

原宪说：“岂敢称辛苦？真要说辛苦，是子贡兄辛苦呀。”

后来这几批弟子，表现突出的有：句井疆、罕父黑、申党、

颜之仆、荣旗、县成、左人郢、燕伋、郑邦、秦非、施之常、颜哙、步叔乘、原亢籍、乐欬、廉絜、颜何等。

这时，曾参走进来。

原宪想起在外面听说的一件事，问曾参说："听说你和妻子去集市，你们四岁的孩子一边走一边哭闹，你妻子对孩子说：'等回家，我杀猪给你做肉吃。'等你们回到家，你去抓猪要杀，你妻子阻止道：'刚才只不过是和小孩子开玩笑罢了。'你却说：'孩子是不能欺骗的。孩子年幼无知，一切都是跟父母学，听从父母教导的。如今你欺骗他，这就是教他欺骗别人。还有，母亲欺骗孩子，孩子就不会再相信母亲，这不是教育孩子的方法。'于是你就把猪杀了。"

孔子刚听说这件事，看着曾参。

原宪看着曾参，问："有这事吗？"

曾参点头。

原宪看孔子，见孔子脸上中有一丝赞许之色。

【原文】曾子之妻之市，其子随之而泣，其母曰："女还，顾反为女杀彘。"妻适市来，曾子欲捕彘杀之。妻止之曰："特与婴兒戏耳。"曾子曰："婴儿非与戏也。婴兒非有知也，待父母而学者也，听父母之教。今子欺之，是教子欺也。母欺子，子而不信其母，非以成教也。"遂烹彘也。（《韩非子·外储说左上》）

接着，曾参说想向先生请教几个问题。见先生没反对，曾参问道："如果有两个亲人同时死了，这丧事怎么办？谁先谁后？"

孔子答道："下葬时，先埋恩轻的，后埋恩重的；祭奠时，先祭恩重的，后祭恩轻的。这是正礼。"

【原文】曾子问曰："并有丧，如之何？何先何后？"孔子曰："葬，先轻而后重；其奠也，先重而后轻；礼也。自启及葬，不奠，行葬不哀次；反葬奠，而后辞于殡，逐修葬事。其虞也，先

重而后轻，礼也。”（《礼记·曾子问第七》）

曾参问道：“将要为儿子举行加冠礼，参加冠礼的宾客已经来到，并且已被礼相迎让入庙内，这时候主人突然得到需要穿齐衰、大功这样丧服的亲属的死讯，怎么办呢？”

齐衰、大功，说的是丧服。当时丧服有五种，称“五服”，按礼仪最重的往下排为：斩衰、齐衰、大功、小功、缌麻。

孔子答道：“这要看是哪种亲属。如果死者是同姓亲属，就将冠礼停止；如果死者是异姓亲属，冠礼可继续进行，但要简化来宾向加冠者祝贺的环节。礼毕，把行冠礼的各种陈设撤去，把场地再打扫一番，然后按照自己和死者的关系就位而哭。当然，如果得到死讯，参加冠礼的宾客尚未来到，冠礼则可以提前停止。”

【原文】曾子问曰：“将冠子，冠者至，揖让而入，闻齐衰大功之丧，如之何？”孔子曰：“内丧则废，外丧则冠而不醴，彻馔而扫，即位而哭。外丧则冠而不醴，彻馔而扫，即位而哭。如冠者未至，则废。”（《礼记·曾子问第七》）

曾参问道：“婚礼进行到纳币阶段，连迎亲的吉日都择定了，如果忽然女方的父亲或母亲死了，那该怎么办呢？”

孔子答道：“婿家应该派人去吊丧，如果是婿的父亲或母亲死，女方也应该派人到婿家吊丧。如果一方是丧父，另一方就以父亲的名义吊丧；如果一方是丧母，另一方就以母亲的名义吊丧；如果男方父母不在，就得让伯父、伯母出面。从男方来说，在料理完葬事之后，由婿的伯父出面向女方致意说：‘某之子不幸遇到父或母之丧，居丧期间，不能和府上结为婚姻，特派我来致意。’女方答应了，但并不敢把女儿改嫁他人，这是正礼。婿除丧之后，女方父母派人到婿家敦请联姻，这时候如果婿还不迎娶，女方就可以把女儿改嫁他人，这也是正礼。如果女方的父或母死，男方也要这样。”

【原文】曾子问曰："昏礼既纳币，有吉日，女之父母死，则如之何？"孔子曰："婿使人吊。如婿之父母死，则女之家亦使人吊。父丧称父，母丧称母。父母不在，则称伯父世母。婿，已葬，婿之伯父致命女氏曰：'某之子有父母之丧，不得嗣为兄弟，使某致命。'女氏许诺，而弗敢嫁，礼也。婿，免丧，女之父母使人请，婿弗取，而后嫁之，礼也。女之父母死，婿亦如之。"（《礼记·曾子问第七》）

曾参问道："亲迎的那天，新娘已经上路，突然新郎的父亲或母亲去世，该怎么办？"

孔子答道："新娘要立即改换服装，穿上麻布黑衣，用白绢束发，赶往夫家参加丧礼。如果是新娘已经上路，而新娘的父亲或母亲突然去世，新娘就应立即折回娘家奔丧。"

曾参又问道："如果新郎迎亲的那天，新娘还没来到，而新郎突然有齐衰、大功亲属去世，该怎么办？"

孔子答道："新郎不进大门，在外改换服装。新娘则进入大门，在内改换服装。然后各就其位而哭。"

曾参子问道："除丧之后不再补行婚礼了吗？"

孔子答道："拿祭礼来说，过了日期就不再补祭，这才合乎礼的规定。婚礼还没有祭礼隆重，又有什么理由再补办一次呢！"

【原文】曾子问曰："亲迎，女在涂，而婿之父母死，如之何？"孔子曰："女改服布深衣，缟总以趋丧。女在途，而女之父母死，则女反。""如婿亲迎，女未至，而有齐衰大功之丧，则如之何？"孔子曰："男不入，改服于外次；女入，改服于内次；然后即位而哭。"曾子问曰："除丧则不复昏礼乎？"孔子曰："祭，过时不祭，礼也；又何反于初？"（《礼记·曾子问第七》）

曾参问道："嫁女时，女方人家一连三夜不熄火把，有什么含义？”

孔子说：“嫁女的人家，一连三夜不熄火把，是因为念及骨肉就要分离了。娶媳妇的人家，一连三天不奏乐，是因为念及传宗接代、双亲日趋衰老。新娘进门三月，要备礼祭祀公婆的亡灵，祝词中称之为‘来做媳妇’。这样做了以后，才算是正式成为此家的媳妇。”

曾参问道：“新娘没有见夫家宗庙而死，该怎么办？”

孔子答道：“她的灵柩，出殡时不须朝见祖庙，她的神主也不附在祖姑神主之后，做丈夫的不须持丧棒，不须穿孝鞋，不须居丧次，归葬于她娘家的墓地，以表示她尚未成为男家的媳妇。”

曾参又问道：“迎娶新娘的吉日已经商定而新娘突然去世，该怎么办？”

孔子答道：“婿应该穿着齐衰孝服前去吊丧，新娘下葬后即可除去孝服。如果是丈夫突然死去，新娘也照此办理。”

【原文】孔子曰：“嫁女之家，三夜不息烛，思相离也。取妇之家，三日不举乐，思嗣亲也。三月而庙见，称来妇也。择日而祭于祢，成妇之义也。”曾子问曰：“女未庙见而死，则如之何？”孔子曰：“不迁于祖，不祔于皇姑，婿不杖、不菲、不次，归葬于女氏之党，示未成妇也。”曾子问曰：“取女，有吉日而女死，如之何？”孔子曰：“婿齐衰而吊，既葬而除之。夫死亦如之。”（《礼记·曾子问第七》）

曾参问道：“在居父母之丧期间，可以到别人家去吊丧吗？”

孔子答道：“居父母之丧，到了小祥的时候，还不和众人站在一起，不和众人一道走路。君子是通过礼来表达感情的，现在你自己正处在丧失父母的极大沉痛之中而到别人家去吊丧哭泣，这种哭泣岂不成为虚假的了吗？”

曾参把先生的话都记下。

【原文】曾子问曰："三年之丧，吊乎？"孔子曰："三年之丧，练，不群立，不旅行。君子礼以饰情，三年之丧而吊哭，不亦虚乎？"（《礼记·曾子问第七》）

这天，冉雍、曾参、樊迟、有若、子张等几个弟子到孔子茅屋来看望先生。原宪在孔子家陪伴先生。

孔子斜躺在席子上，神情黯淡，呼吸沉重，显得非常虚弱。

孝子曾参说："先生，这会儿您有时间教导我们几句吗？"

孔子用低沉的声音说："我不想说话了。"

弟子们不敢再提问题，默默陪伴良久后离开。

七、我这一辈子都在传播做人之道，没干过其他的

三个多月过去了，到鲁哀公十六年四月，这天子贡来看孔子。

上次子贡来看望先生后，又出使他国为鲁国办事，这天一到鲁城，子贡赶忙来看先生。子贡知道先生身体不好，心里一直惦记着。

子贡问候了先生后，说："先生，您知道吗？澹台灭明这个人很了不起。这次我到南方，听说他也在那里，当地很多人通过他了解了先生的做人之道，有三百多人要跟他到鲁国来找先生拜师呢。"

孔子听到这些事，感慨地说："我只凭言辞判断人，在宰予那错了；单从相貌上判断人，在澹台灭明这错了。"

【原文】孔子闻之，曰："吾以言取人，失之宰予；以貌取人，失之子羽。"（《史记·仲尼弟子列传》）

子贡说："澹台灭明能这样，也是您教育的。这些年您教育了这么多人，让这么多人因学习您的主张而改变。先生，您是怎么

看自己这辈子的？”

孔子又说：“我十五岁立志于学做人之道，三十岁开坛讲做人之道，四十岁不再被歪理迷惑，五十岁明白上天把传道的使命赋予我，六十岁不再与不同道者争执，七十岁不再在乎别人怎么看我。”

子贡觉得这个总结很准。

孔子接着说：“我这一辈子都在传播做人之道，没干过其他的。”

子贡一再点头。

【原文】子曰：“吾十有五而志于学，三十而立，四十而不惑，五十而知天命，六十而耳顺，七十而从心所欲，不逾矩。”（《论语·为政篇第二》）

两人聊了一会儿。

子贡觉得先生的身体情况越来越差了，呼吸声十分沉重，动作变得越来越缓慢，脸上的神情肃穆而凝重。

孔子突然说：“没人了解我呀！”

子贡问道：“为什么说没人了解您呢？”

孔子说：“我不怨天，不怪别人。我通过学习明白了上天的做人之道，我这辈子知足了。现在了解我的，大概只是上天吧！”

孔子变得有些伤感。

【原文】子曰：“莫我知也夫！”子贡曰：“何为其莫知子也？”子曰：“不怨天，不尤人，下学而上达。知我者其天乎！”（《论语·宪问篇第十四》）

孔子不说话，好像在想什么，子贡就这么陪伴在一旁，没有打扰先生。屋里安静极了，能听到外面马车走过的声音，能听到行人的话语，能听到树梢上小鸟的鸣叫。也许是他们坐久了，地下的寒气从席子下面透上来。这是四月初，鲁国的城池和田野还很冷，田野上一排排的杨树和路边的小草刚有一点儿绿色。

孔子沉默一会儿，缓慢地说："我衰老得太厉害了，好久没有梦见周公了。"

子贡知道先生一生特别推崇周公，但是，第一次听说先生还时常与周公在梦里相会。

子贡又坐了很久才告别先生。

【原文】子曰："甚矣吾衰也！久矣吾不复梦见周公。"（《论语·述而篇第七》）

接着，子贡又去了南方。

子贡离开先生家的第七天，孔子去世。

这天是公元前479年，即鲁哀公十六年四月十一日。孔子享年七十三岁。

孔子临终前，将其孙子孔伋托付给二十七岁的曾参。孔伋，字子思，这年四岁，小孔子六十九岁，是孔鲤的儿子。

第18章　黑夜中的北辰

一、不管是谁，都不得给仲尼立庙

子贡得到孔子去世的消息，星夜兼程赶回鲁城。

在外地的冉求和高柴等弟子，听到孔子去世的消息，也赶回鲁城。

弟子们给孔子办了俭朴而悲伤的丧礼。把孔子葬在鲁城北面的一片林地里，这里距离孔子讲学的那个地方不远。

弟子们将孔子的丧礼视同父亲的丧礼，像孝子那样放声痛哭，下葬后，又哭着带孔子的魂回他的茅屋。并且，他们按照给父亲服丧那样，为孔子穿孝服三年。

有弟子提出来给孔子立一座庙，以便大家更好地祭拜他。

季康子听说此事，召见子贡，说："我听说有人想给仲尼立庙，可有此事？"

子贡如实说："回正卿大人的话，确实有人说过。"

季康子训斥道："子贡，仲尼因提倡遵循礼法而为人所知，你们作为他的弟子，现在却要违逆礼法？这是怎么回事？"

子贡不知如何回答是好。

季康子接着说："周朝庙制规定，天子立七庙，诸侯立五庙，大夫立三庙，士立一庙，庶人无庙，以此区分上下尊卑。他父亲为武士，孔家已有祖庙，而仲尼尽管曾被赐大夫身份，可在当初离开鲁国时，身份就丧失了，乃是一介庶人，怎么可以立庙？我问你，你不知道周朝庙制吗？"

子贡说："回正卿大人的话，在下知道。"

季康子说："好，你听好了，不管是谁，都不得给仲尼立庙！违者处以刑罚。”

这样，立庙之事只有放弃。

子贡在先生墓旁建了一个茅草屋，住在里面为先生守灵，又将从南方带来的楷木种在墓地旁，祈祷道：“如果先生肯原谅我临终时不在身边，就请让此树活下来。”后来，楷木活了下来，并在鲁城大量生长。

这天，子贡在街头，见子服景伯大夫迎面走来。

子服景伯叫住子贡，告诉他在上朝时鲁国司马叔孙武叔说：“子贡比他先生仲尼要强些。”见子贡不说话，子服景伯追着问子贡是不是这样看。

子贡说：“如果拿围墙作比喻，我家围墙只有肩膀那么高，谁都可以看到里面房屋的好坏。我先生家的围墙却有几丈高，如果找不到大门进去，就看不到他那房舍的雄伟和富丽。事实上，很少有人能找到大门，由此看司马大夫说这话不是很自然的吗？”

【原文】叔孙武叔语大夫于朝曰：“子贡贤于仲尼。”子服景伯以告子贡，子贡曰：“譬之宫墙，赐之墙也及肩，窥见室家之好；夫子之墙数仞，不得其门而入，不见宗庙之美、百官之富。得其门者或寡矣，夫子之云不亦宜乎！”（《论语·子张篇第十九》）

子服景伯又说：“是的，司马大夫这是诋毁仲尼。”

子贡说：“这样做是没有用的！我先生是诽谤不了的。别人的贤德好比山丘，还可超越过去，我先生的贤德好比太阳和月亮，是无法超越的。虽然有人要自绝于日月，对日月又有什么损害呢？只是表明他不自量力而已。”

子服景伯没想到子贡会这么说，只有扫兴地走开。

【原文】叔孙武叔毁仲尼，子贡曰：“无以为也，仲尼不可毁也。他人之贤者，丘陵也，犹可逾也；仲尼，日月也，无得而

逾焉。人虽欲自绝，其何伤于日月乎？多见其不知量也。”（《论语·子张篇第十九》）

过了几天，已经成为鲁国客卿的陈子禽来找子贡，又把鲁国司马说的那番话告诉子贡。子贡把对子服景伯说的话又说一遍。

陈子禽对子贡说：“你是因仲尼是你先生而谦让吧，难道他真比你强吗？”

子贡说：“高贵人物由一句话表现他明白，也由一句话表现他无知，所以咱们说话不可不谨慎。他老人家是不可以赶得上，犹如天空是不可能用阶梯爬上去的。如果先生成为拥有一国的国君，或拥有一块封地的大夫，那他就会像他说的那样教导百姓，用他的做人之道引导百姓、安抚百姓、动员百姓。他活着是十分荣耀的，死了是极其可惜的。我怎么能赶得上他呢？”

陈子禽也碰了一鼻子灰，悻悻然地走开了。

【原文】陈子禽谓子贡曰：“子为恭也，仲尼岂贤于子乎？”子贡曰：“君子一言以为知，一言以为不知，言不可不慎也。夫子之不可及也，犹天之不可阶而升也。夫子之得邦家者，所谓立之斯立，道之斯行，绥之斯来，动之斯和。其生也荣，其死也哀，如之何其可及也？”（《论语·子张篇第十九》）

二、高柴被孟武伯任命为家臣宰

孔子去世一年后，即鲁哀公十七年，高柴被孟武伯任命为家臣宰。这是高柴第三次当官，也是司空家第一次让孔门弟子做官。

这年十二月，鲁哀公在蒙地与齐平公结盟，孟武伯相礼。齐平公叩头，鲁哀公没有叩头，只是弯腰作揖，齐国人不高兴。

孟武伯对齐平公说：“您不是天子，我们国君没法叩头。”接着，转身问高柴，“往日诸侯盟誓，谁执牛耳？”

执牛耳，就是割牛耳，由主持盟会的盟主做。在盟会时，结盟各方代表需将割出的牛耳血抹在嘴唇上。

高柴说："鄫（音增）衍那一次盟誓，执牛耳的是吴国公子姑曹，发阳那一次是卫国石魋。"

孟武伯说："那么这次就是我了。"说完，就去割牛耳。

齐国人很不高兴。

高柴帮孟武伯给鲁国挣得了脸面。

随后，高柴被孟武伯任命为成邑宰。然后发生几个事。

一个是成邑有个人，他的哥哥死了但他不愿为哥哥穿丧服，后来听说高柴将要来当邑宰，怕被问罪，这才连忙穿上丧服。当地人就编了首歌谣讽刺此人，唱词是："蚕儿不给自己做茧子，却给螃蟹做茧子；蜂儿不给自己做帽子，却给蝉儿做帽子；有人不给哥哥穿丧服，却给高柴穿丧服。"

【原文】成人有其兄死而不为衰者，闻子皋将为成宰，遂为衰。成人曰："蚕则绩而蟹有匡，范则冠而蝉有緌，兄则死而子皋为之衰。"（《礼记·檀弓下第四》）

另一个是高柴妻子病故，高柴埋葬他的妻子时，踏坏了他人田地里的禾苗，小朋友申祥把情况告诉了他，他说："我赔偿人家。"

申祥，子张的儿子，生于鲁哀公十四年，这年六岁。

高柴说："司空家不会因这点小事怪罪我，朋友也不因这点儿小事而远离我，但是，由于我是本邑的长官，不能不赔偿。这次我赔偿了，后人就很难损坏人家东西不赔偿了。"

【原文】季子皋葬其妻，犯人之禾，申祥以告曰："请庚之。"子皋曰："孟氏不以是罪予，朋友不以是弃予，以吾为邑长于斯也。买道而葬，后难继也。"（《礼记·檀弓下第四》）

三、子夏和子张都带了弟子

在莒父的子夏身边逐渐聚集起一批后生，诗文子夏给他们讲孔子的做人之道，回答他们的问题，他们称子夏先生。

这天黄昏，子夏带弟子们到城墙上散步。

一个嘴巴很大的后生问道："先生，信用很重要吗？为什么呢？"

子夏说："作为掌权者，必须取得信任之后才去给百姓派劳役，否则百姓就会认为是在虐待他们。作为臣子，要先取得信用，然后才去规劝君上，否则君上就会认为你是在顶撞他。"

【原文】子夏曰："君子信而后劳其民，未信，则以为厉己也；信而后谏，未信，则以为谤己也。"（《论语·子张篇第十九》）

这个弟子又问："先生，关于君子，可以再跟我们说说吗？"

子夏说："君子有三变：远远望着，庄严可畏；向他靠拢，温和可亲；听他的话，严厉不苟。"

【原文】子夏曰："君子有三变：望之俨然，即之也温，听其言也厉。"（《论语·子张篇第十九》）

另外一个带南方口音的弟子问道："先生，可以说说小人吗？"

子夏说："小人犯了过错一定要掩饰。"

【原文】子夏曰："小人之过也必文。"（《论语·子张篇第十九》）

子夏又说："大节上不能超越界限，小节上有些出入是可以的。”

【原文】子夏曰：“大德不逾闲，小德出入可也。”（《论语·子张篇第十九》）

大嘴巴又问：“先生，君子是如何获得做人的道理的？”

子夏说：“工匠在劳作场地做出他们的东西，君子则用学习获得做人到道理。”

【原文】子夏曰：“百工居肆以成其事，君子学以致其道。”（《论语·子张篇第十九》）

南方口音又问：“先生，做官是什么样算最好？学习又是什么样算最好？”

子夏说：“做官最好是能好学，学习最好是有做官的本事。”

【原文】子夏曰：“仕而优则学，学而优则仕。”（《论语·子张篇第十九》）

爱提问的子张没有当官，他身边也聚集了一些弟子。他回答弟子们的提问，解开弟子们心中的疑惑。

这天，爱提问的子张在鲁城北门外的沂河边给弟子讲学，这里是原来孔子讲学的地方。

一个面孔稚嫩的弟子问道：“先生，您能说说读书人如何做才算做好？”

子张说：“读书人看见危险便肯豁出性命，看见利益便考虑是否该得，祭祀时候考虑严肃恭敬，居丧时候考虑悲痛哀伤，那也就可以了。”

这个弟子连连点头。

【原文】子张曰：“士见危致命，见得思义，祭思敬，丧思哀，其可已矣。”（《论语·子张篇第十九》）

一个很瘦弱的弟子问道："还有吗？"

子张说："有那么一种人道德不高尚，信仰不坚定，这种人有他不为多，没他不为少。"

弟子们都觉得说得好。

【原文】子张曰："执德不弘，信道不笃，焉能为有？焉能为亡？"（《论语·子张篇第十九》）

这个瘦弱的弟子跟随过子夏，他又说："先生，我想请教您如何与朋友交往。"

子张说："子夏是怎么跟你说的？"

这个人答道："子夏先生说：'可以相交的就和他交朋友，不可以相交的就拒绝他。'"

子张说："我所听到的和这不一样，君子既尊重贤人，又能容纳众人；能够赞美善人，又能同情能力不够的人。如果我是十分贤良的人，那我对别人有什么不能容纳的呢？我如果不贤良，那人家就会拒绝我，又怎么谈能拒绝人家呢？"

瘦弱的弟子赶忙记下。

【原文】子夏之门人问交于子张，子张曰："子夏云何？"对曰："子夏曰：'可者与之，其不可者拒之。'"

子张曰："异乎吾所闻。君子尊贤而容众，嘉善而矜不能。我之大贤与，于人何所不容？我之不贤与，人将拒我，如之何其拒人也？"（《论语·子张篇第十九》）

四、曾参身边也有弟子

曾参也没有当官，身边也有了弟子，不知道是什么原因，曾参身边弟子的数量比子夏、子张身边的弟子合起来都多。

这天，曾参到鲁城城南的一个杂木林讲学。他和众多弟子坐好后，一个嘴唇厚厚长相忠厚的后生问道："先生，昨天您说读书人必须刚毅，这是为什么？"

曾参说："读书人不可以不刚毅，因为他负担沉重，路程遥远。"

这个后生又问："为什么会负担沉重，路程遥远呢？"

曾参说："读书人以让天下都实现仁德为己任，不也沉重吗？至死方休，不也遥远吗？"

这个弟子连连点头。

【原文】曾参曰："士不可以不弘毅，任重而道远。仁以为己任，不亦重乎？死而后已，不亦远乎？"（《论语·泰伯篇第八》）

一个衣衫破烂的后生问道："先生，人们都说君子是最高尚的，是最值得信赖的，是这样的吗？"

曾参说："可以把幼小的孤儿和一国的命运都交付给他，并且，他在生死存亡关头，不动摇不屈服，这种人是被称为君子这样的人吗？是的，君子正是这样的人。"

这个后生赶忙记下。

【原文】曾子曰："可以托六尺之孤，可以寄百里之命，临大节而不可夺也。君子人与？君子人也。"（《论语·泰伯篇第八》）

这个衣衫破烂的后生又问："先生，君子是这么了不起，我想问问，他是谦虚的吗？"

曾参说："君子用文章学问来聚会朋友，用朋友来帮助自己培养仁德。"

这个弟子仔细琢磨这句话。

【原文】曾子曰："君子以文会友，以友辅仁。"（《论

语·颜渊篇第十二》）

嘴唇厚厚的后生问道："还有吗？"

曾参说："我每天多次自己反省这么三个事：替别人办事是否尽心竭力？同朋友往来是否诚实？先生传授我的学业是否复习了？"

弟子们思考着。

【原文】曾子曰："吾日三省吾身：为人谋而不忠乎？与朋友交而不信乎？传不习乎？"（《论语·学而篇第一》）

衣衫破烂的后生又问："还有吗？"

曾参说："有能力却向无能力的人请教，知识丰富却向知识缺少的人请教；有学问像没学问一样，满腹知识像空无所有一样；纵被欺侮，也不计较，从前我的朋友颜回便这样做了。"

【原文】曾子曰："以能问于不能；以多问于寡；有若无，实若虚，犯而不校。昔者吾友尝从事于斯矣。"（《论语·泰伯篇第八》）

这天，正卿季康子把曾参叫去，说："听说有很多人到仲尼家祭拜仲尼，你可知道此事？"

曾参答道："回正卿大人的话，我先生去世后，他的家人在家里摆放了他的牌位，并将他穿戴过的衣服、帽子以及使用过的琴、典籍、车子等摆放好，以便家人思念他。"

正卿说："曾参，我是说有很多人到他家祭拜，其中很多还是他国之人。"

曾参说："回正卿大人的话，确实如此。"

正卿说："听说仲尼的墓地，现在已经居住一百多家，他们把那里称为'孔里'。一些后生也去那里讲习礼仪，举行射礼、享礼。有这些事吗？"

曾参没回答。

季康子非常生气，让曾参退下。

五、武城宰言偃带了弟子

南方人言偃还在当武城宰，他的身边也逐渐聚集起一些弟子。

武城这里有个池塘，这是言偃给弟子讲学的地方。这天黄昏，他们聚在这里。

一个衣服很华丽的弟子问道："先生，请问做人是否应当与别人很亲密呢？"

言偃说："对待君主过于亲密，会招致侮辱；对待朋友过于亲密，就会反被疏远。"

【原文】子游曰："事君数，斯辱矣；朋友数，斯疏矣。"（《论语·里仁篇第四》）

这个弟子又说："先生，我曾跟子张先生学习，那边的弟子都觉得子张先生是天下最仁德的人。"

言偃听了，微微一笑，说："我的朋友子张可以说是难得的了，然而还不能说是天下最仁德之人。"

【原文】子游曰："吾友张也，为难能也；然而未仁。"（《论语·子张篇第十九》）

六、曾参的儿子问：父母去世，孝子的哭声是否有规定？

这天，孝子曾参到负夏那个地方吊丧。

主人行完祖奠，将灵车推到门外，转过车头让逝者的头向内，让家中妇女站在台阶上向逝者行礼。

陪曾参去吊唁的人问曾参：“这样行礼合乎礼吗？”

曾参说：“祖奠的‘祖’字是暂且的意思，既然是暂且的祭奠，灵车头向内时行礼，有何不可呢！”

后来，陪同者又就此事请教南方人言偃，说：“这样做合乎礼吗？”

言偃说：“不合乎礼。在祖庙的堂下举行最后告别的祖奠，最后葬于野外的墓里。从死到下葬的整个过程，是一步一步地由近而远。所以，办理丧事，逝者的头是不向内的。”

曾参听到这个话，对言偃大为折服，说：“说得太好了！我只理解了祖奠的‘祖’，对整个葬礼的理解不如他。”

【原文】曾子吊于负夏，主人既祖，填池，推柩而反之，降妇人而后行礼。从者曰：“礼与？”曾子曰：“夫祖者且也；且，胡为其不可以反宿也？”从者又问诸子游曰：“礼与？”子游曰：“……祖于庭，葬于墓，所以即远也。故丧事有进而无退。”

曾子闻之曰：“多矣乎，予出祖者。”（《礼记·檀弓上第三》）

这天黄昏，在城南的杂木林，孝子曾参给弟子讲学。

曾申率先发问。

曾申，字子西，曾参的儿子。曾参一共有三个儿子，分别是长子曾元、次子曾申、三子曾华。

曾申向曾参问道：“父母去世，孝子的哭声是否也有规定？”

曾参答道：“就像小孩子在半路上找不着母亲时乱哭一样，哪里有什么关于哭声的规定呢？”

【原文】曾申问于曾子曰：“哭父母有常声乎？”曰：“中路婴儿失其母焉，何常声之有？”（《礼记·杂记下第二十一》）

那个嘴唇厚厚的后生又问："那么哭父母的时候，可以怎么伤心怎么哭吗？"

曾参说："我听我的先生说过，平常人应当压抑自己的情感，如果有过于悲伤，一定在父母死亡的时候！"

【原文】曾子曰："吾闻诸夫子，人未有自致者也，必也亲丧乎！"（《论语·子张篇第十九》）

嘴唇厚厚的后生问道："先生，请问孝对教化百姓有什么作用？"

曾参说："谨慎地对待父母的死亡，追念远代祖先，百姓就会因此变得忠诚宽厚。"

【原文】曾子曰："慎终追远，民德归厚矣。"（《论语·学而篇第一》）

衣衫破烂的后生问道："先生，孝子给父母养老，具体应该怎么做呢？"

曾参说："孝子的养老，首先，是使父母见孩子不违背他们的旨意而心里和眉目快乐；其次，使他们起居安逸，饮食合口。忠心养老是终身的事，所谓终身，不是父母的终身，而是孝子的终身。"

弟子们听着。

曾参说："所以，父母所爱的自己也要爱，父母所敬的自己也要敬，对他们喜欢的犬马都是如此，更何况对他们喜爱的人呢！"

【原文】曾子曰："孝子之养老也，乐其心不违其志，乐其耳目，安其寝处，以其饮食忠养之孝子之身终，终身也者，非终父母之身，终其身也；是故父母之所爱亦爱之，父母之所敬亦敬之，至于犬马尽然，而况于人乎！"（《礼记·内则第十二》）

衣衫破烂的后生又问道："先生，您曾说过孝子应该爱护自己的身体，这是为什么？"

曾参说："自己的身体，是父母留在人间东西。以父母的东西来做事，敢不小心翼翼吗？"

这个后生又问："要小心爱护，具体怎么做呢？"

曾参说："日常起居不端重，是不孝；为君主做事不忠诚，是不孝；身居官位而不恭谨，是不孝；与朋友交往没有信用，是不孝；临阵作战不勇敢，是不孝。这五个方面做不到，灾祸就会延及父母留给我们的身体，怎么敢不小心翼翼呢？"

【原文】曾子曰："身也者，父母之遗体也。行父母之遗体，敢不敬乎？居处不庄，非孝也；事君不忠，非孝也；莅官不敬，非孝也；朋友不信，非孝也；战陈无勇，非孝也。五者不遂，灾及于亲，敢不敬乎？"（《礼记·祭义第二十四》）

厚嘴唇后生问道："先生，如何做算做到最孝？"

曾参说："孝有三等。第一等是尊重父母的意愿，第二等是不给父母难看的脸色，第三等是能够赡养父母。"

一个叫公明仪的弟子向曾参问道："先生您可以说是做到孝了吧？"

曾参答道："这是哪儿的话！君子的所谓孝，是不等父母有所表示就把父母想办的事办了，同时又能使父母放心自己的所作所为都是合乎正道的。我只不过是能赡养父母罢了，怎能说是做到了孝呢！"

【原文】曾子曰："孝有三：大孝尊亲，其次弗辱，其下能养。"公明仪问于曾子曰："夫子可以为孝乎？"曾子曰："是何言与！是何言与！君子之所为孝者：先意承志，谕父母于道。参，直养者也，安能为孝乎？"（《礼记·祭义第二十四》）

厚嘴唇后生问道："先生，在尊重长者上，具体应该如何做呢？"

曾参说："在道路上行走，不能和年长者并肩，年长者如果是兄辈的年龄，就在他一侧身后走；年长者如果是父辈的年龄，就紧随在他身后走。无论是乘车的还是步行的，遇到年长者都要让路。看见头发花白的老人挑着担子行路，后生就要为他代劳。你这样做，尊重年长者做法就在各处的道理上通行了。"

弟子们认真地听着。

曾参说："在乡里居住也要讲究长幼，即使贫穷的老人也不遗弃，后生不可恃强凌弱，以众欺寡。你这样做，尊重年长者的做法就在田野上通行了。"

弟子们没有说话的。

曾参说："按照古代的规矩，年龄到了五十岁就可以不参加田猎活动了，而在分配猎获物的时候还要让年长者多得点儿。你这样做，尊重长者的做法就在山林里通行了。"

弟子都觉得说得特别好，纷纷记下。

【原文】行，肩而不并，不错则随。见老者，则车徒辟；斑白者不以其任行乎道路，而弟达乎道路矣。居乡以齿，而老穷不遗，强不犯弱，众不暴寡，而弟达乎州巷矣。古之道，五十不为甸徒，颁禽隆诸长者，而弟达乎搜狩矣。（《礼记·祭义第二十四》）

七、几个弟子的结局

由于种种原因，很多孔门弟子后来的情况湮灭在纷乱的尘世中，就跟历史上很多人一样，湮灭了，消散了，像村庄上散去的炊烟，无人能说清楚他们的结局，只有几个被记录下来。

一、冉求

好心人冉求又被季康子任命为家臣宰。鲁哀公二十三年春，就是孔子去世七年后，宋国大夫景曹死了。季康子派冉求去吊唁，并且送葬。

【原文】二十三年春，宋景曹卒。季康子使冉有吊，且送葬。（《左传·哀公二十三年》）

二、原宪

轻蔑者原宪没有做官。孔子去世后，原宪就跑到鲁城外低洼积水、野草丛生的地方隐居。多年后，子贡做了卫国的正卿，排开丛生的野草，来到这个简陋破败的小屋，前去看望原宪。原宪整理好破旧的衣帽，与子贡相见。

子贡见状，替他感到羞耻，说："你难道是病了吗？"

原宪回答说："我听说，没钱财的叫穷，学了道理而不按道理做的叫病。我是穷，并不是病。"

子贡听了很惭愧，灰溜溜地离去，终生为说错这句话感到羞耻。

【原文】孔子卒，原宪遂亡在草泽中。子贡相卫，而结驷连骑，排藜藿入穷阎，过谢原宪。宪摄敝衣冠见子贡。子贡耻之，曰："夫子岂病乎？"原宪曰："吾闻之，无财者谓之贫，学道而不能行者谓之病。若宪，贫也，非病也。"子贡惭，不怿而去，终身耻其言之过也。（《史记·仲尼弟子列传》）

三、子夏

后来，诗文子夏辞去莒父宰，四处讲学。

一次，他路过卫国，见一个读史书的人读道："晋军攻打秦国，三只猪渡河。"

子夏觉得他读错了，纠正道："不对，是己亥渡河。"

读史书的人不相信自己读错了，去请教了晋国史官，史官说："是己亥渡河。"后来，这个人到处宣传子夏，卫国的人都把子夏当作圣人。

【原文】卜商卫人，无以尚之，尝返卫，见读史志者云：

“晋师伐秦，三豕渡河。”子夏曰：“非也，己亥耳。”读史志曰：“问诸晋史，果曰己亥。”于是卫以子夏为圣。（《孔子家语·卷九》）

子夏在魏国西河讲学，魏文侯把他当作先生，向他请教治国理政的方法。田子方、段干木、吴起、禽滑鳌都曾跟从子夏学习。后来子夏的儿子死，子夏哭瞎了眼睛。

【原文】孔子既没，子夏居西河教授，为魏文侯师。其子死，哭之失明。（《史记·仲尼弟子列传》）

四、曾参

孝子曾参在三十八岁时，即鲁哀公二十七年，孔子去世十一年，被武城宰言偃聘为宾师，设教于武城。

六十岁，设教于魏国西河一带，后来回鲁城。

七十岁，病倒于家中，他把自己的弟子召集拢来，说道：“看看我的脚！看看我的手！《诗经》上说：‘小心呀！谨慎呀！好像站在深深水潭之旁，好像行走薄薄冰层之上。’到今天，我才知道小心谨慎才可以使自己的身体免于毁伤，弟子们，要记住啊！”

【原文】曾子有疾，召门弟子曰：“启予足，启予手。《诗》云：‘战战兢兢，如临深渊，如履薄冰。’而今而后，吾知免夫，小子！”（《论语·泰伯篇第八》）

曾参接着对孟武伯的儿子孟敬子说：“鸟要死了，鸣声是悲哀的；人要死了，说出的话是善意的。”

孟敬子仔细听着。

曾参说：“掌权者待人接物有三方面应该注重：整肃自己的容貌，就可以避免别人的粗暴和懈怠；端正自己的脸色，就容易使人信服；使用文雅的言辞，就可以避免鄙陋粗野。至于礼仪的细节，自有衙门去管。”

【原文】曾子有疾，孟敬子问之。曾子言曰：“鸟之将死，其鸣也哀；人之将死，其言也善。君子所贵乎道者三：动容貌，斯远暴慢矣；正颜色，斯近信矣；出辞气，斯远鄙倍矣。笾豆之事，则有司存。”（《论语·泰伯篇第八》）

曾参七十一岁，躺卧在床，病得很厉害。

他的弟子乐正、子春坐在身旁，他的儿子曾元、曾申坐在他脚旁。

一个小孩子过来看到曾参身下的竹席，说：“多么漂亮光滑呀！是大夫用的竹席吧？”

子春说：“别作声！”

曾参听到了，猛然惊醒过来，有气无力地出了口气，说：“是的。这是正卿送的，我因为病重，未能把它换掉。曾元呀，扶我起来把席子换掉！”

曾元说：“您老人家的病已经很严重了，移动很危险，能等到天亮，再给您换掉吧。”

曾参说：“你爱我的心意还不如那个小孩子。君子爱人，是考虑如何成全他的美德；小人爱人，则是考虑如何让他苟且偷安。此刻我还求什么呢？我能够合乎礼仪地死去，我的愿望就满足了。”

于是，人们抬起曾参换席，换过后再把曾参放回席上，还没有放好，曾参就断气了。

【原文】曾子寝疾，病。乐正子春坐于床下，曾元、曾申坐于足，童子隅坐而执烛。童子曰：“华而睆，大夫之箦与？”子春曰：“止！”曾子闻之，瞿然曰：“呼！”曰：“华而睆，大夫之箦与？”曾子曰：“然。斯季孙之赐也，我未之能易也。元，起易箦。”曾元曰：“夫子之病革矣，不可以变。幸而至于旦，请敬易之。”曾子曰：“尔之爱我也不如彼。君子之爱人也以德，细人之爱人也以姑息。吾何求哉？吾得正而毙焉斯已矣。”举扶而易之。

反席未安而没。（《礼记·檀弓上第三》）

五、子张

齐国大夫国夏的母亲去世了，国夏派人来向爱提问的子张请教，说："到墓地下葬，男子和妇人应该站哪个位置？"

子张说："司徒敬子的丧事，是我的先生做司仪，男子站西边，妇人站东边。"

国夏说："啊！不好。这次给我母亲办这个丧事，会有许多宾客来观礼。我想请你来担任司仪。我想要宾客和我家亲属分开站，妇人跟在后面，男子像你说的都站西边。"

子张同意了。

【原文】国昭子之母死，问于子张曰："葬及墓，男子、妇人安位？"子张曰："司徒敬子之丧，夫子相，男子西乡，妇人东乡。"曰："噫！毋。"曰："我丧也斯沾。尔专之，宾为宾焉，主为主焉，妇人从男子皆西乡。"（《礼记·檀弓下第四》）

子张病危时，召儿子申祥到面前，说："君子之死叫作终，小人之死叫作死。我这一辈子差不多可以称作终了吧。"

然后，就去世了。

【原文】子张病，召申祥而语之曰："君子曰终，小人曰死；吾今日其庶几乎！"（《礼记·檀弓上第三》）

六、孔伋

后来，孔伋跟随曾参学习，学得很出色，曾参去世后，孔伋也带弟子讲学。

这天，孔伋得到母亲去世的消息。

孔伋的母亲在父亲孔鲤死后改嫁给卫国一个姓庶的男人，生了孩子，现在她去世了，她那边的人来向孔伋报丧，孔伋就到供奉父亲牌位的房子去哭。

孔伋的弟子见到了，说："人家姓庶的死了母亲，为什么您却跑到供奉您孔家牌位的屋里哭？"

这是说你母亲现在是姓庶男子的妻子，庶姓儿子的母亲，已经不是你孔家的人了。

孔伋说："我错了！我错了！"就连忙跑到别的屋子去哭。

孔伋的弟子中有一个名气很大，那人就是孟子。

孟子，姓孟，名轲，字子舆，邹国人。

【原文】子思（孔伋）之母死于卫，赴于子思，子思哭于庙。门人至曰："庶氏之母死，何为哭于孔氏之庙乎？"子思曰："吾过矣，吾过矣。"遂哭于他室。（《礼记·檀弓下第四》）

七、子贡

弟子们为孔子服丧满三年，都脱下孝服去各地，除了祭祀的日子，一般不再来先生墓地，而多嘴的子贡仍住在墓旁茅屋为先生守墓，一直到鲁哀公二十二年，即守墓满六年才离去。子贡算算，算上这六年，自己在孔门二十九年，他觉得这是自己人生中最美好的一段时光。子贡辗转去了多国，因他是卫国人，在卫国待的时间最长，在蒯聩被赶出卫国，卫出公二次当政时，曾出任卫国正卿。子贡家产积累千金，富甲一方。

子贡总是努力传播孔子的做人之道，对卫国人，也对其他国的人。有人说，孔子得以名扬天下，除了很多弟子带弟子，将孔子的做人之道代代相传，也是由于子贡在孔子去世后四处称赞和宣传他。

孔子去世时已有三千弟子，经过弟子带弟子，二十年后，孔门弟子人数已达到数万余，在鲁国、卫国、晋国、楚国、越国等众多国里，都有孔门弟子。孔子像一阵大风，将春秋的残枝败叶吹起，搅动人们的心灵；像拂晓的阳光，随着一声鸡鸣，投射到人们心中，把人性中那些模糊含混的角落照亮；像那颗叫北辰的星，安静地挂在夜空中，给一代又一代人指引着方向。

尾声

经历了很多事后，子贡也走到了人生的终点，在他客居的齐国去世。

子贡跟几个人说过，离开先生墓地时，他不禁想起三十年前那一天，自己走在通往鲁城的大路上的情景，他还能清晰地回忆起自己的脚踩到黄土大路的感觉，还能听到自己急切行走的呼吸声……

在子贡晚年的睡梦中时常会出现这么一幅景象。

若干年后，那时季康子禁止给孔子立庙的事已是很遥远的事，鲁哀公、季康子、叔孙武叔、孟武伯都先后去世，他和冉求、原宪、曾参这些弟子也都离开这个世界。鲁国的掌权者换了新人，甚至这个鲁国都不存在了。

有那么一天，中原大地又迎来一个新的春天，沂河边的柳枝发出娇嫩的新叶，枯黄的草地显出点点滴滴的绿色，从南边吹来的风带着清淡的暖意，埋在田地里的庄稼冒出新芽。

鲁城城里，出现了一个高大的房屋，就在阙里那个位置。

就在那天，这个房屋吸引来千千万万的人，他们来自天南地北，操着不同的口音，穿着不同的衣服，把鲁城的大街小巷挤得水泄不通，他们是来参加这个房屋的落成典礼的。

就是那天，第一座孔庙立起来了。

2015年10月25日青岛动笔，2021年4月5日昆明完稿。